意林®轻文库

青春最美，梦想出发

中国式好看轻小说优鲜品牌

意林®
轻文库

私人定制少女馆005

私人定制少女馆

千书阁·灵狐有约①

张芸欣 著

吉林摄影出版社

·长春·

图书在版编目（CIP）数据

千书阁．灵狐有约．① / 张芸欣著．-- 长春：吉林摄影出版社，2018.1
（意林·轻文库．私人定制少女馆系列；005）
ISBN 978-7-5498-3493-8
Ⅰ．①千… Ⅱ．①张… Ⅲ．①长篇小说－中国－当代Ⅳ．①I247.5

中国版本图书馆 CIP 数据核字 (2018) 第 007912 号

千书阁·灵狐有约①
QIANSHUGE · LINGHU YOU YUE ①

著　者 张芸欣
出版人 孙洪军
总策划 安　雅　张　星
责任编辑 施　岚　胡晓路
图书统筹 凉小葵
特约编辑 杨　宁
绘　图 叮咛叮咛
书籍装帧 胡静梅
美术编辑 张云丽
开　本 700mm×1000mm　1/16
字　数 400 千字
印　张 14
版　次 2018 年 1 月第 1 版
印　次 2018 年 1 月第 1 次印刷

出　版 吉林摄影出版社
发　行 吉林摄影出版社
地　址 长春市泰来街 1825 号
邮编：130062
电　话 总编办：0431-86012616
发行科：0431-86012602
网　址 www.jlsycbs.net
经　销 全国各地新华书店
印　刷 北京市兆成印刷有限责任公司

书　号 ISBN 978-7-5498-3493-8　**定价：**32.00 元

灵狐小剧场：碰瓷

啊——哎——
痛死我了！
恩公在上，请受我一拜！
你是？
我在山中采药，不幸遇到这黑熊，刚才差点儿成为它果腹之物，还好恩公从天而降将它击倒，否则在下性命堪忧。
我长得丑，怕会吓到恩公。
是吗……那你也别跪着了，快点儿起来吧。

怎么会呢？我不是那种以貌取人……
的人……

目录 CONTENTS

第一章·误入灵山/001

第二章·极品丑男/023

第三章·山间生活/039

第四章·逃出生天/057

第五章·房东的秘密/073

第六章·千书阁之约/099

目录 CONTENTS

第七章·妖精小食堂/107

第八章·桃花劫/123

第九章·金叶诀（上）/147

第十章·金叶诀（下）/167

第十一章·莲心/179

第十二章·赤知的离别/201

第一章·误入灵山

夜灯初上，暮色渐凉，如霜的月光静静地流淌在一间楼阁之上。

临江市的坊间，百年来流传着一个传说：有一处看不见的神址，名为“千书阁”。

日出而落，日暮而生，行踪飘忽，无人可见。

传闻“千书阁”记录着从古至今妖灵的生平，亦可通往人妖两界，助人实现任何愿望。

竹林深处，灯火阑珊，前世今生，千书永存……

1

“瞧一瞧，看一看了啊……咖啡促销，五块八一杯，猫屎、蓝山、卡布奇诺、拿铁、摩卡、星冰乐……统统只要五块八……五块八你买不了吃亏，买不了上当……”

在東水街一间名为“颜色”的咖啡店门口，一个身穿迪士尼卡通T恤的少女正在卖力地向路上的行人发传单，临近傍晚，绯红色的霞光落在她小巧的脸上，照在她的眼里仿佛有无限霞光。

她叫颜小婉，是一名刚刚拿到大学录取通知书的准大学生，成绩平平的她竟破天荒地考上了临江市最著名的学府——枫林大学。但是她还没高兴两天，就被她老爸颜大军给拉到自家咖啡店做服务小妹，就连派传单的活儿也归她负责。

“我说老妹儿，你这样的广告词和旧市场的两元店差不多，有人来才怪啊！”颜柏森拿着传单，很嫌弃地看了颜小婉一眼。

颜柏森是颜小婉的亲哥，从小就和她“八字不合”。

颜小婉长相、身高、学习、才艺没有一项超乎常人，而颜柏森从小琴棋书画样样精通，并且以全市第三名的成绩考入南岭大学计算机系。两个人在各方面都是一个天、一个地，完全不像两兄妹。

他们也从小就不对付，颜柏森以吐槽颜小婉为乐，颜小婉每次也会毫不示弱地反击，兄妹两个每次只要一说话，就仿佛火星撞地球。

“那你喊！我看你有什么高级又吸引人的广告词？”颜小婉没好气地说。

“喊，我站在这里都够丢脸了，还让我推销？要是被我的追求者看到，我面子往哪儿搁？”

“就你那些烂桃花，瞎紧张什么呀！”颜小婉不屑。

“那总好过你，连片树叶都没有！”

“颜柏森，你是不是欠打？”颜小婉挥舞着拳头，从小到大她对付颜柏森的方法只有赤裸裸的小拳头。

“你们两个站这儿嘀咕啥呢？让你们派传单，派得咋样了？”颜大军从咖啡店里出来“视察”他们的工作。

“爸，你来得正好，小婉她欺负我！”颜柏森看到颜大军来，赶紧告状。

“好啦好啦，你们兄妹两个的德行我还不知道吗？一个小气一个暴力。”颜大军无奈地看着眼前两个从小斗嘴斗到大的孩子。

“对了，你们谁看到我的五彩香囊了？我找半天都没找到。”颜大军突然说。

“什么五彩香囊？”颜小婉摸着脑袋想了半天。

“不会是饭厅那个拿来垫桌脚的彩色布袋吧？”颜柏森思索着说。

“对！就是那个！本来一直在饭厅垫桌脚垫得好好的，最近怎么不见了？”

“哦，那个啊，表姐上次过来看到说好看，就拿走啦。”颜小婉接话道。

“拿走了？谁让她拿走的！怎么没问过我！这个五彩香囊可是我们的传家宝，非常重要，快去给我要回来！”颜大军发飙式的怒吼，看来不像开玩笑。

“传家宝？不会吧？都垫了几年桌脚了，有这么随意的传家宝？”

“别废话！你们两个马上去给我拿回来！”颜大军怒吼一声。

“爸，是小婉让冉冉拿走的！我都不同意，她非说没事儿！都怨她！”颜柏森把事情撇得干干净净，“我晚上还约了朋友看电影，差不多到时间了，我先走了。”颜柏森骑上门口的小电动车，风驰电掣地离去。

“喂，颜柏森，喂……”颜小婉的话还没说完，颜柏森已经消失在黄昏中……

颜小婉看着颜大军气急败坏的眼神，乖乖地说了一句：“好吧，我去找表姐。”

2

颜小婉的表姐叫徐冉冉，比颜小婉大两岁，现在在枫林大学读数学系，从小一路跳级，16岁上大学，21岁已经读研了，是个不折不扣的女学霸。

枫林大学里鸟语花香，四季如春，学校依山傍海，还有成片的翠竹，淡紫色的琼花徐徐盛放，校园犹如一幅山水画，美不胜收。

颜小婉走在校园里，闻着阵阵花香，想着自己两个月后就要踏入这所大学生活，犹如做梦一般。

关于枫林大学的传说，一直是坊间最为津津乐道的一件事。

传闻百年前这里曾是一座香火鼎盛的庙宇，后来因为战乱，百姓流离失所，庙宇香火无人供奉，渐渐破败。战乱时期，有军阀看中这里，把庙宇拆了盖起自己的府邸，不承想入住的当晚府邸倒塌，死伤无数。

军阀请了龙江寺的住持前来，住持说这块地下面住着神龙，任何动土的事都是冒犯神灵。

于是这块地在之后几十年里无人问津，差点儿沦为荒地。

后来临江市开始办学，准备在这块地上盖校舍，起初众人都担心会出现不安全的状况，没想到校舍却盖得分外顺利。于是市里大力拓展，在这块地上建立了枫林大学。

最神奇的是，在枫林大学建校后的几十年间，无论临江市遭遇洪水还是台风，严寒还是酷暑，枫林大学里面却永远风和日丽，很少被外界的恶劣环境影响。

这里仿佛一片世外桃源。

没人能解释这一奇怪的现象，大家只说枫林大学有神龙庇佑，非科学能解。

说来也是奇怪，这所学校从建校以来，一直有一个奇怪的传统，所有考生在报考枫林大学之前，都要参加一次面试，面试通过才有报考枫林大学的资格，而面试不看成绩、不看长相，只需要和考官做自我介绍，再到学校的学崖石摁个手印。

许多成绩优异的学生都在初选的面试中落败，颜小婉那个优等生哥哥颜柏森也没能脱颖而出。

也因为枫林大学这个特殊传统，导致它在全国排名十分落后，就连建校比它晚二十年的南岭大学都比它排名靠前。

所以颜小婉当初被老爹拉去面试时，完全没有想到自己会被选上。

从她出生，她的字典里就没有“会学习”这三个字。

按颜大军的话来说，像她这样一个头脑简单、四肢发达、长相平凡的孩子，能去枫林大学沾点儿福气，考个普通大学都要感恩戴德了。但是命运就是这么神奇，颜小婉在高考这件事上像是坐了火箭一般，终于扬眉吐气了一回。

每当她想起颜柏森那张傲娇自大的脸在听到她入选时的惊诧模样，都能激动得晚上睡不着觉。

“同学，想做兼职吗？”一个好听的声音打断了颜小婉的想象。

颜小婉先看到一双修长笔直的腿，她抬起头来，一个身穿卡其色棉布套头衫的男生正微笑着看着她。

眼前的男生长得非常好看，极白的一张脸配上棱角分明的五官，狭长的眼睛弯弯地笑着，嘴角微微上扬，一件宽松的套头衫不仅没有削弱他的颜值，反而让他整个人看起来更加有活力。

这个人的长相绝对足以媲美她的偶像陆成歌!

“同学……”男生看颜小婉发愣，又喊道。

“哦……”颜小婉这才发现自己的失态，“什么……兼职？”

“图书管理员。”男生微笑着递上一张宣传单，宣传单也就和手掌一般大，还做成了树叶的造型，碧绿鲜艳。

“背面有我们书店的路线图，如果有兴趣，可以随时过来。”男生说道。

“好的好的……如果有需要，我一定和你联系。”颜小婉拿过宣传单，看着男生的目光挪不开。

“期待下次见面。”男生微笑着转过身，消失在夜色里。

“枫林大学居然有这种盛世美颜，未来大学四年，美好得无法想象！”颜小婉越想越觉得热血沸腾，低头看了看手中的绿叶“传单”。

宣传单正面用银色的小篆写着：千书阁。

背面是十分清晰的路线图。

“千书阁……这名字不错。”颜小婉把那片“树叶”小心翼翼地放进背包里。

3

表姐徐冉冉住在学校的研究生宿舍，颜小婉之前来过几次，所以很顺利就找到了。

颜小婉走到徐冉冉的宿舍门口，隐约听到里面传来哭声。

“谁在哭啊，哭得这么吓人。”颜小婉一边嘀咕一边敲了敲门，“表姐，你在吗？我是小婉。”

哭声停止了，过了一会儿，宿舍的门被打开，徐冉冉双眼通红地出现在颜小婉的面前，显然哭了很久。

“表姐，你怎么了？你哭啦？”颜小婉从来没见过徐冉冉哭，在她心中徐冉冉和她一样是铁骨铮铮的女汉子。

“嘘，别那么大声。快进来！”徐冉冉把颜小婉拉进了宿舍。

宿舍里面没有别人，徐冉冉的桌子上放着一堆用过的纸巾，显然之前哭得很厉害。

“你怎么了？谁欺负你了？告诉我，我帮你收拾她！”颜小婉看到徐冉冉这样，莫名有些心疼。

“我没事儿……你怎么这么晚还过来？”徐冉冉极力在颜小婉面前掩饰悲伤。

“你前阵子不是从我家拿走一个垫桌脚的香囊吗？我爸让我来找你拿回去……”颜小婉说明来意。

“香囊……香囊……送人了……”徐冉冉低声说道。

“送人了？你送给谁啦？快让他还给你，香囊不拿回去我爸会灭了我的！”

“拿不回来了，再也拿不回来了……人都找不到了……”徐冉冉说完这句话，突然泪奔，抱住颜小婉一阵痛哭。

“怎么回事？你慢慢说。”颜小婉赶紧安抚她。

徐冉冉哭泣着告诉了颜小婉事情的来龙去脉。

原来徐冉冉在数月前参加了学校户外社举办的野外采风活动，她在采风途中崴了脚，那天徐冉冉正好和同学走散了，手机也没电了，正当她绝望之时，遇到了一个同是来采风的男生。他帮徐冉冉涂了药膏，还背她下了山。

男生告诉徐冉冉，他叫乐明宇，是南岭大学生物系的研究生。阳光帅气又幽默的乐明宇给徐冉冉留下了很深的印象。回到学校之后，乐明宇就开始追求徐冉冉，两个人很快就在一起了。

乐明宇送了很多礼物给徐冉冉，体贴周到无微不至，徐冉冉想送他份礼物表示心意，没想到乐明宇什么都没要，只要了那个她从颜小婉家拿回来的香囊。可是乐明宇在拿到香囊后一个礼拜就突然和她提出了分手，随即就像人间蒸发一般不见了。

徐冉冉找到他的学校，却打听到南岭大学根本没有一个叫乐明宇的人！他的电话号码变成了空号，QQ 也永远是灰色。

这个人彻底地从她的世界里消失了。

“失踪了？会不会是有什么苦衷？电视剧不都这么演吗，男主角身患绝症，不想拖累女主角，于是假装负心汉。”颜小婉开始分析。

“什么苦衷呀……”徐冉冉抽抽搭搭地说，从桌子上拿起一沓照片放到颜小婉手里，“他没有苦衷，他就是移情别恋了！”

颜小婉翻了翻照片，是一个长得很帅气的男生和同一个女生在不同场合的亲密无间的合照。想来，这个男生就是让徐冉冉肝肠寸断的乐明宇。

“你不是说他失踪了吗？你哪儿来的这些照片啊？”

“我……我……我让柏森入侵他的 QQ，查了他最近的 QQ 记录……结果看到的全是他和这个女生的合影！”徐冉冉纵声大哭，泪眼婆娑的样子分外可怜，看得出她对这个男生是用情至深。

“颜柏森这个人，尽帮倒忙。”颜小婉看着眼前哭成泪人的徐冉冉，长叹一声，“失踪就失踪了，干吗还把我家香囊带走？我回去肯定要被我爸骂死了……”颜小婉绝望地叹息。

“怎么办，小婉，我好想再见他一面问清楚……”徐冉冉一边说一边抽噎。

“表姐，我特别理解你，像我爱了我偶像那么多年，连见他一面的机票钱都没存到，每每想到这件事，我都睡不着觉。”颜小婉也不知道怎么安慰，就只好拿自己作例子。

“你那是追星的单相思！我这是正正经经地谈恋爱，都不是一码事！”

“可是你现在哭也没用啊，他人已经失踪了，还能怎么办啊？”

“那我要到哪里去找他？”徐冉冉哭得凄惨，“难道真的要去千书阁才能知道明宇在哪里吗？”徐冉冉像是呓语般地低喃。

“千书阁？”颜小婉觉得这个名字有点儿耳熟，“那是什么地方？”

“那是流传在临江的一个传说……据说这个地方可以帮人实现愿望……找到任何想找到的人。可是怎么可能会有这种地方？肯定是骗人的……”

“千书阁……怎么这么耳熟……”颜小婉突然想起来刚刚那个长得极其漂亮的男生给了她一张宣传单，上面写的好像就是千书阁。

颜小婉赶紧打开背包，从里面拿出那片手掌大的“树叶”，上面“千书阁”三个大字非常醒目地出现在眼前。

“表姐，你说的千书阁，是不是这个千书阁？”颜小婉问道。

徐冉冉一把拿过那张树叶形的宣传单放在眼前看了半天，仿佛握住救命稻草。

“千书阁，真的是千书阁啊！”徐冉冉激动得大叫起来，连哭都忘了，“我听说……千书阁就是一间书店……难道传言是真的？真的有这个地方？”

“不会吧？和你说的人是不是小说看多了……”颜小婉觉得不可思议。

“先看看怎么过去。”徐冉冉激动地翻看着那张宣传单，“怎么这张宣传单上没有地址和电话？要怎么过去？”徐冉冉翻了半天，树叶上除了“千书阁”三个字，空空如也。

“他和我说地址路线在背面啊。”颜小婉凑过去，发现宣传单的背面只有一片绿色，没有任何图案。

“奇怪，我看看……”颜小婉把“树叶”拿到面前，就在她拿过“树叶”的瞬间，出现了惊人的一幕，本来绿色的“树叶”上，先是出现了一条银色的线，仿佛有人拿着笔在上面一点点地画着什么，随着时间的推进，那片“树叶”上慢慢地出现了一幅完整的路线图。

“啊……这……这是怎么回事？”颜小婉吓了一跳，差点儿把手里的“树叶”丢出去。

这也太邪乎了，她拿的时候就有路线图，徐冉冉拿的时候就没有。

“小婉，这个路线图可能真的是去千书阁的……”

“这么诡异的东西，还是赶紧扔掉吧。”颜小婉无法置信地呢喃，在她身上第一次发生这么不可思议的事情。

“不行，我要去千书阁，我要找到明宇。”徐冉冉阻止了颜小婉。

“表姐，这件事情太古怪了，我觉得我们还是别去的好。”颜小婉看着手上的“树叶”，莫名感到不对劲。

“你不是从小胆子就大吗？天不怕地不怕的，怎么会害怕去一间书店？你就当是陪我去看看千书阁到底是什么地方。”徐冉冉带着哭腔哀求。

“这不是胆子大不大的问题，这……”

“你有没有把我当成你姐姐？亏我从小到大那么疼你！现在我只是让你陪我去个地方你都不肯！”徐冉冉搬出姐妹情，简直令人无力招架。

“好好好，我陪你去……别哭了，我陪你去还不行嘛……”颜小婉没想到徐冉冉哭起来这么厉害，不就是去个书店吗？有什么好怕的？

“小婉，我就知道你对姐姐最好了。”徐冉冉立马擦干眼泪，一把搂住颜小婉，“事不宜迟，我们现在就出发。”

4

颜小婉拿着那片“树叶”，战战兢兢地根据它上面的路线提示走着。

一路上，她们时不时会遇到一些行色匆匆的人，那些人都是学生模样的打扮，穿着枫林大学的校服，手里还拿着一本书，每个人在看到她们的时候，都会用奇怪的眼神打量她们几眼。

如果说“千书阁”是个很神秘的地方，怎么路上还有这么多人呢？应该没有传说的那么邪乎吧。颜小婉自我安慰。

她们在学校西南角的一片竹林前停了下来，树叶上的地图显示，千书阁就在这里。

“这哪儿有书店啊？”颜小婉左右看了半天。

“客人来了，就请进吧。”突然从树林里传来一道悦耳动听的声音，那声音似天籁，婉转悠扬地在寂寥的夜色中盘旋。

竹林前一盏红色的八角灯蓦然亮起，竹林从红色灯笼处突然向两侧分开，一条鹅卵石小路出现在了她们面前。

“表姐，你确定真的要进去吗？”眼前的一切真是太古怪了。

“怕什么？走。”徐冉冉拉起颜小婉，坚定地走了进去。

竹林里面别有洞天，鹅卵石小路的左边种着一片火红的琼花，右边是一条清澈的小溪，溪水潺潺，并不知道流向何处。

不远处有一栋三层的木楼，屋顶铺的是八角形的红瓦，朱红顶，墨色的旧木，中间是大片大片的透明落地窗，可以看到里面一排一排的书架和正在翻书的人。

这的确像一间书店。

颜小婉和徐冉冉沿着鹅卵石小路走进去，沿路不断有人迎面而来，有的是学生，有的是长者，也有貌美的女子和可爱的小孩儿，他们有的表情沮丧，有的表情喜悦，可是无一例外在看到颜小婉和徐冉冉的时候都显得很惊讶。

颜小婉走到木楼门前，看到门上挂着一把云锦团扇，竹制的五瓣梅花形包边，红木如意头扇柄，真丝扇面，烟灰色底上印着几株青绿的竹。

空白处用红色的小篆写着：千书阁。

“千书阁”大门敞开，像是在等待她们。

颜小婉和徐冉冉走了进去。入门的右侧有一个柜台，由上好的檀木制成，依稀能看见木头的纹路。柜台上放着一套茶具，一个银色的算盘，还有奶白色的摇铃、文房四宝和一册手卷。

一支毛笔立在笔格上，手卷是打开的，上面用梅花小篆写着：篆缕消金鼎，醉沉沉，庭阴转午，画坛人静。问天涯，寻消问息，断鸿难倩。

“倩”字写了一半，还未写完，看砚台里的余墨还湿润，可见主人的闲情雅致。

此时在书架旁翻书的两个人不小心碰到了书架，书架在地面上发出摇晃的摩擦声，眼看就要倒下来，颜小婉见势赶紧出手扶了一把。

“倒是有些功夫。”一位身穿古代汉服的女子从里屋款款走了出来。她的头发绾成发髻，插了点翠的发簪，耳边坠两枚镏金耳环，一张殊丽的容颜化着极为精致的妆容，艳丽却又不失庄重，仿佛宫廷壁画里走出来的温婉女子。

“飞花姐。”所有在看书的人，看到她都恭敬地叫道。看得出这个叫飞花的人在大家心中的地位极高。

墙上的老式挂钟发出悠远空旷的声响。

“今天有贵客到，提前结束营业，欢迎大家明日再来。”飞花望了一眼墙上的钟摆，拿起桌上的摇铃，摇了一下。

那些人听到飞花的话，开始井然有序地往外面走。

待人走得差不多了，飞花走到窗边的茶几旁盘腿坐下。

茶几上一壶泡好的茶袅袅地冒着热气，发出阵阵茶香。

“两位姑娘，请坐。”飞花邀请道。

颜小婉和徐冉冉走过去，在飞花对面坐下。

茶几上放了两个玉色的茶杯，飞花将茶杯倒满：“两位尝尝，昨日刚炒出来的碧螺春。”

颜小婉端起茶杯，没有心情品茗，一口饮下，茶香在口中四溢，回味甘甜。

“你是千书阁的老板？”颜小婉试探地问。

“我不是老板，我是千书阁的掌柜飞花，负责记录大家借书的情况。”

“我们来是想……”

“我知道你们来的目的，我可以帮你找到你想要找的人。”徐冉冉的话还没有说完，飞花已经接上她的话。

“真的吗？”徐冉冉有些激动。

“等等，你为什么要帮我们？”颜小婉虽然不聪明，可是她知道，这世上没有免费的午餐。

“因为我也需要姑娘的帮助。”飞花一双美目流盼，美得令人窒息。

“要我做什么？”颜小婉盯着眼前这个美丽的女子，有些紧张。

“事成之后，烦请这位姑娘到千书阁打工一年。不过你放心，报酬优厚，不会亏待你。”飞花看着颜小婉说道。

“我？来这里打工一年？”这个套路不太对啊，一般不都是拿什么最重要的东西交换吗？打工一年还给工资，这算什么要求？

“为什么找我来这里打工？”颜小婉不理解。

“因为你与我们千书阁有缘。”

这个理由可以说……真的很随意了。

“小婉，快答应吧，只是打工一年，还给工资，多好的事情。”徐冉冉在旁边煽动，已经迫不及待地要见乐明宇了。

“表姐，你要找人为什么让我来打工还人情？”这个逻辑好像哪里不对。

“你不想赶快找到乐明宇拿回香囊吗？再说，我们姐妹两个，还分什么你我！”

“我替她答应了！”徐冉冉大声宣布。

“表姐……”

在徐冉冉渴望的爱情面前，亲情显得如此不堪一击。

飞花微笑着打开茶几上的一个匣子，从里面拿出一块素色的云锦，摊在颜小婉的面前：“如果姑娘想好了，就把手放上去。”

一切仿佛都是早有预谋般。

“做什么？”

“盖印。”

“盖印？”

“盖了印就订立了合约，我便可以送你们去你们想去的地方。不过那个地方信号不好，打不了电话。”

“打不了电话？那我爸那边我怎么交代？”颜小婉问道。

“这个好办。我和你爸说你陪我去同学家玩几天。”徐冉冉拿出手机拨通了颜大军的电话：“姨夫，我是冉冉，我想让小婉陪我去我同学家玩几天，你看行不行？好的，你放心……我会照顾好她的，我同学家比较偏僻，估计没有信号，这几天就先不联系您了……”

徐冉冉挂上电话转头看向颜小婉：“好了！搞定！”

“这……”颜小婉看着眼前的一切，还是有点儿犹豫。

徐冉冉抬起颜小婉的手放到了那块云锦上。

“喂，表姐……”颜小婉的手死死地被徐冉冉按住。

飞花拿出一支毛笔，细细地围着颜小婉的手在云锦上描了一圈，她描得认真仔细，不一会儿，一个手掌的形状就出现在了云锦上。

“合约生效。”飞花笑着把云锦收好。

“现在你可以告诉我乐明宇在哪里了吗？”徐冉冉着急地催促。

“稍等。”飞花放下笔，从柜台里走到书架旁，找寻了片刻，从书架上拿出了一本书。

朱红色的封皮，上面用古体字写着几个字，飞花对着书念念有词，说了一声：“去。”

书本被飞花抛掷出去，却没有掉落，而是停在了空中。

颜小婉和徐冉冉看着眼前的一切，震惊得瞪大了眼睛。

不消片刻，那本书变成人形般大小，落在了地上，书的封面亦化作一扇门，那是一扇朱红色的木门，银色边框，门中镶嵌一只蛇形的青铜手柄。

“打开这扇门走进去，你就能抵达乐明宇所在的地方。”飞花笑道。

“表姐……这个不合常理吧……你要不要再考虑考虑？”颜小婉转过头看着徐冉冉，她还想做最后的挣扎，这扇门的背后一定是个未知的世界。

徐冉冉深吸了一口气，仿佛下定了决心，她一把拉开了那只蛇形的青铜手柄，那个动作仿佛将一本书翻开。

在打开门的瞬间，门里面迸发一阵金色的光，她们的眼前顿时浮现出一行行密密麻麻的古体字。

“走。”徐冉冉拉起颜小婉走了进去。

门缓缓关上，金色的光线渐渐暗淡下来。书本又恢复普通大小，飞回飞花的手中。

“是福是祸，就看你们的造化了。”飞花掂量了一下手中的书本，幽幽地说道。

“千书阁”里传来编钟敲打出的古乐声，飞花闭上眼，跟着古乐轻轻摆动自己的身体。一轮明月照在飞花的身上，她的身后，露出一条长长的红色尾巴。

5

夜幕低垂，风声萧瑟，静谧的山林里放眼望去几乎看不见一丝灯火。

两个瘦小的身影跌落在一片漆黑的山林中。

“这是什么鬼地方？”颜小婉摸索着爬起来。

漆黑的夜色突然变得如白昼般亮堂，她定睛一看，眼前出现了一栋华丽到令人瞠目结舌的白色小楼。

这栋白楼并不大，雕工却非常精致，上好的翡翠做梁柱，乌亮的金刚石铺瓦，金漆刷顶，门窗用的是通透的白琉璃，隐在翠绿高耸的竹林中，仿佛暗夜里的明珠般光华耀眼。颜小婉没想到这样华丽的楼宇会盖在这么偏僻的林中，犹如走进海市蜃楼。

屋内丝竹管弦声不绝于耳，门上挂满红色的彩绸，眼前的一切都昭示着，这家人在办喜事。

可是按临江市的习俗，不会有人会把喜事办在天黑之后。

几名穿着长袍的男子从门口有说有笑地进入。

“是明宇。”徐冉冉在那几个男子中看到了她心心念念的乐明宇。

颜小婉没想到这么快就可以看到乐明宇，看来“千书阁”的人没有骗她们，说带她们找到乐明宇就真的实现了。

“表姐，你别冲动，这里好歹是别人的地盘，我们先过去看看是什么情况再说。”颜小婉建议。

两个人悄悄地走到白楼的窗户旁，透过雕花镂空的窗框，依稀可见里面热闹的场景。

厅堂里宾客满座，所有人的脸都罩在一片暗黄的光线下，室内并没有灯，只有两支巨大的龙凤红烛缓缓燃烧。

这里的确在办喜事，还是按照古时候的风俗礼法来操办的。

乐明宇穿着一身青色的长袍，颇有贵公子的风范，长发束冠，正在和人攀谈。

他周围的人也都是长袍束发，颜小婉一时间还以为自己在看古装剧。

一个身穿古代新娘服的女子被人簇拥着从内厅走了出来，凤冠霞帔，明艳动人，乐明宇在看到她的瞬间，目光闪过一丝黯然。

“就是这个女的，就是她抢走了明宇。”徐冉冉一眼就认出那个穿着新娘礼服的女子就是照片上和乐明宇在一起的人。

经由徐冉冉这么一说，颜小婉也认出眼前的女子就是照片上和乐明宇十分亲密的那个人。

“他们不会是要结婚了吧？”颜小婉看着眼前的场景嘀咕，“表姐……表……”颜小婉的“姐”字还没说出口，徐冉冉已经推门而入。

屋内的乐队停止了演奏，所有宾客诧异地看着她们两个，一时间空气像是凝固了。

“徐冉冉？你怎么来了？”乐明宇看到徐冉冉后非常惊讶，脸上是掩不住的慌张。

“我怎么来了？”徐冉冉三步并作两步走到乐明宇的面前，一把抓起他的衣领，“你一句分手，就消失得无影无踪，连个解释都没有，你考虑过我的感受吗？”

“我和你已经说得够清楚了。我们已经结束了。”乐明宇又惊又怒。

“说清楚什么？你不就是和她好了把我甩了吗？她哪里比我好？你告诉我！”徐冉冉指着穿凤冠霞帔的女生说道，“你现在竟然还要和她结婚？”

“你在胡说什么？”乐明宇脸色发白。

“这位小姐，你对我是不是有什么误会……”一旁穿着红色喜服的新娘一脸委屈地说道，她的面容美艳动人，特别是一双眼睛，含着秋水，怎么看都是一副楚楚可怜的模样。

“误会？怎么可能是误会！”徐冉冉看着眼前穿新娘服的女子，“就你这张脸，不管打多少层粉我都认得出来！”

“这位小姐，我和乐明宇只是朋友，他今天是来喝我的喜酒的。”新娘望了满室的宾客急于解释。

“啊？喝喜酒？”

徐冉冉没有想到乐明宇竟然不是新郎。包括同来的颜小婉都吓了一跳，这么说新郎另有其人，那新郎呢？

“表姐，你是不是搞错了？如果她和乐明宇好了，她怎么会请乐明宇来喝喜酒啊？这不是摆明了给新郎戴绿帽吗？没有人智商会这么低的吧。”

颜小婉说完这句话，现场气氛又陷入了一片安静，看来她的话说到点上了。

“两位姑娘，你们私闯我们凤栖山，知道会有什么后果吗？”在人群里，有一个男人站了起来，他应该是观察了一阵子，实在忍无可忍了。

“明宇，这是你惹的事？”那个人声音低沉，语气却非常威严。

颜小婉看过去，一个身材魁梧，皮肤黝黑的人正在向乐明宇质问。但是因为光线太暗，颜小婉只看到他长着一脸白胡子。

“葛长老，这件事儿有误会，你听我解释。”乐明宇似乎非常怕他，着急地要和他解释。

“有什么误会，你现在说出来，如果是误会我自会替你做主，若不是误会，有什么后果，你自己应该明白！”

“我与这女子之前是在一起过，后来因为性格不合就分开了，她现在是怀恨在心，故意找我麻烦。”乐明宇说得极诚恳，一脸冤枉。

“此话当真？”白胡子反问道。

“侄儿所言，句句属实，绝不敢欺瞒。”乐明宇跪在地上，虔诚发誓。

“你撒谎！你撒谎！”徐冉冉没想到乐明宇会倒打一耙，气得满脸通红。

“来人，把这两个女子给我拿下。”

白胡子一声令下，几个健硕的男子从屋外走了进来，他们一身盔甲，腰间别着佩剑，仿佛古代士兵一般，只是他们的嘴是红色的，尖尖的，往外突出三四厘米长，头顶束着白冠，白冠中间还有一点红，像山间的鸟。

这是什么人？怎么长得这么奇怪？徐冉冉刚才还挺激动，看到这些人的模样也有点儿慌了。

颜小婉赶紧挡在徐冉冉的前面："大叔，我们不是来捣乱的，有话好好说嘛。"

"大叔？你说谁是大叔？"白胡子对"大叔"这个称呼好像很不满。

"那大伯……不对……大爷？"

白胡子面色铁青，明显已经快要气得背过气去。

"扰乱婚礼，出言不逊，简直不知天高地厚。"

他三两步就走到颜小婉的身边，在颜小婉还没有反应过来的时候，像拎小鸡一样把颜小婉拎了起来，颜小婉怎么说也是个练家子，可是在这个人面前竟使不出一点儿力气。

接着白胡子直接把颜小婉整个人扔了出去。

在她以为自己要摔个半死的时候，没想到跌入了一个温暖的怀抱。

"难得来一趟，没想到一来葛长老就有这么大的礼物相赠。"温润的话语间伴随着悦耳的铃声，一袭白衣的男子飘然而至。一位手握玉笛的美男子稳稳地把颜小婉抱在怀中。颜小婉抬头，看到他一头银发，斯文的俊脸上挂着若有似无的笑，好看得完全不似凡间的男子。

"小婉，你没事吧？"徐冉冉着急地走过去。

颜小婉哪有心情回答徐冉冉，只顾盯着眼前的美男子。

那白衣美男嘴角带笑地把她轻轻放了下来。

"让北二少见笑了，今天少主大婚，没想到这两个女子突然闯入，还诬陷流月与人私通，实在该死。"

这个白胡子说的流月想来就是那个新娘，看来今天真的是她的婚礼，只是新郎还没到颜小婉她们就闯了进来，而这白胡子口中的新郎为什么迟迟没有出现？这让颜小婉感到很奇怪。

"你这小丫头是来捣乱的？"那白衣男子也不生分，上来就喊颜小婉小丫头，说得她脸上一热。

不过美男问话含笑带暖，比刚刚老头的问话听着舒心多了。

"私闯婚宴是我们不对，可是我们真的没有诬陷他。"颜小婉解释，"这个叫乐明宇的人对我表姐骗财骗色，后来和你们这个新娘好上就失踪了！我表姐天天以泪洗面，我们是逼不得已才来找他的。"

"一派胡言，明宇乃我本家亲侄，怎会做出勾搭兄嫂的无耻之事？明明是你表姐求爱不成反诬陷。"白胡子还在袒护乐明宇。

“说是私通，那可有证据？”白衣男子微笑提示。

“有！有！有！”颜小婉想起徐冉冉之前给她看的照片，还好来的时候，她机智地抓了几张放在包里。

颜小婉从包里摸出一沓照片放在众人面前，照片里一男一女相互依偎，那照片里的人正是乐明宇和流月，照片下面还有日期，都是最近的。

证据面前，所有的谎言不攻自破，众人哗然。

“这照片你从哪里得来的？”乐明宇不敢相信。

“若要人不知，除非己莫为。”颜小婉有了照片为证明显得硬气不少。

“假的！肯定是假的！”乐明宇还在抵赖，“他们一定是用了法术把照片做成了这个样子。”

“千真万确！绝对没有经过处理！”颜小婉信誓旦旦。

“若是用了法术，的确可以把照片做成这样。”白胡子虽然心存疑虑，但依然在乐明宇的话中摇摆。

“她们只是两个凡人，哪来的法术？”白衣美男微笑着说道。

“区区凡人居然能进我们凤栖山地界，肯定有人在帮她们。说不定她们不是什么等闲之辈，或许是混进凤栖山的奸细！”乐明宇大喊道。

虽然颜小婉听不懂他们的对话，但是她大概能感觉出来，乐明宇就是要诬赖她们，还给她们扣了个奸细的帽子。

“我说你这个人怎么可以不要脸到这种地步啊？你以为谁都和你一样阴险啊？你们这个穷山沟啥都没有，要不是为了找你谁爱来！”颜小婉第一次见识到睁眼说瞎话的人，居然还是徐冉冉喜欢的人。

“既然现在的争执来自这些照片，只要能确认照片是否真实，就可以断定事情的真相。”还是白衣美男冷静客观。

“北二少有何高见？愿闻其详。”看得出白胡子对白衣美男非常信任。

“我父亲前些日子送了我一只真言鸟，可以分辨所有物件的真伪，若这些照片是用法术或是别的技术做过手脚的，它一看便知。”白衣美男缓缓道来。

什么鸟啊，这么厉害？还能辨别真伪？颜小婉暗暗想。

“真言鸟的本事我听过一二，所有假物都逃不过它的眼睛，若是它来分辨，定能分出真假。”白胡子若有所思地点点头。

“那我就请真言鸟出来一看究竟吧。”

“有劳北二少。”

“客气。”

白衣美男冲着颜小婉眨了一下眼睛，只见他把手中的笛子放在口边轻轻吹起一段旋律，那声音清脆跳跃，不像曲子，更像一种召唤。

没多久，一只黑白相间的鸟从窗口飞入，直接落在白衣美男的手上。

白衣美男轻抚黑白鸟的羽毛，用极其温柔的声音说道：“真真，去看看那些照片是否为伪造。”

那鸟像是听懂了他的话，直接飞到颜小婉的手边，在颜小婉手上的照片上徘徊了几圈，颜小婉这才发现这只鸟长得极其有灵气，特别是那一双眼珠，是通透的翠绿色。

鸟儿盘旋三圈后，把其中一张照片用爪子抓起来，飞到半空中，扑棱了两下翅膀，发出一声鸣叫，那张照片竟慢慢变大，最终变得像一幅油画般大小。

更令人惊讶的事情随之发生了，照片里面的画面动了起来，就像播放视频一样：乐明宇和流月坐在摩天轮里，乐明宇说：“我们私奔吧，你为什么要嫁给一个你不喜欢的人？”

流月摇摇头：“父命难违，我们还是算了吧。”

他们轻轻相拥，在摩天轮旁拍下了这张合照。

画面定格，视频里的人又不动了，照片慢慢变小，黑白鸟叫了两声，飞回了白衣美男的身边。

“我家真真最棒了。”他鼓励似的拿出一颗红色的果子喂给那只真言鸟。

颜小婉和徐冉冉在一旁看得目瞪口呆，感觉刚刚看了一场魔术表演，惊讶得下巴都要掉下来了。

倒是一屋子的宾客见怪不怪，一脸淡定。

“葛长老，真言鸟从不会看错，这组照片是真是假，应该显而易见了吧。”白衣美男慢悠悠地说。

“明宇、流月，你们还有什么好解释的！”白胡子脸色一黑，瞪着两个人。

流月和乐明宇“扑通”一声就跪下了。

“请葛长老恕罪，流月只是一时糊涂，和少主成亲后一定好好侍奉少主，决不三心二意，请葛长老给流月一个机会。”流月知道再狡辩也没有用了。

“葛长老，这事情是我的私心所致，是我使用了媚术勾引流月，她不知情，都是我的错。”乐明宇也把事情都揽到自己身上，那情深意切的模样和刚刚面对徐冉冉的嘴脸完全不同。

“你以为你这么说，我会相信你？背主私通，破坏吉日，条条都是死罪。来人，将流月带到千绝尽去。”

白胡子话一说完，从外面走来两个身材魁梧的人，他们脚上的银靴分外醒目，额头上扎着一条深棕色的头巾，身上的衣服像是用褐色的羽毛制成的，手上戴着四圈银环，有股不怒而威的气势，两个人一左一右把流月架起来带了出去。

“不！让我见见少主，我要见少主！我不要去千绝尽，我不要去……”流月凄厉的声音透着惊惧。

可是她再也没有申诉的机会，因为她的声音很快就消失在了门外。

“帅哥，千绝尽是什么地方啊？”颜小婉好奇地问白衣美男。

“那可是个可以让人生不如死的好地方。”白衣美男笑眯眯地回答。

“不，是我的错，你们抓我吧，求求你放过流月！”乐明宇撕心裂肺地大喊，仿佛痛失挚爱。

“你以为你逃脱得了干系吗？你犯的错，自有你族中长老来处置。”白胡子已经气得声音都仿佛带着寒冰。

徐冉冉看着乐明宇，她一直以为乐明宇爱她，可是看到他喊流月时的悲伤，她才发现乐明宇对流月才是真爱。

徐冉冉紧紧地抓着颜小婉的手，带着悲伤的口吻说：“小婉，我们走吧。”

“想走？可没那么容易。”白胡子转过头用肃杀的目光看向她们。

“大伯，你想干吗？”颜小婉发现这个白胡子要对付她们。

“你们两个，私闯我凤栖山，扰乱少主大婚。来人，把这两个外来的奸细抓起来。”白胡子看来是来真的了，他一声令下，刚刚那些士兵模样的人就要上前来抓她们。

“什么奸细啊，大伯，你能不能讲点儿道理，明明是我们的到来才帮你铲除了家中的毒瘤……你们别过来啊……你知不知道我是谁啊！得罪我你没好果子吃……”颜小婉虽然是练家子出身，但是看对方那么多人，知道自己肯定不是他们的对手。

“葛长老且慢。”白衣美男终于发话了，“凤栖山向来守卫森严，她们既然能如此顺利地来到这里，你就不想知道是何人授意？”

白胡子一顿，看向颜小婉：“说，你们是怎么来到此地的？有什么阴谋？”

“老伯，我们都说了就是来找乐明宇讨回公道，哪里来的那么多阴谋论？”颜小婉不想提到飞花和千书阁，直接避开这个话题。

“就凭你们怎么能进得了我们凤栖山？不说实话是不是？”白胡子不相信她们的话，“千鸟军，抓她们就地正法。”

“是千书阁的飞花姐送我们来的。”徐冉冉终于忍不住说了出来。

“表姐，你怎么就说了！”颜小婉真是恨铁不成钢。

“飞花送你们来的？”白胡子听到这个名字愣了一下，脸上严肃的表情有所松动。

这时有个人对着白胡子耳语了几句，颜小婉听不到内容，但是白胡子的脸色在听完那些话之后变了好几次。

“若是如此……千鸟军，先将她们和乐明宇一起带去树屋，明日再行定夺。”白胡子在听完那个人的话之后，口气缓和了不少，但还是命那些士兵把她们抓起来。

“喂喂，你们带我去哪里，啊……救命啊，救命啊……”颜小婉后面的话还没说出来，两个人就被几只大鸟腾空抓起，瞬间飞离地面数百尺。

下面一抹白色的身影好心提醒：“你们要乖乖的哦，千万不要乱动，否则掉下去摔死了没人负责哟。”

颜小婉看着身下如同玩具一般的山谷，听着耳边呼啸的风声，恐高的她开始大叫起来。

她的一枚戒指在挣扎中从手指上脱落，穿过山林，缓缓地落在白色小楼的屋顶上。一双白玉般的手稳当地将它接住。

手的主人此刻正悠闲地躺在屋顶上，一身红衣，墨色的长发肆意地披散在肩头，清亮的眼眸低垂。

他跷着二郎腿，拿手枕着后脑勺，悠然自得地欣赏掉落的戒指。

这两个人果然没让他失望，这场婚宴闹得非常成功。

红衣男子慢吞吞地把戒指放到自己面前仔细端详，那是枚金戒指，上面没有任何图案，内嵌一个“婉”字。

“真是可爱的小人儿。”他笑道。

“作为主人家竟躲在屋顶看好戏，未免太不衬你的身份。”白衣男子不知何时已经坐在他身侧，手里拿着一只鲜嫩肥美的烤鸡。

这两个人年龄相仿，从小一同长大，虽不是亲兄弟，感情却胜似亲兄弟，白衣男子知道他并不想结这门亲事，肯定会出什么花招，没想到看到了意想不到的一幕，而始作俑者却躲在屋顶上看好戏。

“每次见你都在吃。”红衣男子一脸嫌弃地看着对面津津有味吃着烤鸡的人。

“我本来想在你喜宴上大快朵颐的，没想到今天什么也没吃上，害得我只能去厨房偷只鸡填肚子。”

白衣男子没有什么爱好，人生最大的爱好就是美食。

“只有吃的才能把你引出来，都不是来真心恭喜我的。”红衣男子像是看穿了他的心思。

“你需要谁的恭喜啊，未婚妻和别的男子私通，你竟然无动于衷。”

“你不是也配合得很好吗？连真言鸟都用上了。”

“你既然不想与流月成亲，为何不提前和你父亲提出解除婚约？”

“父亲要我娶本族女子，就算不是流月，他也会给我安排别的人选，不如在婚宴上闹此一出，断了他让我娶本族女子的念想。”

红衣男子把戒指套在小指上欣赏，白皙清瘦的手，在月色下分外柔美。

“你有没有想过，若再没有合适的婚配人选，你该怎么办？”白衣美男口气里尽是担忧。

“你无须担心，魇师已经帮我算出了命定女子。”风吹过他阴柔的眉眼，水玉般的眼眸在暗夜里熠熠发光，一点儿都不担心的样子。

“你说的不会是那个……小胖妞吧……”白衣美男仿佛不敢相信。

“还不知道她能不能通过初选考核呢。”红衣男子缓缓道，“不过我对她有信心。”

“对于你选人的眼光，我保留意见。”白衣美男沉思片刻说。

红衣男子笑着把脸缓缓地转过去：“小白，你看我这张新脸怎么样？魇师刚帮我换的。”

白衣男子在看到他脸的那一瞬，露出诧异的神色：“魇师的手艺一直都很好，不过，你这新脸又是唱的哪一出？”

“测真心。”

白衣男子像是顿悟了他的意思：“这么老套的戏码？”

“有什么办法呢，祖宗规矩啊……不过我已经给你安排了一个角色，欢迎加入。”

“关我何事？”

“你我多年兄弟，你不参与，我一个人多孤单？”

“我突然忘了，我父亲那儿还有事让我去找葛长老商量。”白衣男子站起来，想借机逃脱。

“你觉得你走得出我的结界吗？”胜券在握般的声音在冷风中像是一道符咒，把白衣男子定在原地无法动弹。

“包你半年的海棠蜜枣糕。熊二家出品，品质保证。”红衣男子拿食物勾引他。

白衣男子听到这个名字，眼中一亮，转过头伸出一只手指：“一年。”

“成交。”一缕清辉落进红衣男子勾人的双眸中，透出深深的狡黠。

第二章·极品丑男

1

凤栖山，临江市四大山林之首，是一座深山秘林，依山傍水，层峦叠翠，山林里有上万种稀有植物，静美得就像世外桃源。

市里多次想将此处开发为旅游景点，无奈山中野兽出没，此事一直难以实施。

这里多年以来被人津津乐道，更有传说这里住着神仙精怪，能为人消灾解难，充满神秘色彩。

颜小婉坐在地上，用手机仅有的一点儿电把凤栖山的资料刷了个遍。

此刻她和徐冉冉、乐明宇被关在一间木屋里。木屋建在一片森林的顶端，像是悬在半空中，根基却又很稳，木屋的房顶透明，四面都有窗，透过那扇窗可以看到大大小小的木头屋子五颜六色地排布在空寂的山林中。

“放我出去！快点儿放我出去！再不放我出去我就报警了……”颜小婉喊得嗓子都哑了，连个理她的人都没有。

“小婉，别喊了，这里手机根本打不出去电话。”徐冉冉已经拿出手机试过了。

“你说这里是什么鬼地方，不能打电话，不能发消息，不能发 QQ，却可以刷网页逛贴吧，还能给微博点赞，我都要疯了。”颜小婉对于这个地方网络的安排非常有意见。

“唉，你说我们遇到的是什么人啊？”徐冉冉有点儿害怕地问。

“什么都不懂也敢来我们凤栖山，是不是活腻了？”乐明宇突然说道，他拧着眉，恶狠狠地说。

“我们还不是被你害的？要不是你莫名其妙失踪，我们能来吗？”颜小婉愤愤不平地说，要不是为了找乐明宇她至于现在被关在这个不知道是哪里的鬼地方吗？

“你们为什么要来？如果不是因为你们，流月不会被抓走，我也不会被关在这里！”乐明宇大吼起来。

“你凶什么凶？明明都是你的错，你还对我们大呼小叫！”颜小婉看到徐冉冉不说话，干脆替她出头。

“我和徐冉冉都分手了，你们为什么还死咬着我不放？”乐明宇想起今天的一切，崩溃地大喊。

“谁让你单方面选择分手啊，我表姐对你多好，舍不得吃，舍不得穿，所有东西都留给你，心心念念的都是你，你学校是假的，背景是假的，你这个骗子！”颜小婉气炸了。

“别说‘骗’那么难听，你看看她，每天除了学习还会做什么？不收拾、不打扮，黑框眼镜，长衣长裤，二十几岁的人还在涂十几块的面霜。不会撒娇不会温柔，我这样的优质男生能做她三个月男朋友已经是她上辈子修来的福气了，还不知足？”乐明宇完全没有掩饰，直接把自己内心的想法说出来。

“你这么说是什么意思？这么看不上我表姐，当初为什么还要追她？”颜小婉听到乐明宇这么说，简直想动手撕了他。

“我只不过想要她身上的五彩香囊而已，她既然那么喜欢我，那我就如她意呗，一个东西换三个月的感情，很合理的买卖。”

“人渣！”颜小婉终于忍不住了，一个巴掌打在乐明宇的脸上。

“你敢打我，你……”乐明宇伸出手想反击，却发现动不了，“我的手……”

“哈哈，报应啊！有人的手动不了了！”颜小婉以为乐明宇犯了病，高兴得拍手。

“你们能不能不要吵了？”徐冉冉站起来，之前特别容易落泪的她此刻却只是满目绝望，“明宇，你是不是从来都没有喜欢过我？你对我只有虚情假意，是吗？”徐冉冉悲伤地看着乐明宇问道，表情特别冷静。

“你觉得我这样的帅哥会这么没眼光看上你这个土妞吗？要不是你身上有流月想要的五彩香囊，我连看都不会看你一眼。”乐明宇不屑地说。

“好……我知道了……是我太傻了……原来一切都是交易，你从头到尾就没有喜欢过我，我真是个不折不扣的大傻瓜。”徐冉冉的脸上露出绝望的神色。

“表姐，这种人你还和他废什么话。这次就当自己眼瞎了。”颜小婉安慰着徐冉冉，把她拉到一边，却目不转睛地盯着手机。

屏幕上是她的偶像陆成歌在临江市开第一场演唱会的订票通道。

“太过分了！居然三分钟就把票抢光了！她们肯定是坐在路由器上开着外挂抢票的，我的偶像陆小哥哥啊……呜呜呜……”颜小婉没想到自己这么守着都没抢到票，气得她一边生气一边跺脚，俨然忘了自己身在什么样的环境里。

徐冉冉对于颜小婉的这个反应完全接不上：“小命都快没有了，还惦记演唱会的门票？赶紧想想我们要怎样才能逃出去啊。”

“逃出去，对，我要赶快逃出去，说不定黄牛手里还有票。”颜小婉擦了擦眼泪。

在生死关头，鼓励颜小婉活下来的竟然是追星。

徐冉冉无言以对。

2

闹腾了一个晚上，两个人都有些累了，她们并肩坐在木屋铺好的草席上休息。

木屋的顶部是一层透明的玻璃，夜空中的繁星清晰可见。

“小婉，早知道是现在这个情况，我就不让你陪我来了，是表姐连累了你。”徐冉冉叹气说道。

“都怪颜柏森，干吗给你那些照片，害你整天惦记这个浑蛋。”

“我真后悔来到这里，有些真相还不如不要知道。”徐冉冉幽幽地说。

“知道也好，看个清楚明白，以后不要再为这种人掉眼泪。”

“前阵子想起他我就感到难过，现在想哭都哭不出来了，只觉得绝望。”

“绝望什么啊，世上美男千千万，乐明宇算什么？”

“你现在还小，等你以后喜欢上一个人就知道了，无论他是什么样，在你眼中，他永远是最好的。”

这是得情商多低的人才能说出来的话啊，亏她还是家里出了名的学霸。

“以后的事情谁知道，我们先出去再说吧。”颜小婉不想刺激徐冉冉，低着头不停地刷着手机网页，想找到一些逃生的办法。可是她看遍逃生的一百种方法，就是没有一种是讲被关在深山老林的空中楼宇里应该怎么办的。

“之前光想着来了，却忘了问飞花怎么回去，你说这里到底是什么地方？怎么人都奇奇怪怪的？”

“我刚刚一时情急也没有注意这件事，现在想起来，真是很奇怪，你说他们不是在办婚礼吗？怎么新郎一直不出现？”

颜小婉想到那位一顶绿帽从头戴到尾的新郎，不禁同情起他来。

“还有那只鸟，怎么好像会变魔术一样……”徐冉冉紧张地看着颜小婉，“你说我们会不会遇到什么……”

“呸呸呸，别吓唬自己！”颜小婉从包里拿出一盒饼干，盒子上面印着陆成歌的半身照，“还好我出门的时候带上了我偶像代言的饼干，看着偶像的照片，什么烦恼都没有了。”颜小婉掏出一块饼干递给徐冉冉，“表姐，别想那么多了，吃块饼干，千万不要饿着自己。”

“你还有心情吃饼干？”徐冉冉没有颜小婉那么乐观。

“都被关起来了，愁有啥用……说不定明天睡醒了就有好吃好喝的，出去就遇到个花美男，和我偶像长得一样帅，哭着喊着说喜欢我要娶我……”

“别做梦了……”徐冉冉无情地打断了颜小婉的幻想。

不一会儿两个人都睡着了，睡梦中颜小婉还紧紧抱着印有陆成歌照片的饼干盒子。

一红一白两个身影站在透明的屋顶上，一道审视的目光从上往下锁定颜小婉的脸。

那是一张十八岁少女的脸孔，净白透亮，皮肤上还长着几颗青春痘，杏子尖的下巴，脸上却有肉嘟嘟的婴儿肥。

“这小胖妞睡着了还挺可爱啊。”白衣美男摸着玉笛说道。

换来旁边红衣男子大大的白眼。

3

第二天早上，颜小婉和徐冉冉是被爪子挠醒的，她们迷迷糊糊睁开眼，看到一只有半人高的大鸟趴在树屋顶部，铜铃大的眼睛，浑身雪白的羽毛，额头前一点红色，身上还别着一把佩刀。

两只大鸟拿爪子直接掀开屋顶，冷风瞬间灌了进来。

“葛长老让我们把人带过去。”大鸟突然说起话来，吓得颜小婉和徐冉冉一头冷汗，虽然见过鹦鹉学舌，但是没想到这只鸟讲起话那么标准，和人发出来的声音几乎一样。

“表姐，等会见机行事，逮着机会能跑就跑，我会掩护你的。”出去前颜小婉对徐冉冉拍着胸脯说道。

“你先顾好你自己再管我吧。”徐冉冉毫不留情地回她。

大鸟一把将她们从木屋里抓了出来，飞到山林上空，昨天黑漆漆的看不清楚，现下是白天，广袤的山林就在她们的眼前，被笼罩在雾气中，犹如仙境。

但是对于恐高的颜小婉来说，这么高简直要了命，她不停地尖叫，高亢的声音在山谷里回荡。

突然，从林中射出一支硕大的箭，直接刺入大鸟的腹部，只听大鸟呜咽一声，抓着颜小婉的爪子松开了。

“小婉，小婉……”徐冉冉眼看着颜小婉从高空坠落却只能大喊。

颜小婉看着自己的身体脱离大鸟的爪子急速下沉。

完了完了……她心中默念，她今天要被摔死在这个穷山沟里了，亲爱的老爸，讨厌的老哥，家里的花花草草，永别了。

颜小婉闭起眼，静静地等待疼痛的到来，她以为自己这次必死无疑了。

她的身体穿过茂密的树林，被树枝刷得晕头转向，却没有迎来想象中的巨大疼痛，而是砸在了一个肉乎乎的身体上。

那个身体非常厚重，承接了她掉下来的大部分重量，成了她最好的垫背。

她慌忙去看身下的垫背是什么。

不看还好，一看吓得她魂都没有了——她身下躺着的居然是一头巨大的黑熊，大约有她的两倍那么大，黑熊此刻正奄奄一息地看着她。

“熊大哥，我不是故意的……你别这样看我，我胆小，经不起看。”颜小婉很怕黑熊又爬起来和她来一场生死搏斗，她平时打一头牛没什么问题，可是她现在没有半点儿力气去和一头黑熊打架。

“恩公在上，请受我一拜！”突然，不知道从哪里冒出一个人，一下子跪拜在她的面前。

颜小婉吓了一跳，循着声音看过去，一位身着红衣的男人正跪在她的面前，他的身形纤瘦，手指修长白皙，一头乌黑的长发披散在地上。

这人从衣着到说话都让颜小婉觉得与众不同。

“这位小哥，我怎么就成你恩公了呢？”颜小婉忍着身上的疼问道。

“我在山中采药不幸遇到这黑熊，刚才差点儿成为它果腹之物，还好恩公从天而降把它击倒，否则在下性命堪忧。恩公神力让在下实在佩服。”红衣男子始终保持着跪拜的姿势，没有把头抬起来。

颜小婉看看自己的小身板和地上那头黑熊，怎么看也不是她的能力范围啊。

“你是不是搞错了，这么英勇的事怎么可能是我干的？”

“恩公谦虚，我刚刚正和这黑熊打斗，它先前还生龙活虎，恩公掉下来的一瞬间就把它打倒在地，这是我亲眼所见，怎会有假？”

这个人讲话非常认真，完全不像在开玩笑，特别是一本正经的语调加上严谨的措辞，让整件事看起来非常逼真。

“我真的这么厉害？”颜小婉想起她老爸平时总说她太胖要减肥，她自己也没啥感觉，但是现在这么随意就把一头熊给压死了，看来真的要考虑一下减肥的事了。

“那……你说是我就是我吧……”颜小婉看着红衣男子，“不过你讲话为什么文绉绉的？”

“恩公见笑了，只因我们祖辈深居山林，鲜少与外界联系，在下自幼被父亲以诗书礼乐教导，言谈上是陈旧了一些，如若恩公听得不习惯，我可以尽量用白话与你交谈。”

“也不是不习惯，就是听你说话我感觉自己有点儿……没什么文化……”

“恩公不仅谦虚，还心善如斯，竟然贬低自己来宽慰在下，实在是在下的榜样。”红衣男子不遗余力地夸奖她。颜小婉长这么大没被人这样夸过，一下子有些飘飘然。

“你也别跪着了，这么大礼我可受不起。快点儿起来吧。”颜小婉实在看不惯有人在她跟前跪着。

红衣男子并没有抬起头，而是把头垂得更低了，就连声音中都带着一丝低沉：“我长得丑，怕会吓到恩公。”

“怎么会呢？我不是那种以貌取人的人！”颜小婉以为这男子是在谦虚，这身材怎么看也不会是个丑男啊。

“那……一会儿如若吓到恩公，还请恩公见谅。”

“你一个男人怎么磨磨叽叽的。”颜小婉迫不及待地去把他的头抬起来。

在他抬起头的一瞬间，颜小婉的脑中飞过无数只乌鸦。

这男子长得并不是丑，而是巨丑！明明是张巴掌大的小脸，偏偏五官像挪了位一样，鼻子又矮又塌，皮肤上长满了雀斑，笑起来露出一口龅牙。硬要说有什么地方看得过去的，就是他那一双眼睛，微亮细长，勉强能看。

“恩公……我是不是吓到你了？”他试探地问道，脸上露出自卑的表情。

“没有没有。”颜小婉虽然吓得不轻，但是她老爸多年的品德教导在此刻发挥了很大的作用，她强忍着心中的震惊，强迫自己说，“也没有……很丑……还是……不错的……呵呵……呵呵……”

她那两声“呵呵”回荡在山谷里，又尴尬又令人心碎。

“是吗？”那红衣男子眼中一亮。

“是啊……我骗你……干什么……再说……人最重要的是内心，不是外貌……”天知道颜小婉有多努力才把这段话说完。

“那个……请问下山的路怎么走？”在熬过了几秒钟尴尬的时光后，颜小婉问出了自己的心声。

“沿着这片树林走出去就有下山的路了。”

“那我……先走了，你好好……保重！”颜小婉不知道是不是被吓的，讲话已经开始结结巴巴。

可是在她刚刚站起来的一瞬间，双脚突然传来的疼痛让她又快速地倒了下去。她这才发现，她在掉落的时候被树枝剐得浑身是伤，脚踝也肿得厉害，根本无法行走。

“我看恩公伤势严重，如果现在勉强下山只会加重病情，况且这里地处偏僻，下山大约要走两个时辰。”男子的声音非常悦耳动听，像是微风拂过一般清新。

“这么麻烦啊？”颜小婉努力控制自己不结巴，尽量避免去看那个男子的脸。

“如果恩公不嫌弃……可以到我家休养几日，等好得差不多了，我亲自送恩公回家如何？”

“不用了，不用了。”颜小婉第一反应是立马拒绝，天哪，要和这么丑的人住在一起这日子要怎么过啊。

男子没有说话，只是幽幽地垂下眼：“我知我的样貌会吓到恩公……恩公不想与我同住我也明白……”

明明是个丑得惊人的男子，为什么颜小婉看到他受伤的表情时心里还是不忍？

“不是……我没有嫌弃你……”颜小婉脑子一转立刻转移话题，“我只是想出去找人来救我表姐。”

“你表姐？”

“和你说实话吧，我和我表姐是昨天来到这座山的，莫名其妙得罪了一个白胡子老爷爷，他本来打算今天处置我们，抓我的鸟被箭射中，我掉了下来，现在和我表姐失散了，我很担心她的安危。”

“你说的白胡子可是葛长老？”

“对对，他们好像是这么喊他的。你认识他吗？”

“葛长老是我们凤栖山东亭族的大长老，在凤栖山名望很高，我这种山野小户只是听过他的名号，哪里会认识。”

“东亭族是什么？”红衣男子的话激起了颜小婉的好奇心。

“东亭族乃是凤栖山的仙家，奉天命掌握着凤栖山所有的生死命脉。”红衣男子有些神秘地说。

“仙家？你见过？”颜小婉觉得不可思议。

“曾有所听闻。”

“难怪那个白胡子讲话都不拿正眼看人，原来是仙家管事的。”

“葛长老的白胡子是家族遗传，一出生就自带的，其实他的年龄只有二十岁出头而已，大家喊他长老只是出于尊敬。”

“二十岁出头？不会吧，难怪我喊他老伯他气得跳脚。”

“是吗？”红衣男子笑起来，“我虽不是那个家族的人，但是也有相识的朋友在他们族中，恩公可先在我家休养，你表姐的情况我可以帮你打听一二，有消息好及时通知你，你看怎么样？”

“这……”颜小婉迟疑起来。

红衣男子看出她有疑虑，又开口道：“恩公可以放心，我绝对不是坏人，我只是想报恩公的救命之恩。”

丑汉子说得真挚诚恳，看起来也真不像坏人，颜小婉想想自己现在的处境，不如去他家住两天养伤，顺便还能打听表姐的下落。

只是一想到接下去要一直面对这么丑的汉子，她的心里有种说不出的悲伤。

“你别喊我恩公了，我叫颜小婉，你叫我小婉就行。”

“我叫阿柒。”他笑起来，走到她面前，“你有伤在身，我来背你吧。”

“不用麻烦……我自己可以……”

“我会背过身去，不会让你看到我的脸……”阿柒说这话的时候眼中已经染上了一层悲伤。

特别是他垂着脑袋，一半头发遮住脸颊，只看到他那双狭长的双眸，清亮如水，颜小婉差点儿被迷惑了。

“你别想太多，我是怕你辛苦，既然你不怕辛苦，那就背吧。”颜小婉这个人没啥优点，就是心软。

“只要恩公一句话，阿柒一点儿也不觉得辛苦。”阿柒刚刚悲伤的表情瞬间就不见了，欢天喜地地将颜小婉背在自己身上。

“我都说了别喊我恩公。”

“那我叫你婉婉如何？”他轻轻地喊她，手臂轻轻绕过她的身体。颜小婉闻到他身上有一股淡淡的香气，有点儿熟悉，可是又说不出在什么地方闻到过。

“婉婉？”颜小婉只觉得瞬间起了一身鸡皮疙瘩，这么肉麻的称呼也亏他想得出来。

这是颜小婉长到十八岁第一次被男生背，这种感觉特别微妙，她小时候曾幻想过这个画面，只是没想到竟然发生在这种地方，而且背她的是个丑男。

人家徐冉冉上山崴脚都是遇到美男，她为什么那么倒霉遇到的是极品丑男？

虽然历史总是惊人地相似，可是结局总是悲惨地不同。

阿柒的脖颈非常白，脊背瘦弱却温暖。

如果不看他的脸，颜小婉根本无法相信这么一个身形完美、声音动听的男子竟是个大丑男。

她在心中默默感慨：老天真是公平的，给了一个人这么完美的身材，却给他配了张那么丑的脸。

在路上，颜小婉和阿柒攀谈起来。

阿柒说曾经他的祖祖辈辈一直住在凤栖山，是这山里的猎户，靠打猎为生。到了他父亲那辈，终于走出了大山，去外地打工赚钱。不知是太过操劳还是不习惯外面的生活，父亲得了绝症，家里花光了所有的积蓄为他治病可还是无果，现在因为没钱只能在家中静养。

他今天之所以出门是想看看能不能挖到点儿珍稀草药出去卖，谁知竟然在山林里遇到了黑熊。

颜小婉没想到这个丑男身世这么可怜，不禁同情起他来。

颜小婉发现这一路上看不到什么人家，只陆续看到有一些人正在三跪九叩地上山，嘴里还念念有词："狐仙大人福泽绵延。"

"这些人去哪里？"颜小婉忍不住问道。

"去狐仙庙。"阿柒回答，"凤栖山的狐仙庙十分灵验，许多人慕名前来为求一愿。"

"真的有狐仙吗？"颜小婉歪着脑袋，充满了好奇，"我这辈子还没见过仙呢，连狐狸都没见过。"

阿柒的脚步停了下来："待你脚好了，我带你上狐仙庙看看狐仙。"

"好啊！"

"你有什么心愿吗？"

"我就想知道，我到底什么时候才能发大财。"颜小婉叹气。

阿柒顿了一下："没想到恩公的愿望如此单纯。"

"我这辈子除了偶像陆成歌之外，只追求一件事，就是发大财！"

山顶上的狐仙庙，红色的琉璃瓦在绿色的树林中露出一片绯红的光。

远处的山林里，一排房子袅袅冒着炊烟，深山绿林，放眼看去一片宁静祥和。

"到家了。"阿柒把头微微抬起，阳光照到他的眼眸中，细长微挑的双眸含着胜券在握的笑。

4

阿柒家和昨天颜小婉看到的金碧辉煌的小楼相比，实在是太简陋了。

一排矮平房，房子仅用红瓦堆砌，白木头做门，窗户还是用纸糊的。

不过每个房门口都挂着一盏八角红灯，屋外的院子种满了花草，生机勃勃，五颜六色，藤蔓绕着屋子爬满四周，倒是给这个简陋的住处平添了不少光彩。

“这是你家啊？”颜小婉看了好半天才说出一句。

“舍下简陋，让你见笑了。”

“真的还蛮简陋的……”颜小婉说完这句感觉不太合适，又补充道，“没有……我是说，也还蛮……朴素的……这些花草种得不错！”

“家里的钱都拿去给我父亲治病了，所以……希望你不要介意才好。”阿柒面露窘态，推开其中一间房门，“这是我二姐以前的房间，暂时委屈恩公住这里。”

现在分明是白日，整个房间里却透出一片红光来。

“不委屈不委屈，是我打扰了。”

颜小婉仔细看了看，这间房虽然简陋，摆设却还算雅致，花梨木梳妆台上摆着妆奁盒、铜镜、胭脂，青砖堆砌的石墙上还挂着一幅水墨竹画，画上绿色的竹林中穿过蜿蜒的溪水。

房中最醒目的是一张雕花大床，大床上挂着红色幔帐，纱质轻柔，透露着古旧的气息。

阿柒把房间的窗户打开，颜小婉注意到，窗户外有一片绿色的池塘，池水碧绿通透，夏日的白荷开得正艳。

“你家里人呢？我要不要去和他们打个招呼？”颜小婉询问。

“我家里现下只有我和我父亲，我母亲过世早，六个姐姐也已经离开，现在只留下我和父亲相依为命。”

“离开？是不是都外出做事没回来？现在的人啊，孝顺意识太薄弱了，工作之后就不回家看父母，真是……”

“阿柒，是谁来了？”门外一道苍老的声音打断了颜小婉的絮叨。

“父亲，我带了个朋友来家里住几日。”

“伯父你好，我叫颜小婉。”颜小婉看到有长辈来想下床，却被阿柒一下子按住。

“父亲，小婉她身体不好，行走不是很方便。”

“那你好生照顾着，不要怠慢人家了。你南宫叔喊我去钓鱼，我先出门了。”

“好的，父亲。”

“在池塘多钓两条鱼晚上做汤给你们喝。”

“记下了。”

脚步声渐渐消失在门外，颜小婉看了一眼阿柒：“你别把我搞得像重症不治似的，我只是被树枝剐了几下，其实我精神着呢！”为了表示自己身体不错，颜小婉想做几个伸展动作，没想到刚伸出手就把自己疼哭了。

“疼，疼，疼……”颜小婉疼得眼泪汪汪。

“你就别逞强了。”阿柒想笑又强忍着的样子深深打击了颜小婉。

“我去给你熬点儿药，有事你喊我。”阿柒叮嘱。

“呜呜呜，知道了……”颜小婉习惯性地掏出手机，“对了，你家插座在哪儿啊？我想给手机充下电。”

“我们这里地处偏僻，还没有通电。”

“没有通电？现在还有人家里没有电？”太不可思议了！

“十分抱歉。”

“呃……那你们怎么和外界联系？”颜小婉又感觉自己说错话了，于是随便找了个话题。

“下山大约走 20 公里有一个加油站可以打电话。”

“20 公里？走路要走多久？”颜小婉对路程没什么概念。

“脚程快的话两个小时。”

“……”两个小时，岂不是要走成瘸子！

“你如果想打电话我明天可以背你去。”阿柒一脸认真地看着颜小婉说道。

“不用了，我只是随便问问……”背两个小时是什么概念？他肯定得背成瘸子啊。

“那你先休息一下。”

“好，那我表姐的事情……”

“我会托人问的。”

“你们这连电话都没有怎么托人问？哦！我知道了，用信鸽对不对？飞鸽传书！”颜小婉想起古时候人们经常用信鸽传消息。

可是阿柒却摇了摇头：“信鸽是大家族的人才能用的。我们这种小门小户哪儿养得起啊。”

信鸽都养不起，这是有多穷？

“那你们用什么？”

“金鳞。”

“啥是金鳞？”颜小婉好奇地问。

“喏，池塘养的就是了。”阿柒指了指窗外池塘里几只绿色的蹲在荷叶上的生物。

那生物瞪着大大的眼睛，鼓着肚子，正在“呱呱”地叫。

这哪是什么金鳞啊？这分明就是青蛙。欺负谁没文化呢？

“这……这……不是青蛙吗？”

“我们叫它金鳞。”

“是吗？”它到底凭什么担得起这么好听的名字！

“你别看金鳞个头小，跳跃能力却是极佳。”

“说来听听，有多佳？”

“送信的话，一去一回七天足矣。”

“七天？真的……很快……呵呵……”也不知道那时候表姐是否还健在。

“怎么了？你怎么一脸惆怅的表情？”阿柒关心地问道。

“没有……挺好的，真的挺好的……”表姐，你还是自求多福吧，我已经尽力了。

“那我先出去了，有事你喊我便可。”阿柒说完这句话，带上门走了出去。

颜小婉望着屋外池塘边的青蛙，再看看这一屋子的寒酸，想哭的心都有了。

书里的奇遇不是遇到美男就是遇到土豪，就算没有金银珠宝，至少吃穿不愁吧，她这遇到的是什么？压死黑熊被一个丑男捡回家，家里一贫如洗连电都没有，打电话要走两个小时，信鸽都养不起要靠青蛙送信。

想了一通，颜小婉感觉脑子有点儿发晕，简直心痛到无法呼吸。

她从包里拿出饼干盒，紧紧地抱在怀里：“偶像，我这几天只能靠看着你过日子了！”

5

没有电的日子对于她这种网瘾少女来说真是超级难熬。

不能玩手机、不能上网，更没有打开就出的热水，最让她心碎的是她出门上了个厕所回来，发现饼干的包装盒不见了！

等她一瘸一拐地走到厨房，看到阿柒正拿着盒子当着她的面丢进灶里：“我刚收拾你房间，看到个没用的盒子就拿来烧掉了。”

“这怎么是没用的盒子！你没看到上面印的是大明星陆成歌吗！”颜小婉气得大吼。

“对不起，我不知道……”阿柒又露出一副愧疚的表情，明明丑得吓人的脸，可每次露出那副表情，一双眼睛就像小奶狗一样可怜。

颜小婉扶着大门看着阿柒快要哭出来的脸，想要骂出口的话硬生生被吞了回去。

“算了，说了你也不懂……烧了就烧了吧。”

和一个山里的原始人计较什么呢？他根本什么都不懂！等她下山回家她一定要买一百盒放在家里天天看！

吃晚饭的时候颜小婉再次见到了阿柒口中身患绝症的他的父亲大人。

她刚在饭厅坐下，阿柒的父亲就从屋外走了进来。颜小婉这才有机会细细打量他，他穿朱红色的袍子，头发半长，身形与阿柒相若，仙风道骨的模样。

让颜小婉诧异的是，他长得和阿柒一点儿都不像，虽然脸上有岁月的痕迹，看上去却是个极其英俊的中年男子，哪怕是脸上有了些许皱纹，都无法掩盖他是帅哥的事实。

颜小婉发现这凤栖山的人都喜欢穿袍子，留长发，这应该是当地的民风特色。

“女娃娃，我们又见面了。”阿柒的父亲笑眯眯地看着颜小婉。

颜小婉微笑着以示回应。

阿柒随后也端着饭菜进了门。

“你老爸长得这么帅居然得了绝症？真是太没天理了。”

颜小婉脱口而出的这句话，让大家都愣住了。

还是阿柒父亲先反应过来：“哈哈哈……阿柒，这女娃娃性子好啊。”阿柒的父亲笑着说：“你喊我白哥哥……咳……白叔叔就行。”

“白叔叔。”颜小婉甜甜地喊了一句。

“乖。”他伸出手拍了拍颜小婉的头，颜小婉脸颊一红，有些不好意思地把头低了下去。

这就是传说中别人家的老爸啊！帅得和明星一样啊！如果不是她手机没电了，她肯定要给阿柒的父亲拍张照片发到微博上让大家看看！

她保证，这转发不是过万也肯定破千！

“哇，今天这么多鱼。”白叔叔看到鱼，两眼冒光。

颜小婉这才注意到桌子上全都是鱼，只是做法不一，有红烧的、清炖的、生煎的，还有熏烤的，香气四溢，让人忍不住胃口大开。

颜小婉才刚低头扒了一口饭，抬头，只见一条鱼已被阿柒父亲吃得只剩下骨头了。

这老人家吃东西的速度令颜小婉目瞪口呆。

“父亲，您身体不好，吃慢点儿。”阿柒皱着眉头，像是提醒。

阿柒父亲这才发现自己有些失态："对对对，儿子说得对，我得吃慢点儿。"

"小婉，你家还有什么人？"阿柒父亲和颜小婉攀谈起来。

"还有爸爸和一个哥哥。"

"那你爸有没有规定你什么时候可以嫁人？"

"啊？嫁人？"颜小婉对这个突如其来的问题表示惊讶。

她才刚过十八岁生日，嫁什么人？

"父亲，你乱问什么呢！"阿柒咳嗽了一下，"婉婉，我父亲喜欢乱问问题，你别往心里去。"

"没事儿，问问又不要钱。哈哈。"颜小婉没心没肺，想得特别开。

阿柒和他父亲倒是被她的直爽的回答说得愣了一下。

"我家阿柒平时没什么朋友，你可是他第一个带回家的朋友。千万不要客气，把这里当自己家就行了。"阿柒父亲喝着酒，脸上始终笑眯眯的。

颜小婉托着腮看着阿柒父亲的那张脸，虽然上了年纪，但还是难掩他的气质和俊颜，真让人赏心悦目，把她一整天不能上网的焦躁都缓和了。

果然只有美男才能治愈她受伤的心。

"白叔叔您是怎么得病的？医生怎么说？还能医治吗？"颜小婉吃到一半突然问道。

"我这病嘛……"阿柒父亲看了阿柒一眼，"就是以前工作太辛苦给累的，看了医生了，但是治不好，唉……"说完他还深深叹了口气表示很忧伤。

"啊……您以前是做什么工作的？"

"做什么工作啊？"阿柒父亲沉思了一下，"什么工作都做过，工地上搬砖啦，地铁口发传单啦，马路边扫大街啦……"

"咳咳咳……"阿柒咳了几声，脸一阵红一阵白。

"真辛苦啊。"颜小婉脑补了一下那个画面，搬砖、扫大街、发传单，套在这张脸上真是又美好又酸楚。

"可不是！像我们住在大山里的人，生活多不容易啊，我家阿柒长得丑，本来还想存点儿钱给他整容的，现在全被我这病拖累了……你看他都二十好几的人了，连个喜欢他的女孩子都没有。我这身体……咳咳咳……咳咳咳……怕是熬不过这个月了。"阿柒父亲说完突然就咳嗽起来。

不会吧，前一秒钟还在优哉游哉地喝酒，怎么下一秒钟就熬不过这个月了？

颜小婉抬头去看阿柒，只见阿柒快把头埋到碗里去了。

看来是听到这个话题太伤心，不忍面对啊。

“如果我死前能看到阿柒结婚，我也就死而无憾了……咳咳咳……”阿柒的父亲越说越激动，突然就喷出了一口血。

“白叔叔，你怎么了？阿柒，快扶你爸去休息！”颜小婉焦急地喊阿柒。

阿柒的头终于从饭碗里抬了起来，像是习以为常：“婉婉，不用担心，我父亲经常吐血。”他看了一眼一桌子被父亲的血染红的饭菜，“父亲您下次吐血的时候能不能不要吐在桌子上，现在饭菜都浪费了。”

“我下次注意……”阿柒父亲擦了擦嘴边的血，拿起桌上的酒又喝了起来，那脸色红润得完全不像是刚刚吐过血的人。

这也太豪迈了，颜小婉第一次见到有人吐完血还能继续喝酒。

阿柒父亲望着一桌子的菜肴：“实在抱歉，把菜搞砸了，小婉你还饿吗？我让阿柒给你煮碗面吧。”

“我吃饱了，不用麻烦了。您有病就多休息吧，别喝酒了。”颜小婉看着阿柒父亲一口接一口地喝酒，完全没有停下来的意思。

“医生说我现阶段吧，能吃就吃，能喝就喝，不能委屈自己，万一……那啥……也就喝不到了，会有遗憾的。”阿柒父亲一脸宽心地说。

“我懂我懂。”颜小婉同情地看着阿柒父亲，心里还在惋惜一个老帅哥即将英年早逝，“医生说得对啊，想吃就吃，想喝就喝，千万不能委屈自己，您想干吗就干吗，高兴就好，有什么未了的心愿就和我说，我能做到的一定帮您做到！”

“真的吗？”阿柒父亲在听到颜小婉的这句话之后，“啪”的一声放下酒杯，一把握住了颜小婉的手，“白叔叔一看你就是个好姑娘，那白叔叔就不和你客气了。”

“不用客气，您说吧！”

“你能不能嫁给阿柒？”

“什么？”颜小婉以为自己听错了。

“你能不能嫁给阿柒？”阿柒父亲说这句话的时候中气十足，表情认真，一点儿都不像是开玩笑的样子。

颜小婉看了看阿柒那张在煤油灯下丑得惨绝人寰的脸，又看了看一贫如洗的房子。

停顿了几秒钟之后，她用力地把手从阿柒父亲的手里抽了出来，铿锵有力地回答：“白叔叔，您还是和我客气一下好了！”

第三章·山间生活

“白叔叔，我的意思是说，阿柒这么好，我怎么配得上他呢？你别看我在你面前表现得特文静、特乖巧、特讨人喜欢，其实我性子泼辣，做事不过大脑，一不会做饭二不爱学习三动不动就打人乱发脾气，我这种人简直是社会的祸害、家里的蛀虫，谁娶我谁倒霉，嫁给谁谁揪心啊。”

“你对你自己也太下得去狠口了。”阿柒父亲说道。

“白叔叔，我这人没啥优点，唯一一个优点就是爱说实话。你看你家阿柒，头发黑皮肤白，眼睛弯弯像月牙，个子高身体好，洗衣做饭烧鱼好，会爬山会种树，诚实听话懂礼貌，这么根正苗红的大好青年千万别让我给毁了，真的，我负不起这个责任。”

“阿柒真的有这么好？”阿柒父亲一脸惊讶。

“绝对的！必须这么好！”

“那正好啊，你差他好，你们两个正好互补嘛。再说，我家阿柒不是那种会嫌弃人的人。”

什么？都说成这样了还不嫌弃？

“父亲……您别胡言乱语吓坏了婉婉。”阿柒敲了敲碗碟帮颜小婉解围。

“我哪里胡言乱语了？这就是为父的心愿嘛。”

“您再这样说话，我可要生气了。”阿柒瞪了他父亲一眼。

“我的好儿子，别生气，为父就是和小婉开个玩笑。”

“都这么大了也没个正经。”阿柒一把拉过颜小婉，“走，小婉，我去给你煮面。”

“瞧你这贴心的，我在米缸里藏了个鸡蛋，记得给你媳妇煎了吃。”阿柒父亲的声音在身后拖得老长。

“媳妇”两个字听得颜小婉心惊胆战。

嫁给阿柒，开什么玩笑？一个认识一天都不到的人，让她嫁给他？别逗了。

她才刚刚考上大学，大学校园里有那么多美男她还没看到，她怎么能让自己的幸福断送在这个穷山沟！

“小婉，方才我父亲说笑的，你别当真。”阿柒似乎总是能看穿她心里所想，“你这么好看，哪里是我这等丑人配得上的。”

黑漆漆的走廊里，一排蜡烛照得阿柒的表情有点儿黯淡。

颜小婉长这么大第一次听到有人说她长得好看，从小到大，无论她走到哪里，听到最多的就是：“你长得还没有你哥十分之一好看，你和你哥怎么差那么多？你是你爸妈亲生的吗？”

突然被人夸奖，她都有点儿怀疑自己的耳朵。

她发现和丑人在一起也是有好处的嘛，至少优越感极强。

“阿柒，别自卑！长得丑不是你的错，这完全是你妈妈的责任！”她豪情万丈地拍拍阿柒的肩膀，“你的苦，我懂！”

有个这么帅的爹，自己却长得那么丑，被比较的苦，她深有体会。

看来遇上志同道合的友人了。

阿柒嘴角浮出一丝笑意。

眼看已经到了厨房，阿柒停了下来，夜里黑，颜小婉没留神，一下子撞到他后背，撞得鼻子生疼。

“呜呜呜，疼……”她可怜巴巴地喊疼，在他面前，完全不顾形象。

“怎么了？”

“你的后背是什么做的？一点儿肉都没有。”颜小婉摸着鼻子。

“撞到哪儿了？我看看。”阿柒转过身，凑近了看她。

龅牙塌鼻，满脸雀斑，那张惨绝人寰的丑脸把颜小婉吓到了。她忍住要推开他的冲动拼命挣扎着说：“我没事！我不疼了！你快给我煮面吧！”

“真的没事了吗？”阿柒像是不放心，还要靠近她。

“一点儿事都没有！”

“那你先在旁边坐一会儿，等我煮面给你吃。”阿柒转过身的时候，窗棂外一点星光落在他的眼中，露出了一丝颜小婉看不见的狡黠。

灶膛里还有余火未灭，一簇一簇噼里啪啦地响着，阿柒夹出炭火点燃厨房的一盏煤油灯。

室内一下子燃起暖色的灯光，在阿柒身后拖出长长的影子，他的头发用一根草绳系着，熟练地烧火、煮水、下面，一气呵成，利落优雅。

如果不去看阿柒的脸，只看他的背影，真是个让人浮想联翩的身姿。

颜小婉，你在想什么呢！

颜小婉强迫自己不去想，别过头去。

桌子上的银色煤油灯，它并不像是陈旧的物件，这盏煤油灯套着六棱形外罩，光透过外罩折射出来，那罩子上画了一只玲珑小物，她一时好奇，把煤油灯拉到自己面前。

画的是一只幼犬，蜷缩在一棵树下，正闭眼酣睡，长长的尾巴绕过自己的身体，仿佛能将自己包裹起来。

画面栩栩如生，将幼犬的可爱灵动展示得淋漓尽致。

“好可爱的小狗狗啊。”颜小婉开口称赞。

突然，她似乎看到那只本来闭眼的幼犬身体抖动了一下，唰地睁开了眼，一双如灯般的灵动双眸，正灿灿地看着她。

“啊！狗狗眨眼了！”颜小婉吓得大叫了一声。

“什么眨眼了？”阿柒走过来。

“灯……灯上画的狗狗眨眼了……”

“狗狗？”阿柒拿起煤油灯看了看，突然笑了起来，“你说它是狗？你居然说它是狗？哈哈哈……”

“不是狗是什么？哎呀，那不是重点啦，重点是它在眨眼！”

“咳咳咳……”阿柒过了好半天才忍住笑意，“你看错了，这只是一幅画而已。”

“我明明……看到它眨眼了……”颜小婉哆哆嗦嗦地又去看了一眼那盏煤油灯，刚刚那只幼犬此刻正闭着眼，仿佛刚刚真的是她眼花了而已。

“我家光线暗，你看花眼了。”阿柒解释。

“可能是吧。”颜小婉端起煤油灯，左看右看那幅画都没有再动，“应该是我看错了，不好意思啊。”

“无妨。”阿柒把面端上来，自制的手工面条，放几片青绿的白菜，切成薄片的卤牛肉和一把香葱，再卧上一颗煎得金黄的荷包蛋，在简陋的厨房里，飘着诱人的香气。

面碗旁边还摆了一碟金色菱形的糕点。

“这是什么？”

“胡萝卜蛋糕。”

“胡萝卜蛋糕？”颜小婉拿起一块放到口中，淡淡的胡萝卜的香气充满口腔，味道单一，却十分清新，吃了一口就忍不住想一口气全吃完。

“这个怎么做的？怎么那么好吃？”颜小婉感觉自己要被这一小块胡萝卜蛋糕折服。

“你尝尝这个面。”阿柒建议。

颜小婉拿起筷子吃了一口面条，入口是手工面那粗糙扎实的口感，咀嚼几下，一种熟悉的味道立刻布满她的味蕾。

是她童年记忆里妈妈经常做的味道，自从妈妈去世之后，她再也没吃过这个味道的面，连她的父亲颜大军都做不出来，没想到阿桀竟然能做得出来。

“阿桀，你怎么会做这个面？”颜小婉惊喜地问道。

“怎么了？”

“我妈以前经常给我做这种面条，就是这个味道！”颜小婉雀跃起来。

“是吗？”阿桀淡淡地看着她，目光柔和。

“不过我妈妈在我八岁的时候就过世了，我小时候总想吃这个面，我爸做得手都长茧了也做不出这个味道，没想到你做出来了。”她大口地吃面，回忆起来，眸中有泪光闪动。

“你喜欢吃以后我天天给你做。”阿桀脱口而出，又马上补充道，“我没别的意思，我是说你如果爱吃，这段时间我都可以给你做。”

“好好好，辛苦你了。”颜小婉丝毫没有客气的样子，三两下就把面吃完了，包括那碟胡萝卜蛋糕。

她满意地摸了摸自己圆滚滚的肚子，抬起头，看到阿桀坐在她的对面，正托着腮看着她。

他的乌发垂垂地散落，黄色的灯光下，那一张丑陋的容颜，竟也生出一些光华。

天，他莫不是对她有了什么心思？颜小婉想到这里吓了一跳，赶紧说:“我吃完了。”

阿桀把空碗端过去，拿起一块手帕帮她擦了擦嘴，也不避忌，唇边带着一点儿笑意，让颜小婉发愣。

这个人可真厉害，这么丑的一张脸也能让她偶尔迷醉，要是长得好看些，那可不得了。

她火速回到自己的房间，阻止自己萌发奇怪的念想。

“小婉，我就在外面，你夜里有什么事喊我就好了。”阿桀的声音从门外传来。

“我知道啦。晚安。”

“晚安。”干净动听的声音隔着门像是被夜风吹动的风铃。

颜小婉躺在床上看着这满室的复古装饰，红色的幔帐从顶部垂落下来，窗外是阵阵蛙鸣，有惊无险的一天总算是过去了。

屋里点着好闻的香，颜小婉很快就进入了梦乡。

一抹红色光影出现在房间里，他站在颜小婉的身边，静静地看着眼前的人，穿白衣的“父亲”拎着酒壶穿墙而入，伴随着细碎的铃声。

“你这铃铛最近能不能别带在身边，万一穿帮了……”红衣男子皱眉说道。

“就她这智商，还会穿帮？”白衣男子笑了起来。

“你得感谢她的智商，要不然你编出来的谎言，三岁孩童都不信，还扫大街、搬砖、发传单。”

“我就随便一说呗。”

“谁让你这么早和她提成婚的事儿了？”

“我就试探试探，万一她傻就同意了呢？”

“她只是脑子不好使，又不是眼瞎。”

“你确定她不是眼瞎吗？居然把我看成狗！”

“谁让你附在煤油灯上偷听我们说话。”

“我就是想看看身为丑男的你是如何降服少女的心的！”

“对了，她表姐那边怎么样了？”

“葛长老你还不知道啊，刀子嘴豆腐心，罚她去崧林涧刷马桶了，过几日就送她回去了。”

“崧林涧刷马桶……亏他想得出。”

门口的灯被逐一吹灭，两个人的声音逐渐低了下去。

阿柒坐在颜小婉的床边，看着她熟睡的脸，想起她吃面的样子，那满足的表情仿佛得到了全世界。

她有一张小小的圆脸，不算美人，却带着一股娇憨的可爱。和他小时候见到的她几乎无二，还是那么单纯、天真。

他忍不住摸了摸她的脑袋：“傻姑娘，居然一点儿也不记得我了。”

2

为了养伤，颜小婉暂时在阿柒简陋的家里住了下来。

没有网络的日子就像没有调味料的方便面，怎么煮都没味道。

日常面对的是：破屋破门没有电，看山看水看青蛙。

这都不是最无法忍受的，最可怕的是，他们家每天的饭菜就是青菜、鱼，鱼、青菜，多一种菜都没有，还美其名曰有荤有素。

人在屋檐下，不得不吃鱼啊……

徐冉冉的消息是在七天后由一只绿油油的青蛙带回的，颜小婉第一次亲眼看到青蛙送信，它跳到阿柒的手上，那信就叼在它的嘴里。

颜小婉看得目瞪口呆，那封信打开之后是一排排像蝌蚪一样的文字，她看不懂，还是阿柒翻译给她听的，说是表姐被葛长老送去凤栖山一个偏僻的地方洗厕所了。

颜小婉当场就领悟到生活对她是多么慈悲！

她想想表姐的处境，再看看自己，虽然穷困潦倒，无聊得要死，至少还有人伺候，轻松闲散，心里瞬间宽慰了很多。

她寻思着等她康复回到家，再找人来救表姐，现在自己势单力孤，实在难成大事。

好在阿柒对她照顾周到，一日三餐虽然不换菜品，但是经常会做她喜欢吃的面。

每日定时给她上药，照顾得无微不至，还做了一个简易木质轮椅，闲来无事就推着她在林中走走。

还别说，待得久了，颜小婉发现这凤栖山的风景还真是不错，虽是密林深幽，却也错落有致，山泉清澈到可以直接饮用，山涧里开的小花也给这绿色的树林增添了不少亮色。

只是很奇怪的是，颜小婉逛了那么多地方，一直都没有到过那天晚上去的那栋金光灿灿的白色小楼。放眼看去凤栖山一片绿林，仿佛只有阿柒这一户人家以及山上那间许多人前去求愿的狐仙庙。

倒是每到夜里她睡着之后，总感觉有只毛茸茸的爪子在摸她脸颊。

可是等她睁开眼，又什么都没有看见。

3

不知不觉颜小婉已经在这个地方住了十天了，身上的伤也好得差不多了。

阿柒每天都会打理门口的那些花花草草，给她做胡萝卜蛋糕和煎药。无论何时何地都手捧一本书，就像个书呆子。

这天早上，她在朦胧中又感觉有只毛茸茸的爪子在摸她的脸，她没有着急睁开眼，而是用力伸手一抓，果真抓到一只毛毛的爪子。

“呜……”一声小兽的哀鸣传来。

她心里狂喜，这次还抓不到你！

她快速睁开眼，看到一个毛茸茸的小东西一溜烟地从她手里挣脱，逃到窗外，她没看清楚那团小东西的长相，只看到一团鲜艳的红色。

没一会儿阿柒推门而入，看到颜小婉趴在窗户上，问：“小婉，你怎么了？”

颜小婉左看右看：“咦，奇怪，上哪儿去了？”

“你在找什么？”

“你有没有看到什么猫猫狗狗？”

“我们这里经常有小动物过来要食物，你指的是？”

“我最近晚上睡觉时总感觉有什么小动物在摸我脸，刚刚我看到了一只红色小东西跑了出去，你们这山里有没有什么红色的动物？”

阿柒沉默了一下，然后神秘兮兮地说：“我想你大概是遇上红狐仙了。”

“狐仙？”颜小婉惊了一下，“不会吧？”

“凤栖山是千年古山，山里有灵性的动物特别多，唯有狐狸最通人性。凤栖山的红狐可是狐中之王，我想你大概是和它有什么缘分，所以它总来找你玩吧。”

“玩？我才不要和它玩！烦都烦死了，每天都乱摸我！”颜小婉听着玄乎，却并没有当回事。

“不可说这种话，狐仙可是最记仇的。”阿柒神色紧张地说。

“谁怕它啊，不就是一只狐狸吗？还能怎么记仇？下次要让我抓到它，看我不打它屁股。”

“嘘，小声些，让狐仙听到，它会找你麻烦的。”阿柒虔诚地对着窗外，“狐仙在上，请勿怪。”

颜小婉本来没有把阿柒的话放在心上，她还想着今天晚上不睡觉，就等着那只狐狸来找她，好抓个现行。结果到了晚上没有等到狐狸，却发现自己的身体发生了巨大的变化。

她的身体不知道什么原因像充了气的皮球，变得又肥又胖，连下巴都挤出了三层，半个小时内她就变成了一个大胖子，连走路都费劲。

“阿柒……我怎么了？我怎么变得这么胖？”颜小婉都快哭了，她一个如花似玉的美少女怎么突然变成大胖子了？

阿柒听到颜小婉的惨叫推门进来，看到这情景也吓了一跳。

此时阿柒的父亲也走了进来，他看到颜小婉变胖的样子大惊失色地说：“小婉你怎么变胖了？”

“我也不知道……”颜小婉都快哭了。

“小婉，你是不是得罪狐仙了？”阿柒父亲问道。

“我不就下午随便说了它几句吗？”

“那就是了，狐仙这是下咒惩罚你呢。”阿柒父亲笃定地说。

“不会吧？这么小气。”颜小婉带着哭腔，“那我现在要怎么做？”

“别着急，明天天亮让阿柒带你去狐仙庙，到了庙里诚心和狐仙道歉，只要让狐仙看到你的诚意和悔改之心，它若高兴了会给你解了这个咒。”阿柒父亲给颜小婉出主意。

“这能行吗？”颜小婉依然哭丧着脸。

“行不行都要试试，要不然你就要一直做胖子了。”阿柒父亲像是故意吓唬颜小婉。

“好吧……”颜小婉沮丧地点头，忍不住拿自己的小胖手去抹眼泪，那样子别提多滑稽了。

4

第二天天一亮颜小婉就起来了，实际上她晚上一直没怎么睡，还好阿柒一直在门外陪着她。

狐仙庙在山顶上，那条路荆棘丛生，台阶陡峭，寻常人走起来都非常困难，更别说颜小婉现在胖到两百斤重，虽然有阿柒扶着，可是她还是觉得每一步都艰难无比，在路上还摔了好几次，疼到快晕倒。

做胖子真是太辛苦了，她要是变瘦了，一定好好减肥，再也不嘴馋了。

快走到山顶的时候，已是中午时分，颜小婉全身衣服都已经湿透，还好阿柒带了很多水果、食物，还带了毛巾给她擦汗。

但是她感到她的脚已经麻木，仿佛失去了知觉。

山顶上的狐仙庙并不大，盖成宝塔的形状，却是琉璃瓦顶，水晶门框，看上去十分精致华丽。一座红色的狐狸雕像立在庙宇的正中央，而它的身后，很多条尾巴延展出来。

的确是一只红狐，还是有很多条尾巴的红狐。

“这是红狐？”颜小婉盯着那座狐狸雕像看了半天，“一条、两条、三条……九条……”

“这是九尾红狐。”阿柒和她解释，“你现在进去，跪在狐仙的面前诚心忏悔。我在这里等你。”

颜小婉赶紧走了进去，二话不说就在狐仙的雕像前跪了下来：“狐仙大人，您大人有大量啊，我是一时无心的口误，请让我变瘦吧，以后我再也不说您一句坏话了……”

“狐仙大人！求求你救救我孙女。”颜小婉这边还在虔诚地和狐仙说话，突然从外面走进来一位老婆婆。那位老婆婆怀里抱着一个六七岁的小女孩，那小女孩脸色发青，闭着眼睛，像是睡着了。

“老婆婆，你孙女怎么了？”颜小婉好奇地问。

“我孙女出去玩被毒蛇咬伤了，大夫说她活不过今天，我只好抱她来求狐仙大人了。”老婆婆泪眼婆娑地说。

颜小婉没想到来求狐仙的人还挺多，看来这个狐仙应该有两把刷子。

“你们都来求我，当我狐仙庙是善堂吗？”就在颜小婉疑惑的时候，听到庙里突然出现一个声音，那个声音非常妩媚，辨不出男女，只是那个声音听得人骨头酥软。

颜小婉循着声音看过去，发现那个声音像是从雕像里发出来的，但是雕像依然纹丝不动，没有任何变化。

“狐仙大人，我女儿女婿几年前不幸出车祸死了，他们就留下这么一个女儿，我含辛茹苦把她养大，不想她小小年纪就要死了，只要狐仙大人能救她，你就是要我的命我也没有怨言。”老婆婆不停地在地上磕头，磕到额头都出血了。颜小婉看了于心不忍。

狐仙听完只是沉默了一下又问：“那个小胖子，你有什么要求我的？”

颜小婉愣了一下，才意识到狐仙说的小胖子是她。

“希望狐仙把我变回原来的身材。”颜小婉虔诚地叩拜。

“今天本仙心情好，有救人之心，不过你们两个人我只能救一个，你们自己商量好了告诉我。”狐仙的声音依然是那么魅惑动人。

颜小婉没想到狐仙只救一个，老婆婆看着颜小婉，一下子抓住颜小婉的手：“姑娘，求求你救救我孙女的性命吧。我老太婆求你了，以后我给你做牛做马，你的大恩大德我不会忘记的。”

“可是……”如果真的救了她孙女她怎么办啊？她可是走了八个小时才走到这狐仙庙的，腿都快走断了，而且要是永远这么胖她肯定要被人笑死的。

她看着眼前老婆婆的脸，脑中突然出现老婆婆瘫倒在女儿女婿尸体旁哭泣的画面，小女孩在学校里因为没有父母被人嘲笑的画面，画面太真实，就像电影一样出现在她眼前。她不知道怎么的，看到这些，眼泪不自觉地流了下来。

“你们商量好没有？”狐仙催促，“本仙困了，想去睡觉了。”

“救这位婆婆的孙女吧。”颜小婉笃定地说。

“你可想好了？你的胖除了本仙无人可解。你放弃这次机会，以后就要满身肥肉地度过余生了，你不后悔？”狐仙又问了一遍。

“不后悔。我已经想好了，我这身肉虽然行动起来不方便，但是我还活着，可是如果你不救她，她就要死了……”颜小婉最终还是做出了这个决定。

“很好，小姑娘有一颗慈悲心。这位婆婆，在我的雕像前有个罐子，里面是一颗药，你拿去给你孙女吃下，她身上的毒就能解了。”

“谢谢狐仙大人！谢谢狐仙大人！”老婆婆打开狐仙雕像前的罐子，拿出药给小女孩吃下，那个小女孩当场就好了。

“谢谢狐仙！”颜小婉在地上磕了个头，知道自己今天白走一趟，虽然救了人很开心，但是心中也难免有些沮丧。

她站起来，艰难地走出了狐仙庙。

阿柒见颜小婉出来，着急上前问她：“怎么样，狐仙答应帮你化解了吗？”

“没有……阿柒，我完了……我要永远做一个胖子了。”颜小婉抱着阿柒，不管三七二十一先哭了起来。

阿柒任由她哭着，轻轻地拍打她的后背：“不怕，婉婉，我会一直陪着你的。”

下山的路好走很多，但是颜小婉仍走了快五个小时才回到阿柒家。

她完全没心情吃饭，也没心情想别的了，直接躺在床上，感觉自己整个人都散架了。刚刚在狐仙庙做了一回圣人，现在一想到自己以后要永远做个两百斤的胖子，她真有点儿后悔了。

5

“婉婉，洗洗脚吧，走了一天，肯定很累。”阿柒很体贴地给她烧了热水端进来，颜小婉才发现自己裤腿上都是泥，两只脚布满了水泡。

她把脚泡到木桶里，本来以为会钻心地疼，没想到那种疼痛却没有出现，脚上是一阵凉爽的感觉，原来阿柒在洗脚水里放了很多治疗脚伤的草药。

她现在太胖，没办法弯腰，阿柒就蹲在地上帮她洗脚，他也陪她走了一天，却没有休息，还想着先来照顾她。

说不感动肯定是假的。

“婉婉，你后悔错过那个机会吗？”阿柒突然问道。

“后悔啊，后悔死了。”

“那如果让你再选一次，你还会选择救别人吗？”

“还会的。”颜小婉说。

“为什么？”阿柒停了一下。

“你说奇怪不，当我在思考的时候，眼前突然出现了那位老婆婆跪在地上哭泣的画面，还有小女孩因为没有父母而被人嘲笑的画面……”颜小婉叹口气，“你说是不是那狐仙给我下了什么做好人的迷药？”

“这说明你有一颗慈悲心。”阿柒笑了笑，温润的声音传来。

“慈悲心有什么用，我以后要永远做胖子了。”颜小婉悲伤哀号。

“婉婉，你肯定会恢复的。我明天再去求狐仙，让它解了你的咒。”

“你去有用吗？”颜小婉重新燃起了希望。

“肯定有用。”阿柒安慰她。

“谁知道呢？那个狐仙帮人完全是看心情，一点儿都不讲道理……”颜小婉想想还是觉得沮丧。

阿柒拿毛巾给颜小婉擦了擦脚，微微把头抬起来，特别认真地说：“就算你一辈子都是胖子，我都不会嫌弃你。”

颜小婉看到阿柒的脸，虽然丑得触目惊心，但是在黑夜里，却分外动人。

“好了，别开玩笑了，你快去休息吧，累了一天了。”颜小婉打哈哈。

阿柒端着洗脚水离开，门被关上，窗外的风声阵阵传来，颜小婉看着镜子里自己的三层下巴和不忍直视的身材，想着这个丑男刚刚说的话，莫名有点儿感动呢。

6

颜小婉在劳累中睡着了，她再次醒来的时候已经是第二天的中午。她翻了个身，突然感觉哪里不对劲，睁开眼发现自己的视线没有被肥肉挡住，她飞快地起身，发现自己身轻如燕，跑到镜子前一照，身上的肥肉不见了！

她没有想到幸福来得这么突然，就在她沉浸在以后要作为胖子悲惨度日的悲伤中的时候，她的肥肉消失了！

她兴冲冲地跑出房间要和阿柒说这件事，找了好几个地方都没找到阿柒，最后在阿柒父亲的房间门口听到阿柒和他父亲在聊天。

她带着好奇走了过去，门是虚掩的，她听到两个人在交谈。

“阿柒，你和为父说，你是不是真的喜欢小婉？”

阿柒父亲的声音虚弱地传来。

“父亲，您别再问这个问题了。我长得如此丑陋，哪里配得上婉婉，即便喜欢又能怎样？”阿柒还是那么自卑。

“什么叫又能怎样？你喜欢她就去告诉她，这姑娘人好心善，为父也很是喜欢。”阿柒父亲鼓励阿柒。

“父亲，您若是真的为我好，就莫再提此事，算是孩儿求您了。”阿柒背对着颜小婉，声音中带着无奈。

“你为了她昨晚去狐仙庙，在庙门口跪了一夜啊，可是她知道吗？”阿柒父亲有些激动。

“我不需要她知道。”阿柒垂着眼，声音低低地说。

“咳咳咳……咳咳咳……咳咳咳……”

“父亲，您别说话了……您歇着吧……”

“咳咳咳……咳咳咳……我……我……我真是……不行了……我可怜的孩子……”后面传来阿柒父亲悲恸的哭泣声，还有阿柒无奈的叹息声。

颜小婉在门外听到了他们的对话，心里有些发酸，原来阿柒昨晚就去帮她求了狐仙，所以她才能这么快恢复的。

阿柒推门出来，正好撞见她：“小婉，你身体恢复了？”

“是啊，没想到这么快就好了。”颜小婉还沉浸在刚刚偷听到他们聊天内容的尴尬中。

“我就说了，你这么善良的人，肯定会没事的。”阿柒替她开心，“你昨天走了一天，腿伤又复发了，我给你熬了新的药，现在去端给你喝。”

阿柒从厨房拿了熬好的药给颜小婉，颜小婉这才注意到他的裤子都破了，依稀可以看到膝盖上的伤口，想必是跪得太久磨破的。

“你裤子怎么破了？”颜小婉盯着他的腿问。

“哦，裤子穿太久了，就是容易破，我改日去买新的。”阿柒看起来并没有打算告诉颜小婉实情。

颜小婉走回房间的时候，注意到屋外的地上放着一张席子，席子上面还有一个软枕。刚刚出来太匆忙她都没有留意到。

“这是？”

“我之前一直睡在你门外，我怕你夜里有什么病痛不方便，所以觉得还是在这里候着比较好。”

颜小婉听得心里又一暖，她一直都不知道阿柒居然一直睡在屋外。

“夜里风那么大，万一生病了怎么办？”

“没事的，我一介山野村夫，都睡习惯了。”阿柒静静地看着她，“你……在关心我吗？”

“是啊，你照顾我这么长时间，我关心你也是应该的嘛。”颜小婉抬起头看着眼前的阿柒，月光照着他的眼睛，那是双极其漂亮干净的眸子，像是可以和他丑陋的五官分离开，温柔得像是能掐出水。

“婉婉，你真好。”阿柒温柔地说。

阿柒越是这么说，颜小婉心里越是愧疚。

“阿柒，以后就别在屋外睡了，我的伤已经都好了。”

“让我再多守两日吧。反正……剩下的时间也不多了……”

“什么不多了？”

“我刚刚和父亲商量过了，准备后天送你下山。”

“什么？”

颜小婉没想到阿柒会提出送她下山。

“你这几日忧心忡忡，好几夜都辗转难眠，现在身体恢复，你大可安安心心地睡了。”

“阿柒……”颜小婉被阿柒的善解人意感动了，“其实你是一个特别好特别好的人。”

“谢谢你的安慰。”

在回家的喜悦和面对阿柒父亲时的负罪感的交织下，颜小婉度过了极其挣扎的一天。

一整天她都没有看到阿柒父亲出来，平日里那个拎着酒壶，穿着长袍仙风道骨地在她面前飘来飘去的帅气老伯不出现了，她还感觉有点儿不习惯了。

颜小婉本来还想和阿柒父亲好好道个别，没想到她刚走到阿柒父亲的房门口，就看到一个穿着白袍的大夫一脸忧心地对阿柒说：“你父亲已经病入膏肓，怕是熬不过今晚了。”

“大夫，真的没别的办法了吗？求求你，只要能救我父亲我什么都愿意做。”阿柒恳求道。

“正常的治疗是没办法了，不过若有什么喜事，给你父亲冲喜，说不定他能多活些时日。”

“喜事？什么喜事？”

“比如抱孙子，比如……看到孩子成婚……”大夫说这话的时候回过头认真地看着颜小婉。

又是结婚？这些山里人除了结婚就想不到别的方法了吗？

“算了吧，多谢江大夫了。”阿柒摇头叹息。

“其实你无须真的找个人成婚，只需拜个堂，做个样子给你父亲看看，让他先熬过这一关。”大夫提议道。

“容我想想。”

大夫走后，阿柒没有说话，只是沿着走廊向鱼塘的方向走去，颜小婉跟在阿柒后面，到鱼塘边的时候阿柒停了下来，看着碧绿的荷叶发呆。

傍晚的夕阳落了下来，照在他的身上像是染了一层金光，他的目光沉在夕阳里，有种说不出来的悲伤。

“阿柒……”颜小婉想说点儿什么话安慰他，但是话到嘴边发现什么也说不出口。

“你别安慰我了，我没事。”

“骗鬼啊，就你那样还说没事？”

“婉婉，你知道吗？从小我就和父亲相依为命，可是他现在要离我而去了，以后只剩下我孤孤单单一个人，我甚至连他最后一个心愿都没办法完成，我真是太不孝了。”

“阿柒……我……”

“我不应该和你讲这些的。”阿柒强装笑脸，“我去给你做饭。晚上吃干煸鲤鱼。”

颜小婉看着阿柒强装的笑脸心里堵得慌。

阿柒在厨房炒菜也是心不在焉，手被油锅溅起的热油烫了好几次都没反应，最后还是颜小婉看不下去了，走过去按住了他炒菜的手。

“阿柒，我和你拜堂。”

“婉婉，你说什么？”阿柒不敢置信地瞪大眼睛。

“我说，我和你拜堂，如果这样你爸的病会好的话，试试又有什么关系？”

“真的吗？婉婉！”阿柒大声地问道，“你不嫌弃我长得丑？家里穷？”

“我又不是真的嫁给你，我嫌你那么多做什么？”

“好好好，谢谢你！谢谢你，婉婉。你又救了我一命，不对，是救了我父亲一命，我真是无以为报，我……”

“得了……报答我的一千种方法里面绝对没有以身相许，知道吗？”

“知道了，知道了，只要你肯帮我这个忙，你说什么我都答应。”

7

阿柒父亲听到他们要拜堂的消息当即起身，病弱的身体像是回光返照一般硬朗起来，本来惨白的面色瞬间恢复了血色。他从房间的花梨木衣柜里找出一套嫁衣，像是古时候的红色喜服，做工考究，针脚细密，金丝银线绣出一幅凤凰飞天的图案，珠翠玛瑙镶嵌点缀，连袖口和领子都用珍珠缀了一圈，看上去精致又考究。

“小婉，我们家没有什么像样的东西，这件嫁衣你先穿着，择日我会带着阿柒去你家提亲。”

“好说好说。”颜小婉拿过那件嫁衣，心里想着，只是做样子而已，只要阿柒父亲的病好转，她就算功德圆满，可千万别去提亲。

颜小婉把那件嫁衣放在身上比了一下，看起来大了一圈。可是她一穿上，那衣服像是有了生命，完全贴合她的腰身，把她娇小玲珑的身材衬托得恰到好处。

她在铜镜前转了三圈，昏黄的铜镜里映出她那张小巧的脸，嫁衣上的珠翠更像是会发光的珠宝，把昏黄的陋室衬出星河的光亮。

阿柒倚靠在房门边，由衷地赞叹：“婉婉，你真美。”

“好了，你快去换衣服，一会儿见！”颜小婉把门关上，却听到自己的心“扑通扑通”跳得厉害。

她没想到她人生中第一次穿上大红喜服会是在这种地方，说来真是神奇。

颜小婉本来以为这个拜堂仪式会非常简单，就是两个人在大厅里当着他父亲的面磕个头就结束了。没想到她一走进客厅，平时简陋无比的房子像是焕然一新，房间四处摆满了鲜花，如梦似幻。

厅中多了两位颜小婉没见过的人，一位眉清目秀的少年和一位年长的伯伯，少年正在麻利地收拾屋子并摆好红烛，阿柒的父亲则和另一位年长的伯伯在旁边聊天。

“白叔叔，他们是？”颜小婉走过去问道。

“这是我的表哥，你喊他谢伯伯就行，那位是照顾他的用人小山。他们是特意过来喝阿柒喜酒的。”阿柒父亲介绍道。

“谢伯伯好。”眼前的谢先生长得慈眉善目，穿着得体，旁边的小山也长得白白净净，眼神干净。

“这就是阿柒找的媳妇？好好好……”谢伯伯看着颜小婉，泪眼婆娑。

“谢伯伯，你怎么哭了？”颜小婉没想到他一个喝喜酒的比阿柒的父亲还激动。

“没有，谢伯伯是高兴啊，我们阿柒终于找到意中人了，真是太不容易了，阿柒他平日里脾气差又爱挑剔，你不知道我多……”

“咳咳咳……谢兄，吉时要到了，你快入座吧。”阿柒父亲打断了谢伯伯的话。

“老爷，今天是个大喜的日子，你应该高兴啊。”小山也附和道。

“对，高兴，应该高兴。”阿柒父亲和谢伯伯坐上了高堂的位置。

“小山，快去把阿柒带过来拜堂。”阿柒父亲催促道。

“是。”小山欠了欠身离开，没多久他就扶着一个身穿红衣，还盖着红盖头的人从屋外走进来。

看身材颜小婉就知道那是阿柒，只是他把平时红色的素袍换成了一件绣着龙纹的红衣而已，比较特别的是阿柒的头上竟然盖着红盖头。

“阿柒为什么要盖着红盖头啊？”颜小婉不解。

“我们这的习俗是拜堂过后女方揭开男方的盖头。”小山解释道。

“对，到时候你揭开盖头，就有惊喜哦。”阿柒的父亲还不忘补充一句。

“你们的习俗真有趣。”

“人都到齐了，大礼正式开始喽。”小山大声喊道。

颜小婉赶紧和阿柒并排站好。

“一拜天地，二拜高堂……”

“办喜事怎么没通知我这位故友？”一个男人的声音从门外由远及近传来，一位身穿紫衣，一头紫发的英俊男子手捧着锦盒从门外走了进来。

颜小婉看了他一眼，这紫衣男子长相虽然非常周正，但是他的造型却非常夸张，紫色短发特意吹成一个带卷的发型，表情自恋又张狂。

“不知道紫华君大驾光临有何贵干？”小山开口，毫不客气地问道，看来对来人并不欢迎。

“我打扮得这么英俊潇洒，自然是来喝喜酒的。”紫衣男子把长袍一甩，自我感觉特别帅气地斜靠在墙内的一根木柱上。

“这里不欢迎你，请你出去。”小山下逐客令。

“不欢迎我？还是怕我揭穿你们的骗局啊？”紫衣男子笑起来，笑声里带着一丝嘲讽。

“你不要在这里胡言乱语。”小山走过去想将他送走。

没想到小山还没碰到紫衣男子，瞬间就被震出门外，摔在地上。

“哪里来的自大狂居然跑来我的地盘撒野？”颜小婉看到这个紫衣男子居然出手

伤人，气得她直接大吼一句。

“你说谁是自大狂！”

“这里还有人比你更自大的吗？”

“你……”

“紫华。”谢伯伯突然站起身，打断了紫华的话，“我们两家从来井水不犯河水，今日你如若是来喝喜酒的，我欢迎，若是来捣乱的，也别怪我不客气。”

“我送完礼物自然会走。”紫华笑起来，“无知的人类，你知道你要嫁的人是谁吗？”

“关你什么事？”

紫华看着颜小婉：“你给我听好了，你要嫁的——是一只——九尾红狐狸！”

颜小婉听到这句话愣了一下：“你说阿柒是九尾狐？逗谁呢？”

九尾狐能这么丑？九尾狐能天天伺候她？

“你不信是吗？”紫华笑了笑，把手里的盒子打开，盒子里冒出朦胧的烟雾飘散在屋内，“那我就让你看看你相公的真面目。”

“这是现形粉！”谢伯伯大喊了一句。

紫华的手一扬，刮起了一阵大风，直接吹开了阿柒头上的红盖头。

红盖头在空中转了两圈后落入颜小婉的手中，她刚抬起头，没想到看到让她惊诧的一幕——

阿柒那张原本丑陋的脸庞就在她眼前一点点发生变化，塌鼻梁变得英挺，龅牙变成了薄唇小口，粗糙的皮肤也变得白皙细致，丑陋的五官一点点变得英俊起来，与原本狭长的眼睛形成了一个完美的组合。

那是她从未见过的一张脸：五官清晰而深邃，乌黑的眼眸像是熠熠发光的星子，长发一泻而下，更衬得他长眉若柳，长身鹤立。

“阿柒，你……你……你的脸怎么……”颜小婉惊喜的话还没说出来，就看到阿柒的身后慢慢地长出了一条红色的尾巴。

接着是第二条，第三条，第四条……

平日胆大的颜小婉瞪大了眼睛看了半天，只是失控地喊出了一个字：“啊……”

第四章·逃出生天

1

“阿柒，这次玩儿太大了，你家小丫头怕是吓坏了。”银发飘飘，面若谪仙的白衣男子看着床榻上久久未醒的颜小婉说道。

他叫方白惊，是阿柒的好友，早前被阿柒拉来假冒他爹骗颜小婉，本来以为昨天可以完美收官，没想到半路杀出个紫华，把事情弄得一团糟。

“都怪紫华那只臭狸猫，从小就和我作对，本来想等婉婉揭盖头的时候给她个惊喜，现在恐怕她是吓坏了。下次让我看到他，非打得他现原形。”阿柒举着毛茸茸的爪子恶狠狠地说道。

“你刚刚已经打得他现原形了。”方白惊叹口气，想起刚刚在颜小婉晕倒后被打到现形的紫华，他身上的伤恐怕要回去养一段时间了。

“赶紧把你的爪子收一收，万一小丫头醒来看到，又要吓晕了。”阿柒的手因为现形粉，到现在都没有完全恢复人形。

“没想到现形粉这么有效，不仅让你从丑男变回原来的容貌，就连你的真身都藏不住。”方白惊看着阿柒的手说道。

“这还不是你们银狐一族研制的好药。”阿柒斜了方白惊一眼，“赶明儿我就把你们这现形粉给封了。”

“不用你说，谢伯伯已经去找我父亲了。”方白惊口中的谢伯伯就是昨日作为亲戚来喝酒的那位谢伯伯，其实他才是阿柒真正的父亲，没有得绝症也没有生病。

“少主，燕窝银耳羹炖好了，要端进来吗？”小山在门外恭敬地问道。

“不用了……”

“端进来端进来！”方白惊一听到吃的，目光一亮。

小山推门而入，看到方白惊愣了一下，在凤栖山无人不知北冥族的二少主方白惊精通医术，食量也大得惊人，一面妙手回春治人顽疾，一面能吃空人家一个厨房，谁看到他都闻风丧胆。他和阿柒是从小一起长大的好友，小山作为阿柒的书童，当然对方白惊的“食量”了如指掌。

“北二少，这不是给您准备的。”小山先护住眼前的燕窝，生怕被方白惊拿走。

“干吗这么小气啊！这阵子我陪你们少主在这个别院里整天装老头子不说，他还只给我吃青菜和鱼，我都快吃吐了。”

“知道你最近辛苦，我已经让小山为你准备了食物，就在厨房。”

“是吗！阿柒，还是你够兄弟。小山，快带我去！”方白惊已经摩拳擦掌迫不及待了。

小山把燕窝放到桌面上，带着方白惊一同离去。这阵子阿柒为了设计这圈套把所有人都支走了，只找来方白惊配合他演戏，本来觉得万无一失，没想到还是功亏一篑。

方白惊走后，阿柒起身走到窗边轻轻地挥了挥衣袖。

原本普通简陋的宅子在他的挥手间露出了它本来的面目。

雕梁画栋，精雕细琢，玉瓦白墙，一排玲珑灯自长廊蜿蜒排开，荷塘中，红色的锦鲤游得欢畅。

整栋宅子不算奢华，却古香古色，清新雅致。

2

颜小婉这一晕，又是一天一夜。

被大鸟腾空架起她没晕，摔在狗熊身上她没晕，狐仙庙遇到狐仙没晕，但是看到阿柒变成狐狸，她晕了。

如果这些不是梦，她应该是和一只九尾狐拜了堂。

颜小婉瞬间醒了过来。

上好的古董家具，雕花床，红色的幔帐垂坠而下，刚刚入夜，夜风还透着清新的凉意，青蛙在池中声声鸣叫，房内点着好闻的兰花香。

眼前的一切都在告诉她，她不是在做梦。

她所遇到的一切都是真的。

不会的，一定是幻觉，阿柒怎么会是狐狸？肯定是昨天黑灯瞎火的自己眼拙看错了。

颜小婉蹑手蹑脚地走下床，左右看了看，确定这里一个人都没有。

她活动了一下筋骨，伤已经好得差不多了，不管昨天是不是自己的错觉，还是先逃了再说。

颜小婉立刻把鞋子脱下来拎在手上，三两下就爬上了窗户。

屋外黑漆漆的一片，只有几盏灯照出暗黄的光影，她估摸着下面是一块空地，一跃而下，谁知道双脚刚落地，她的脚底被铺在地上的不明碎物戳中，钻心的疼传来，她忍不住大叫起来。

“王妃，您怎么了？”闻声赶来的小山关心地问道。

颜小婉看过去，这个少年就是昨天晚上谢老爷带过来的仆人小山。

“你怎么在这儿？”

“王妃，我是少主派来伺候您的。”小山认真地回答。

“谁是王妃啊？”

“您不记得了？昨日您才与我们家少主拜的堂，不过被紫华那只臭狸猫坏了好事！”

小山不说昨天还好，他一说昨天，颜小婉又想起那可怕的一幕，吓得她腿又要抖三抖。

她狠狠地掐自己，心里默念：淡定，一定要淡定，都说了是幻觉！

颜小婉突然想到了一个重要的词：“狸猫又是什么？”

“就是狸猫啊，紫色的狸猫……是我们四大山林里法力最低的族类，总是喜欢仗着自己有钱四处显摆。”

这下颜小婉无法假装昨天是幻觉了。

“你们少主是——阿柒？”颜小婉试探性地问了一下。

小山点点头。

“你是他的……”

“我是少主的书童。”小山介绍道，“我与少主从小一同长大。”

颜小婉对阿柒身份的突然转换完全不适应，他不仅不是山野村夫，家里还有仆人？难道他真的是——狐狸？

“我问你几个问题，你老老实实回答我。”颜小婉深吸一口气看着小山说。

“您说。”

“这里是什么地方？”

“凤栖山。”

“你们是不是人？”

“我们从上古时期繁衍至今，已经可以自由变为人类的模样，也能与人类一同生存，其实与人类无异……”

“我就问你，你是不是人？”颜小婉忍无可忍地打断。

“不是。”

颜小婉用力调整好呼吸，死死地扶住墙，强迫自己冷静：“最后问你一个问题，下山的路怎么走？”

“王妃，您要下山？”

“对。”

“可是您的腿还没好啊。”

“下山的路怎么走！”颜小婉快要忍不住即将爆发的脾气。

小山拧紧眉头，突然对着远方大喊道：“少主，王妃要下山！”

“喂喂喂，你干什么！”

颜小婉还没来得及捂住小山的嘴，阿柒已经站在了她的面前。

面若冠玉，气质芳华，一双深邃的眼眸带着深藏不露的凉意。

颜小婉面对这张脸孔，一下子没有反应过来他是谁，只是那好看的眉眼让她看得有些恍惚，却又觉得似曾相识。

他缓缓地在颜小婉面前低下头，轻声地问：“婉婉，你要逃？”

熟悉的声音，对上昨天那个让她又喜又悲的画面。

眼前的人不就是昨天那个变身狐狸的阿柒吗？

他是阿柒，可又不是阿柒，她记忆中的阿柒，是一个奇丑无比的丑男，乖巧体贴，还有点儿自卑，而眼前这个男人不仅长得美若天仙，还透着一股莫名的狡猾和腹黑。

颜小婉看着他英俊的容颜，还是不由自主地往后退了两步。

一挪动，她脚底的伤口就疼了起来。

阿柒上前扶住她：“怎么了？伤口又疼了？”声音温润，混合着一股清新的香气灌入颜小婉的鼻腔里。

抬起头，一张完美到无可挑剔的帅脸，皮肤白皙，睫毛微卷，好一位风姿动人的少年郎。

可惜眼前的人不是什么美少年，而是一只长了美男脸孔的狐狸。

一切诡异得离谱，眼前的美男是一只九尾狐狸，她以为误入山野人家，原来是个狐狸窝。

所有的事情真实得令她毛骨悚然。

她现在还记得之前因为说错话被狐仙变胖的惨痛教训，现在看到一只活生生的九尾狐就在她眼前，她几乎大气都不敢出。

“昨天和紫华打了一场，伤了元气，一时无法恢复。”他把手在她面前挥了挥，“吓到你了？”

“嗯……没有……”颜小婉用力地点点头，又怕触怒他，只好又用力地摇摇头，那种害怕又装镇定的样子令人忍俊不禁。

颜小婉心里打鼓，摸不清这只狐狸究竟要做什么，“养”了她这么久，不会是想等她身体好了吃了她吧？可是他又是装丑男，又是骗她成亲到底有什么用意？

“不想问点儿什么？”

颜小婉点点头，张了张嘴，还是没问出口。

她脑中有很多问题想问，但是直觉告诉她还是不要问太多，万一问出来的答案连自己都害怕就糟糕了。

“阿桨，我这病也养得差不多了，你看……我什么时候可以回家？”

“你是不是知道我身份之后害怕了？”阿桨倒不避忌，张口就反问。

“没有！绝对没有！”颜小婉立刻否认，“我胆子多大啊，这么点儿事能让我害怕吗！不可能！”颜小婉头摇得像拨浪鼓，“我就是想我爸和我哥了，我离家这么久，他们肯定很着急。”

颜小婉嘴里说着不怕，指甲已经把自己手心抠破一块皮了，可见怕得多厉害。

“刚刚小山说，你想逃？”

“我没想逃……我只是……问问路而已……”

“那看来我误会你了，你不想走啊？本来还想让小山送你一程的。”

“我就知道你是个好人！快让小山送我走吧！”颜小婉听到要送她走，有点儿激动。

“你就这么想走？”

“我麻烦你很久了，也该走了。”颜小婉在心里点了一万下头，但是嘴上还是要客气客气。

看她又害怕又想逃的样子，阿桨不知道怎的生出了逗她的心思，故意凑到她面前，眼睛眯起来说道：“说什么麻烦那么见外，我们都已经拜堂了，还分什么你我。”

漂亮如玉的一张脸，可是颜小婉现在全是恐慌以及怎样逃出生天的心思，半点儿欣赏的心情都没了。

“昨天拜堂只是为了给你父亲冲喜，纯粹是帮你的忙，哪能算数？”颜小婉很委婉地说。

“拜了天地，你就是我家的人了，怎不作数？”阿桨一副理所当然的无赖脸，好看的眼眸中还透着一丝狡黠，和先前那个单纯善良的丑男阿桨完全不同。

“可是我们之前说好是假成婚的啊。”

“哟哟哟，没打扰你们谈心吧？”方白惊穿墙而入，手里还端着一碟糕点，“来，小丫头，白叔叔请你吃糖糕。”

“你是白叔叔？”颜小婉看了他半天，他脸上的胡须皱纹全都消失了，露出一张美若谪仙的脸，难怪之前看阿柒父亲总感觉在哪里见过，原来是刚来凤栖山时遇到的白衣美男变的。

“是不是很惊喜？”方白惊吃了一口盘子里的糕点，“我叫方白惊，是阿柒的好友。前几天冒充了一下他的父亲，怎么样，演技可还行？”方白惊自报家门。

方白惊说话间又拿了一块糕点塞进嘴里，脸上还是挂着笑容：“本来我们这出戏演得挺成功的，要不是紫华搅局，你就能收获一个大惊喜了。”

什么惊喜！这分明就是惊吓！要不是她的心脏够好，早就吓死了！

“说什么父亲病重，家里穷，全都是假的？”颜小婉无法置信，自己掉进这么大一个坑里。

“也不能说全是假的，本来阿柒要和流月成亲，你破坏了人家的婚礼，这不得赔人家一个媳妇啊？”

阿柒本来要和流月成婚，那他不就是……

“他就是那个没出现的新郎……”方白惊大笑，把颜小婉心里的话说了出来。

“你怎么知道我要说什么？”颜小婉一惊。

“小白，不要对小婉用读心术。”阿柒瞪了方白惊一眼。

“这几天我客串父亲还成功吗？我记得你可没少夸我长得好看哦！”方白惊不理阿柒，继续和颜小婉说话。

“那你也是……”后面两个字她没问出口，方白惊已经点点头：“对，我也是狐狸，擅长医术的银狐。”

“银狐……”颜小婉只觉得两眼一黑，她拼命扶住墙，不让自己再次昏倒。

“这山里，还有……人吗？”

“嗯……”方白惊像是冥思苦想了许久，“目前只有你一个。”

只有她一个！他们怎么可以这么轻描淡写地说出这句话！

方白惊吃完盘子里最后一块糕点后，说：“好了，不打扰你们了，我去厨房看看还有没有别的好吃的。”白色身影穿过墙体直接走了出去，连门都没有开。

阿柒转头，看到颜小婉盯着方白惊离开的方向发愣。

“都走远了，还在看啊？”阿柒拿爪子在颜小婉的面前晃了晃。

颜小婉立刻回过神，脱口道：“这里到底是什么地方？”

“这里是凤栖山，上古时期的仙山之一，集天地灵气，许多妖灵在此修道，久而久之就修成了人形，千百年来长居于此。这座山以我们红狐一族为首，还有十几种飞禽走兽家族。”

“你是狐仙？狐仙庙里那个狐仙？”颜小婉小心翼翼地问。

“难得聪明了一回。”阿柒淡淡地笑着。

“扮丑男装穷博同情，假称父亲得绝症要冲喜，你能告诉我你这是在干什么吗？”颜小婉心里已经气炸了。

“这些都是对你做的一个测试，看你是不是值得我托付终身的人。”阿柒语气轻柔，声音像是在哄小孩儿。

测试？这个测试也未免太儿戏了吧？

为什么要对她托付终身？她是哪里得罪了狐仙吗？

“那现在测出来了，我肯定不及格吧？还不赶紧放了我？”

阿柒歪着头，嘴角泛起一抹笑意：“不，你已经通过测试了。”

“我怎么就通过测试了！什么时候发生的事情？”这个答案令颜小婉心里一惊，她完全没有做好准备啊。

“人有七心，善心、宽心、正心、静心、怡心、安心、诚心。我最看重的便是善心、正心、诚心，你为了助你表姐来到凤栖山，不惜与千书阁签订契约；在狐仙庙你不顾自己的医治也要先医治他人；我扮作丑男救你，你为了给我父亲冲喜宁愿和我假拜堂，从这几件事可以看出你的品质端正，是配得上我的人。”阿柒娓娓道来，“我本来是想拜完堂等你揭盖头的时候和你说清缘由，没想到被紫华搅了局，让你受惊了。”

缘由！说什么缘由！你说什么缘由都改变不了你是狐狸的事实！

“话是这么说没错啦……但是呢……像我这样的人其实挺多的，你不一定非要找我是不是？”

“你我的姻缘是上天注定的锦绣良缘。”阿柒深情不减地看着颜小婉的脸，像是在对待一块马上要下口的食物。

“我不想要这种良缘！”颜小婉被他看得整个人瑟瑟发抖。

“我这不是在和你商量，我这是在通知你。”阿柒收起笑容，“你也知道，我们狐狸是很记仇的，你如果不乖乖听话，我不知道自己如果生气起来会把你变成什么哟。”

颜小婉想到自己刚刚从一个200斤的胖子恢复过来，不禁一抖。

“你……你……你……”颜小婉“你”了半天还是没有说出后面的话来。

“好了，你先在这里休息，明天我带你去主苑见我们狐族的各大长老。”阿柒说完这句话，慢悠悠地走了出去。

3

颜小婉四仰八叉地躺在雕花大床上，绝望地望着屋顶，希望用她那仅有的智商想个脱身的方法，可是她的脑袋一片混乱，什么都想不出来。

这只狐狸为什么就坑上她了呢？按她老爸的话来说，她长得平凡无奇，除了会点儿武术其他什么都不会，谁找她那是倒了几辈子的霉啊。

就因为她阴差阳错破坏了这狐狸的婚事，他就这么报复她？

狐狸心，海底针，比人还不讲道理！

这么说之前她晚上总能感觉到有毛茸茸的爪子在摸她的脸，难道就是这只狐狸干的？还拿狐狸报恩的假话来骗她，最可恶的是，还故意把她变胖骗她去狐仙庙！她走得腿都快断了，他却告诉她，这些都是为了测试她。她真想打得他满地跑！

一想起这只狐狸不知道会趁她不注意的时候对她做些什么，颜小婉又有点儿害怕起来。

她跳下床，在屋子里走来走去地想对策，怎么办，怎么办，到底应该怎么办？

她伸手推了推窗，发现窗户全都被锁得死死的，看来这是为了防止她逃走做的措施。

她绝望地坐在地上，不知道坐了多久，她两眼开始冒金星，脖子酸痛。

突然，她的身边出现了一道紫色的身影。

“喂，小胖妞，现在后悔了吧？”紫色的头发，紫色的风衣，金光闪闪的腰带以及脸上自以为邪魅狷狂的笑容。

“自大狂？”颜小婉吓了一跳，来的人就是昨天搅局的“自大狂”紫华，不过昨天他一身华丽，今天的造型显得狼狈多了，特别是脸上还有多处伤口。

“别喊这么大声，一会儿把阿柒喊来了，可没人救你出去了。”紫华提醒她。

“救我？哼，你有这么好心？”颜小婉上上下下地打量他。

“别忘了昨天要不是我，你现在可就嫁给那只臭狐狸了。”紫华傲娇地说。

紫华说得不错，如果不是因为他，现在颜小婉说不定已经被阿柒那只狐狸吃干抹净了。

不过怎么看眼前的“自大狂”都不像是什么好人。

颜小婉突然想起小山说过，紫华是狸猫。

她万万没有想到有一天，她要和狸猫坐在一起讨论怎么救她的问题。

“对了，你要怎么救我？”颜小婉现在只关心这一个问题。

紫华从口袋里拿出一把深褐色的短刀：“明天阿柒会带你去见各大长老和贵族们，

我派人在半路上设了埋伏，你见机把这把刀插入他的胸口，这样他就会法力尽失，凤栖山的结界也会打开。之后我会在下山的路上给你做好标记，你就按我的标记往山下跑，就能逃出去了。”

“捅他一刀？要不要下手这么狠？你们什么仇什么怨？”颜小婉听到居然要捅阿柒一刀，震惊不已。

“这是唯一可以救你的方法，我这是在帮你。”

“你为什么要帮我？”颜小婉还是不相信这只狸猫会这么好心。

“我只是看那只臭狐狸不爽而已。总是仗着自己法力高，高高在上！”紫华提到阿柒时语气里有种深深的嫉妒。

“你难道不是嫉妒他长得比你帅？”颜小婉一语道破。

“你这个小胖妞，怎么说话的？我可是妖族最帅的少主，我会嫉妒一只穷了吧唧的臭狐狸？”

嘴上不承认，但是语气早已经出卖了他，分明就是嫉妒阿柒。

“可是……这毕竟是刀……他会不会没命啊？”手里握着刀，颜小婉感到有些害怕。

“他是九尾狐，活了二百八十年的九尾红狐，法力高强，承接天命，怎么可能那么容易死？这刀只不过让他暂时法力尽失，方便你逃脱而已。”紫华笑笑，“不过，如果他死了，你不是正好解脱吗？你不会……看上那狐狸的美貌了吧？”

“胡说八道！”颜小婉急忙狡辩。

“王妃，您睡了吗？小山给您送夜宵来了。”一阵叩门声传来。

“我先走了，要怎么做，你自己看着办。”紫华站起来，手里的刀缩小到只有掌心那么大，迅速地放到颜小婉的手里。

颜小婉赶紧把那把刀藏到口袋里。

小山推门而入，一进来就觉得有些不对劲，不停地在房间里嗅：“怎么有股臭狸猫的味道。”

“这都能闻得出？你是狗吗？”

“王妃，你可真聪明，我们灰狗一族的鼻子最灵敏了。”

……

天哪，怎么随便说说就中。

小山走到颜小婉面前：“王妃，这是少主给您准备的夜宵，冰糖血燕，少主说您今天受了惊吓，要吃点儿好的压压惊。”

颜小婉现在哪儿有心情吃东西。

“您怎么坐在地上？”

“夏天热，地上凉快。”颜小婉想起自己身上藏着那把刀，生怕被小山发现。

“王妃，其实您不用害怕，我们家少主不是坏人。”小山想开导颜小婉。

“不是坏人还设计我？”

“王妃您误会了，我们少主娶你也是万不得已的。”

“我嫁给他，我才是万不得已好不好？”说得好像她捡了便宜似的。

“少主可是四大家族里人气最高的皇子，妖族中未出阁的少女谁不是巴巴地想嫁给他，若不是少主有苦衷，想必他也不会选你。”

“你这话好像不是在安慰我，我怎么感觉像是在骂我呢？”

“王妃……我不是这个意思……”小山突然意识到自己说错话了，站在原地，一脸忏悔。

“我问你啊，主苑是什么地方？”颜小婉想起阿柒之前说要带她去主苑。

“主苑是我红狐族举办各种祭典的地方，明日少主会带王妃去主苑给各位长老敬茶、行礼，届时族中各大长老、贵族都会到场。”

果然和紫华告诉她的情况一样，看来那只狸猫对这里很熟悉。

“我为什么要和他一起去敬茶？”

“您和少主已经拜堂成亲，自然要去给长老们敬茶。”

“我们那个成亲哪儿算数啊！”

“您与少主一同居住了七日，又饮了他的血，怎能不算数呢？”

“我什么时候饮过他的血？”

“您每日吃的糕点就是少主特别调配而成的。”

“那个胡萝卜蛋糕？有……血？”颜小婉尖叫起来。

难怪吃起来有种说不出的独特味道。

“您的手心里现在已经有少主的印记了，代表您和少主已经达成血契。”

“什么是血契？”颜小婉仔细盯着自己的手心，果然上面有一道形似狐狸尾巴的印记。

“就是代表您和少主从此以后二人同心，生死相随。”

“不会吧？我并不想和他生死相随啊！”颜小婉不停地擦着手里的印记，却怎么也擦不掉。

“王妃，您就别擦了，除非少主死了，否则这道印记是不会消失的。”小山说。

死，颜小婉又想起紫华给她的匕首。

她挥了挥手说：“你出去吧，我想一个人待着。”

小山识相地退了出去。

颜小婉看到桌上的碗碟里还放着几块胡萝卜蛋糕，是普通的四方形，看上去是那么平凡……

4

晚上颜小婉在床上翻来覆去，一想到明天的艰巨“任务”她就失眠。

捅刀是大事儿，虽然阿柒不是人，可是怎么说也是一条性命，万一她一刀下去，真的把他解决了，这罪过可太大了。

在天人交战了一个晚上之后，她满脸疲惫，双眼通红，看起来像生了大病的样子。

阿柒早上推门而入，就看到颜小婉虚弱地躺在床上。

“婉婉，你就算不想和我去主苑，也没必要把自己折腾得像鬼一样吧？”阿柒完全没有同情心的样子。

“我能不去吗？”颜小婉可怜兮兮地问。

“不能。”阿柒笑着，语气却是肯定的。

颜小婉垂头丧气地起身：“走吧。”

“你就这样去？”阿柒上下打量她。

“那我怎么去？”颜小婉瞪他。

阿柒把她拉到铜镜前，颜小婉看到镜子里的自己也吓了一大跳。

头发凌乱，面色蜡黄，眼下一片乌青，一副虚弱颓废的样子。

阿柒拿起桌子上的木梳，轻轻地帮颜小婉梳头，再拿过一块在温水里泡过的手帕拧干，帮她擦脸，手帕和木梳上都散发着一股好闻的花香，沁人心脾。

阿柒的手已经恢复正常，白玉般的手指隔着手帕在她脸上温柔地游走，妥帖又舒缓。俊美的脸上始终挂着温柔的笑容，颀长的身材和那张完美的脸，真好似一个温柔乡，美得令人不愿醒来。

“还说对我没感觉，你看你每次看我都看傻了。”阿柒笑说，打破了颜小婉的美梦。

“你乱说！我哪儿是对你有感觉，我看所有帅哥都这样。”颜小婉说得理直气壮。

“哦……看所有帅哥都这样？”阿柒刚刚微笑的表情顿了一下，看得颜小婉毛骨悚然，“我会让你改掉这个习惯的。”

颜小婉听到这句话，突然脊背一凉。

“少主，轿子已经备好。”小山在门外恭敬地说。

阿柒把颜小婉的头发别到耳朵后面：“很好，很可爱。”

颜小婉才不信这只帅到人神共愤的狐狸会真心地夸她可爱呢，肯定是拿可爱来讽刺她胖！

颜小婉假假地笑了笑，当配合他。

出门之后，颜小婉在门口看到一顶大红色的轿子，四个轿夫恭恭敬敬地站在轿子四角的位置上，他们身穿一身亚麻色粗布外套，身姿高挑健硕，脸孔憨实，耳朵尤其大，长长地耷拉下来。

上轿的时候，颜小婉路过轿夫身旁，几个轿夫齐齐咧嘴一笑：“王妃好。”

他们的超级大门牙和红色的眼睛吓得颜小婉差点儿没站稳。

“这……抬轿的是什么？”颜小婉忍不住问。

“兔子。”

“兔子？”

“兔子是我们凤栖山最好的轿夫。本来是想用飞鸟带你过去的，但是担心你在空中不适应，所以改用轿子，虽然慢，但是稳妥。”阿柒解释。

颜小婉有些发晕，这里的一切就没有她适应的。

5

一路上阿柒没有说话，只是像往常一样拿着一本书在看，他爱看书的爱好倒不是装出来的。

但是颜小婉现在没有这种闲情逸致，她一直在琢磨要不要下手。

能不能顺利离开这里，就看这个机会能不能把握住了。她紧紧地握住手里那把像牙签那么小的刀，那是紫华给她的，说等到她需要的时候，只要用力划破手心，这把刀就会变大。

轿子颠簸了一路，颜小婉拿着阿柒早就给她准备好的塑料袋吐了一路，在她感觉自己快吐到虚脱的时候，突然轿子停了下来。

轿子外面一阵黑烟，伴随着十分难闻的气味迎面而来。

“不好，有毒气。”阿柒从怀里拿出一块手帕捂住颜小婉的鼻子，一阵香气扑鼻，颜小婉清醒多了。

阿柒掀开轿子，外面一片白雾茫茫，什么都看不见。

四个轿夫倒在地上，已经变成了四只白色的兔子。

“它们怎么啦？”颜小婉盯着地上几只倒地的兔子。

“昏倒了。”阿柒的表情非常冷静。

“紫华，你就这么一点儿伎俩？你以为设了这个毒气结界，就能拦住我？”阿柒拔下一根长发，长发化成一根红色的毛，吹到空中，雾气顿时散去。

“我根本就没有想过要拦住你。”紫华坐在树上，俯身看下面的阿柒和颜小婉，“小胖妞，看你的了。”

紫华把一片树叶放在嘴边吹响，颜小婉手里的那把只有牙签那么大的匕首瞬间变大，与此同时，她的身体完全不受自己控制，手里的匕首像是有了生命般牵引着她的手往自己身上扎。

“不对啊，这个刀扎人的方向怎么像是要我自杀啊？”颜小婉发现这把刀根本无法控制。

“青阳刀。”阿柒脸色一变，以最快的速度走过去摁住颜小婉拿刀的手。

“喂，这是怎么回事啊？这刀我怎么扔不掉啊！”颜小婉发现这把刀像是粘在她手心里，怎么甩也甩不掉。

“这青阳刀被下了咒，刀刃不见命不会破咒。”阿柒蹙着眉和颜小婉解释。

“什么意思？”危急关头颜小婉对自己的理解能力感到着急。

“你家狐狸的意思就是，这把刀不捅死一个人是不会停下来的哦。”紫华得意地说，“我知道你肯定对这只狐狸下不了手，那我只能对你下手了。”

“你这只死狸猫，你居然骗我！”颜小婉愤怒地大喊，原来不止狐狸狡猾爱骗人，连狸猫也不是省油的灯！

“谁让你那么蠢啊？阿柒，你堂堂红狐一族的少主，居然娶个这么笨的女人啊。真替你可惜。”紫华靠在树上，手里拿着一面镜子整理发型，讲话还带着嘲讽。

颜小婉这才明白，紫华从一开始就在骗她，无论她下不下手，这把刀都要杀一个人。

“紫华，我一直纵容你，你却一再挑战我的底线，别以为我不敢对你动手。”阿柒在和颜小婉手中的那把刀僵持，脸色凝重，看上去真的生气了。

“你先顾好你自己吧。”紫华笑着，“我给你准备了十万只毒蜂，和你家小胖妞慢慢享用吧。”

紫华说完，消失在树林中。

不一会儿，远处传来密集的“嗡嗡”声，颜小婉手里的青阳刀已经完全不受控制，眼见马上要捅到颜小婉的身上。

“阿柒，怎么办？现在怎么办？我还不想死。”颜小婉慌了，她完全没有想到自己的一时邪念，搞得现在情况一发不可收拾。

“昨天还夸你是个有慈悲心的人，没想到你今天第一个要杀的人就是你相公我。”阿柒口气带着深深的无奈。

“对不起，我不是故意的，我……我……”颜小婉眼泪都要出来了，整个人都在发抖。

“婉婉，你先别哭，你听我说。”阿柒冷静地把腰间的玉佩摘下来，挂到颜小婉的身上，“一会儿，我会把这把刀引到我身上，你拿着这枚玉佩沿着前面那条路往山下跑。玉佩会带你逃出去。切记，玉佩不要离身。”

“你把刀引到你身上，那你会怎么样？”颜小婉问。

“我自有办法，你不用担心。”

“可是这把刀……不是说不见命不破咒吗……你不会死吧？”颜小婉很害怕自己的一时邪念害了阿柒，虽然她不想嫁给他，可是她也不希望他死。

“你忘了，我可是九尾狐，修炼了二百八十年的狐狸，怎么可能那么容易死。”阿柒笑着安慰颜小婉，好看的脸上挂着温柔的笑意。

这是那天紫华和她说的话，阿柒居然知道。

“你听到我和紫华说话了？”

阿柒点点头。

“你知道我要害你，你还……”

“我说过，无论发生什么事，我都会保护你。”阿柒默默念了一个诀，玉佩瞬间发出艳红色的光，把颜小婉的周身都笼罩了起来。

毒蜂已经从远处飞过来，乌黑的一大片，阿柒一把夺过颜小婉手上的青阳刀，那把刀非常难驾驭，不断地要往他身上扎去，阿柒皱紧眉头，决绝地对颜小婉喊道：“快跑！不要回头！”

“阿柒……”

“快走！”阿柒一把将她推开。

颜小婉把心一横，拿着玉佩往下山的路跑去。

毒蜂绕过护住颜小婉的光圈朝阿柒飞去，密密麻麻的毒蜂瞬间聚成黑压压的一片。

颜小婉没有忍住回头看了一眼。

——阿柒拿起刀，狠狠地往自己的腹部刺了下去，他的表情痛苦，却在强忍。

颜小婉捂住嘴，不敢相信地喊了一句："阿柒！"

"快跑啊！"阿柒蹙紧眉头，双手捂住腹部，一双如星辰的眼眸透着深深的关切。

颜小婉心里一动，有种说不出来的悲伤涌上心头。

白天变成了黑夜，黑压压的毒蜂遮住了颜小婉的视线。

她不敢再看，只是握紧玉佩拼命地往山下跑，一分钟也不敢耽搁。

她拼命跑拼命跑，脑中一直回荡着阿柒的声音。

她感觉自己的心跳得飞快，脑中一直浮现阿柒痛苦的表情，她想到阿柒这些日子以来对她的照顾，突然有点儿伤感。

虽然她并不想留下来，可是和阿柒这段日子的相处，他并没有害过自己，还无微不至地照顾她，反观自己却恩将仇报。

想到这里，她的心情万分沉重。

虽然在这之前她一直想要离开，可是她从未想过是以这样的方式离开。

她不知道自己跑了多久，直到熟悉的车辆出现在她面前，她才意识到自己已经离开凤栖山了。

她坐上了一辆回市区的车，当车子"哐当哐当"在马路上行驶的时候，她隔着玻璃窗看到窗户里的自己。

凌乱的头发已经变得整齐，衣服完好无损地穿着，脚上因为奔跑落下的伤也全都消失了，一点儿都没有从山里刚刚跑下来的狼狈模样。

她摊开自己的手，原本手心里的狐狸尾巴印记也已经完全看不见了。

所有的一切，仿佛就是她经历的一个梦境。

她脖子上挂着的红色玉佩却失去了光泽，变得黯淡无光，此刻正静静地躺在颜小婉的手心里，提醒着她，这并不是梦。

她紧紧地握着那枚玉佩，回头看了一眼凤栖山的方向，那里烟雾袅袅，安静得仿佛世外桃源。

第五章·房东的秘密

1

夜晚的平安街上，人群熙熙攘攘，郁郁葱葱的法国梧桐在风中摇摆，漂亮的彩灯挂在树枝上，一路蔓延到街边的一家小小的咖啡店里。

这是颜小婉家的“颜色”咖啡店。

咖啡店开在街角，弧形的窗户挂着蓝色的格子窗帘，条纹布艺顶棚，店门口有个小小的花园，白色的栅栏里放了很多多肉盆栽，门口奶白色的长椅上放着一只巨大的毛绒玩具熊。

很典型的地中海风格的咖啡店，是颜小婉妈妈去世那年颜大军盘下来的，说是他和妈妈以前经常约会的地方，他要在这里等着她回来。

颜小婉和颜柏森都觉得颜大军疯了，妈妈明明已经去世了，颜大军却偏偏要守着这家咖啡店等妈妈回来。

妈妈的死就像他们家里的一个禁忌，没人敢提，而这家咖啡店，也不过是苦苦支撑，不知道什么时候才是尽头。

颜大军拿着计算器在吧台算账，煮好的美式咖啡正散发着浓郁的香气。

“咖啡店的生意太差了，这个月看来又要亏钱了。”

颜大军是个北方男人，虽然来南方二十几年，可是开口讲话还是一口东北味儿。他原本是武术教练，早年的时候办了一家武馆教教学生，日子还算凑合，可是前几年他出了一场车祸撞伤了腰，再也教不了武术了，于是开始一心一意打理这家破旧的咖啡店。

尽管这几年颜大军很努力地去经营，可是不知道是因为咖啡难喝还是风水不好，顾客少得可怜，一直在做亏本买卖。

颜小婉身穿一件碎花小裙子，站在窗户边，拿着抹布心不在焉地擦桌子。

“小婉！小婉！”颜大军大喊了两声。

“怎么啦，爸？”颜小婉被颜大军的狮子吼震了一下，“我没聋，不用喊那么大声！”

“想啥呢？自从上次和你表姐出去玩回来后就常常魂不守舍、奇奇怪怪的。”

“天地良心，我天天都在咖啡店做牛做马，什么时候奇奇怪怪了？”颜小婉怕颜大军发现她的异常。

“还说没有？你以前只要有假，就算是摔断腿也要往外头跑。现在呢？我轰你出去都轰不走。知道的是你们去同学家玩了，不知道的以为你遇到什么妖魔鬼怪中邪了呢。”

颜小婉听到“妖魔鬼怪”四个字，心里一咯噔，脸上变了颜色。

“我看她是还没有从考上枫林大学这件天上掉馅饼的事儿里缓过来。”坐在一旁的颜柏森一脸嫉妒地说道。

颜柏森到现在都无法相信成绩平平的妹妹竟然考上了枫林大学，而且即将入学。

就在两个月前，成绩平平的颜小婉收到了来自枫林大学的录取通知书，这让颜大军和颜柏森都大跌眼镜，一度以为学校搞错了。

最不能接受的当数颜柏森，当年他以超过枫林大学录取分数线一百分的成绩报考枫林大学都没有被选中，最后才去的南岭大学，因为这件事他气得连续半个月都吃不下饭，用打游戏来缓解心情。

颜柏森端起桌子上的咖啡喝了一口，扫了颜小婉一眼。

他真的不明白，眼前这个不修边幅，长相平凡的妹妹颜小婉到底哪里比他强。

“有的人啊，吃不到葡萄就说葡萄是酸的，我看就是嫉妒我运气比他好。”颜小婉冲颜柏森做了个鬼脸。

“你要好好想想自己到时候怎么毕业吧，就你那成绩，我都担心你第一年就留级。”

“不用你担心，我肯定顺利毕业！”颜小婉也不知道自己哪儿来的自信。

“你们两个能不能别一见面就斗嘴啊，努力想想怎么挽救我们快要倒闭的咖啡店啊。”颜大军也不知道两个孩子从什么时候开始，只要在一起就互相“厮杀”。

“还能怎么挽救啊？要不然让小婉到门口表演胸口碎大石，我看应该有很多人会来看。”

“哈哈哈……”

咖啡店传出颜大军和颜柏森震耳欲聋的爆笑声……

2

对于颜小婉来说，最悲伤的事情不是没有钱交学费，而是家里都穷成这样了，她的亲爹和亲哥还不忘损她。

这就是命，她悲苦的命运！

颜小婉幼年丧母，剩下哥哥和爸爸，听上去应该是被宠爱的小公主，可惜天不从她愿，让她摊上了颜柏森这个大哥。

颜大军一身武艺本来是要传给颜柏森的，没想到颜柏森从小就体弱多病，医生说他不能劳累，所以传承衣钵这件事只能落在了颜小婉的身上。

当她早上五点钟起床扎马步的时候，颜柏森还在被窝里睡懒觉；当她全身酸痛双腿麻木的时候，颜柏森穿着漂亮的衣服和女生去看电影；当她一脚能踢飞一个木头桩子的时候，颜柏森已经代表学校拿下了各种比赛大奖。

颜小婉被训练成了无所不能的女汉子，颜柏森却变成了高智商学霸。

颜家的两个小孩从小就被左邻右舍亲朋好友拿来比较，四肢发达的颜小婉永远处于下风，而巧舌如簧的颜柏森永远是大家学习的榜样。

这导致颜小婉对颜柏森愤恨难平，基本上从来没有喊过他“哥哥”，除非是有事儿需要他帮忙。

颜柏森呢，也总以吐槽他这个妹妹为乐。

颜小婉走到吧台前，端起一杯刚煮好的美式咖啡，无聊地望着窗外。

华灯初上的夜晚，彩色的珠串隔着透明的玻璃晕出一层一层的光圈，有个人由远及近地朝她的方向走过来，玻璃上渐渐映出一张熟悉的脸。

“阿柒。”颜小婉匆忙地站起身。

“请问，这里还在营业吗？”那个人推门而入，颜小婉这才发现，那个人不是阿柒，他只是身材与阿柒有几分相似。

他穿着一件灰色的风衣，修身的黑色长裤，秀气而英俊的脸庞透着淡淡的温暖。

颜小婉认得他，他是她当年建江中学的校友——模范生苏致远，他爸爸是枫林大学有名的教授，他继承了他爸爸的优良基因，不仅人长得一表人才，是全校女生心中的“男神”，两年前还跳级考上了枫林大学药学系。

为什么说是当年呢？因为颜小婉刚进入建江中学的那年，苏致远已经被保送进枫林大学了。

她仅仅在开学的时候见过他一面，还是他回校给学弟、学妹们做演讲。

这种神一样的人物，从来和颜小婉没什么交集。颜小婉除了对着他的照片花痴了一段时间，就再也无缘得见，没想到会在自己家的咖啡店和他巧遇。

“有的，请问您要点什么？”颜小婉迎了上去。

“有胡萝卜蛋糕吗？”

颜小婉听到胡萝卜蛋糕愣了一下，像是一个久远的记忆被人唤起。这个人为什么会想买胡萝卜蛋糕？

“这个，没有……”颜小婉抱歉地回答。

“没有啊……”苏致远好像有些失望。

“你可以试试我们店别的蛋糕。”

“有什么推荐呢？”苏致远抬起头微笑着问道。

“呃，那试试本店的彩虹蛋糕吧。”颜小婉指着一块彩虹蛋糕推荐。

“行，那就给我来一块彩虹蛋糕。”苏致远笑得很温柔。

颜小婉把蛋糕打包装好，递给他：“您的蛋糕。”

“多少钱？”

“16块8。”

苏致远在口袋里摸了一会儿，拿出20块钱给她：“不用找了。”

颜小婉接过钱，又拿了零钱递给他：“欢迎下次光临。”

苏致远看了一眼颜小婉找给他的钱，只是把蛋糕拿过来，转身就走了。

颜小婉拿着零钱想追出去时，店门被狠狠推开，她和一个气势汹汹的女人撞了个正着。

“颜大军，你到底什么时候交房租？”女人全身包裹得严严实实，还戴着厚厚的口罩，语气毫不客气。

“是房东太太啊。”颜大军看到房东，知道她“来者不善”。

“房东太太，再宽限我三个月，三个月后我保证把这房租给你交齐。”颜大军开始和以往一样周旋。

“你都三个月没交房租了，我还宽限？我这是租房，又不是开慈善机构。今天必须交房租，要不然明天就给我搬走。”房东太太今天特别暴躁，以前就算要钱也不会这么刻薄。

“房东太太，这大晚上的，别这么动气，生气容易老！”颜柏森想安抚一下房东太太。

“别给我来这套！”房东太太明显油盐不进。

“真的不好意思啊，这临时真的拿不出来。”颜大军无奈，没想到房东太太会选这个点找上门来。

“那是你的事儿。我今天一定要收到钱，否则只能请你们离开了。”房东太太口气很凶恶。

颜小婉见过这个房东太太几次，每次见她都红光满面，态度也算和善，可是她今天的状态尤其奇怪，眼窝凹陷，脸色蜡黄，而且现在明明是夏季，她却穿着一身长袖长裤，还戴着口罩，把自己包裹得严严实实。

整个人说不出地奇怪。

“房东太太，有什么话好好说嘛，没必要做得这么绝。”颜大军还想好言相劝。

“我最近做什么事都特别倒霉，我找人给我看过了，他说都是因为你们拖欠房租，把我的好运拖光了，你们要么今天给钱，要么退租！”

颜小婉盯着房东太太的脸，她的某种感知突然开启，房东太太的口罩在她的眼前变成了透明的，她清楚地看到她口罩后面的脸从眼睛以下长出了黄色的毛，就像男人的络腮胡，她的两颗虎牙正在尖尖地往外长，整个人看上去像只暴躁的动物。

从凤栖山回来之后，颜小婉对能看见这些事情已经没有当初那么害怕了，只是她没有想到居然能在房东太太身上有这种感知。

“房东太太，你最近是不是得了怪病？”颜小婉突然问道。

本来僵持的局面在颜小婉这句话下发生了改变。

房东太太目光躲闪:“我能得什么怪病？反正你们把钱交了,我就啥事儿都没有了。”

“我知道你是什么病，你要我说出来吗？你的脸……”

“小丫头，有话我们单独说！”房东太太一把将颜小婉拉到角落里，颜大军和颜柏森看到这个场面都愣住了。

“说吧，我得的什么病？”房东太太在角落里压低声音问颜小婉。

颜小婉笑了笑:“你脸上和身上都长了黄毛是不是？而且你的牙齿也在变长变尖。”

其实颜小婉只看到了房东的脸长毛，至于身上的变化是她猜测的，大夏天把自己包裹得这么严实身上肯定也有异样，根据她的脸推测，应该也是长毛了。

“你怎么知道？”房东太太很紧张，没想到眼前这个小丫头竟然能说出她的问题。

“放心吧，你的情况我不会说出去的，但是你现在来逼我爸给你房租，他也拿不出来。”

“不是我想逼你爸拿房租，是我请了一位先生来帮我看病，他说是你们不给钱导致我得怪病的，只要你们把钱交了我这病就会好。”房东太太被颜小婉抓住了把柄，现在讲话态度也不像之前那么嚣张了。

颜小婉也能理解，谁遇上这种事情肯定都很着急，难得听到有一个破解的方法肯定立马就去做了。

颜小婉沉思了一下:“这样吧，你今天先回去，我明天上你家，我有办法治你的病。”

“你有办法？”房东太太明显对眼前这个小女孩不放心。

“你穿成这样我都能发现你身上的问题，你觉得我有没有办法？”颜小婉继续煞有介事地忽悠她。

“好，我信你，我明天在家等你。”房东太太从口袋里拿出一张名片，“这是我家的地址。”

“一言为定。”颜小婉接过那张名片。

“大军，看在你女儿的面子上，我今天就先不计较了，不过钱还是不能拖太久，知道吗？”房东太太清清嗓子说道。

“知道知道，我会尽快筹钱的。”颜大军没想到房东的态度转变得这么快，一时还没缓过来。

“我走了。”房东太太走之前还不忘看了颜小婉一眼。

房东太太走了之后，颜大军和颜柏森凑到颜小婉面前：“你刚和她说了什么？她怎么突然就改变主意了？”

“就随便忽悠她呗，忽悠人还不容易啊。”颜小婉当然没说出真实的情况，就随意编了一个理由。

“小婉，你以前从来不会忽悠人啊，现在怎么突然开窍了？”颜大军感觉很奇怪。

“对啊，小婉从小都是傻呆萌，我刚刚看她和房东太太说事情的时候，表情特别精明狡猾！那眼神，就像……像狐狸！”颜柏森说道。

“你说什么呢！”颜小婉听到颜柏森说她像狐狸，心跳得飞快，突然感觉很心虚。

她自己没感觉自己有什么变化，刚刚只是很自然地和房东说出那些话，可是被她爸和哥哥一说，好像是和以前有些不一样。

“今天提早关店，去把门口的大熊给收进来。一会儿回家老爸给你煮碗茴香打卤面。”颜大军没想那么多，给颜小婉布置工作。

颜小婉走到门口，发现苏致远还站在门外，他已经把刚刚买的那份蛋糕吃完了，嘴边还留着奶油的痕迹。

“学长，你还没走？”颜小婉觉得奇怪，苏致远怎么会这么久都没离开。

“我刚吃了你家的蛋糕觉得味道不错，想订一个月的，但是看到你们好像在谈事情，我就没有打扰。”苏致远这话的意思是刚才的事他都看到了？

“包月买蛋糕？你吃得完吗？”颜小婉对他要包月买蛋糕这件事很好奇。

“哦，不是我买，是给别人订的。”苏致远从包里拿出本子和笔，在上面写了个地址，“你帮我送到这个地址。”

“好的。”

"那，我们加个微信？以后我们可以微信联系。"苏致远拿出手机。

"加微信？"颜小婉没想到苏致远居然主动加她微信，这可是他们建中的"男神"啊！

"怎么？不方便吗？"

"不是不是，特别方便！"颜小婉从口袋里拿出手机，愉快地把苏致远的微信加上了。

"你叫颜小婉？"苏致远看着手机屏幕问道。

"是的。"

"好，那保持联系。"苏致远冲颜小婉微笑，俊秀的脸上透着温柔。

"保持联系。"颜小婉没想到自己不仅偶遇曾经的"男神"，"男神"还主动要求加她微信，说出去不得羡慕死那些喜欢苏致远的同学啊！

颜小婉低头看了一眼手里字条上写着的送蛋糕的地点：天使孤儿院。

可真是一个有爱心的人啊。

3

咖啡店打烊后，颜小婉和颜大军回到了家。

颜柏森不知道要和谁去看电影，所以提前回学校了。

颜小婉的家在咖啡店附近九坊六巷的一栋宅院里。

这一片是一百年前建的老宅，是颜小婉妈妈家的祖屋，说是从祖辈传下来的，非常具有当地的建筑特色，市里想保留它古香古色的风貌作为市里的标志性建筑，所以始终没有拆迁，仅是每年找人来修葺。

宅院分三层，院中是露天的，漏一片天光，一下雨就滴滴答答淌着水，院中种了很多花草和多肉植物。

这些花草和多肉植物都是颜小婉妈妈的最爱，颜小婉的妈妈当年是临江出了名的美人，当时上门提亲的人络绎不绝，她却唯独看中了从北方来这里做武术师傅的颜大军，也不嫌他穷，毅然决然地嫁给了他，不仅为颜大军生下一儿一女，还把这个家照顾得无微不至。颜小婉记得小时候妈妈总爱带着她在院子里种花草，妈妈长得很漂亮，讲话温柔，她有一头黑色的长发，在阳光下还带着花的香气。

在妈妈走后这么多年里，虽然很多人劝颜大军再娶，他都拒绝了，甚至相信了江湖术士说的妈妈没有死的话，一直在那家他们以前恋爱时常去的咖啡店等她，最后甚至盘下这家咖啡店来做亏本买卖。

别看颜大军平时大大咧咧的，在感情上却非常专一，颜小婉经常看到他拿着妈妈的照片说话，仿佛妈妈从未离开过。

“面来啦。”颜大军端着一碗香喷喷的打卤面从厨房出来，面上面卧了两颗溏心的荷包蛋，外皮煎得焦黄，一咬下去满口汁，颜小婉就爱吃这样的鸡蛋，和面的汤汁一起下肚，美味无穷。

“快吃吧。”颜大军笑着坐在颜小婉的对面，往她的碗里放腌肉，颜大军虽然让颜小婉学武，可是对这个女儿也是满心疼爱。

颜小婉吃着面，眼前突然浮现出阿柒的脸。

“你喜欢吃，以后我天天都给你做。”漆黑的小厨房里，阿柒的脸在煤油灯下仿佛会发光。

“怎么不吃啊？不喜欢吗？”颜大军问。

“没有没有……”颜小婉低头，赶紧吸了一口面条。

颜大军做的打卤面和阿柒做的味道不同，却同样能勾起她深深的留恋。

都是亲人和家的味道。

吃完面，颜小婉回到二楼的房间里，把之前打零工赚的钱拿出来。

“老王你就借我周转一下，等下个月我肯定还你……”

颜大军在隔壁的房间打电话，听起来是在和朋友借钱，老房子隔音效果不好，虽然他尽量压低了声音，可颜小婉还是听到了颜大军低声下气说话的声音。

虽然颜大军没有在颜小婉面前表现出多大的异常，可是颜小婉从爸爸这两个月的愁容以及咖啡店每况愈下的营业额中大概能猜出端倪。

颜小婉默默地把摆在窗台上的陆成歌的照片取了下来，本来还想在去大学报到前看一场他的演唱会，连买黄牛票的钱都准备好了，却因为颜大军的这一通电话改变了主意。

偶像固然可贵，可是生活更加重要。

颜小婉深深地叹了一口气。

窗外淅淅沥沥地下着雨，大厅的水缸里养着一片荷叶，上面泛着晶莹的雨滴。

她趴在窗台上，看着外面的雨，转头看了一眼墙上的日历。

距离她从凤栖山回来已经快一个月了。

她想起那天她坐车回到家，看到老爸在房子里浇花，“哇”的一下就哭了，老爸问她发生了什么事儿，她支支吾吾半天还是什么都没说出来。

颜大军一直问她是不是这阵子玩得不开心，她才知道，在她失踪的这段时间里，颜大军一直以为她和徐冉冉去同学老家旅游去了。

她当时打电话给徐冉冉，发现徐冉冉和她同一天回来了。

她和徐冉冉提起凤栖山，徐冉冉只是一头雾水地问她："那是什么地方？我们去过吗？"

颜小婉这才发现，徐冉冉完全不记得凤栖山的事情，她的记忆像是被人清空，完全和她的对不上了。

她决定把这一切都埋藏起来，于是敷衍了几句就挂断了电话。

在凤栖山发生的一切，仿佛变成属于她一个人的秘密。

时间一长，她都开始怀疑，在凤栖山的一切是不是一场梦。

可是每到夜里，她总会梦到阿柒那张脸，从丑到英俊，他穿着一身红色的长袍，在小厨房里给她煮面，他托腮看着她，他的目光从远远的黑暗深处一下子来到她的面前。

她一下子惊醒过来。

阿柒的红色玉佩她一直挂在身上，上面刻着她看不懂的纹路，它黯淡无光，死气沉沉，却时刻提醒自己，这不是一场梦。

4

第二天颜小婉按照房东太太给她的地址去了她家。

房东家位于市中心的别墅小区，颜小婉刚到别墅小区门口就闻到了一股很香的味道，那是从街口的一家火锅店里飘出来的。

那家火锅店生意非常好，已经是下午两点钟了，依然门庭若市大排长龙。

颜小婉骑着自行车进了那个别墅小区，她找到了房东太太的家。

她按了好几声门铃，房东太太才开了个门缝，把头探出来："你来了？等会看到什么不要惊讶啊。"

颜小婉开始还疑惑房东太太为什么要这么说，等她进去后就明白了，房东太太五岁的孙子此刻正趴在地上，嘴里叼着一根骨头，还时不时发出狗吠的声音，看到颜小婉进来，他突然目露凶光，四肢快速爬行朝颜小婉扑过来。

"磊磊，不要！"房东太太想要去抓住他，但还是慢了，她孙子已经扑到了颜小婉的脚边，但是很奇怪，那个小孩儿在抱住颜小婉小腿的那一刻，刚刚的凶相消失了，突然变得温顺起来，只是拿脸在她的腿上蹭了蹭。

颜小婉本来也吓了一跳，但是她在狐仙庙遇到老婆婆时的感知在此刻又出现了，她看到这个孩子被一群狗追，带头的那只狗一身黄毛，额头有一个黑色的印记，它们追着孩子拼命地跑。

小孩儿在惊恐中挣扎，几乎崩溃。

颜小婉蹲下身，摸了摸男孩的头："乖，没事。"

男孩儿被她这么一安抚，很快变得很平静。

"真是奇怪，磊磊对谁都是冲上去就咬，怎么对你这么温顺？"房东太太也觉得神奇，别说房东太太，连颜小婉自己都觉得神奇，好像冥冥中有条线把她引到这里来了似的。

"你现在和我说说，你们发生了什么事？"颜小婉觉得既然要解决问题，她需要先知道一下来龙去脉。

"一个月前，磊磊突然就开始手脚着地，用四肢走路，而且不再说话，只能发出和狗一样的声音，吃的东西也变了，只爱吃骨头和狗粮，后来有天我半夜起来发现自己浑身长了黄色的毛，脸上也全都是毛，牙齿变得又尖又长，就像一只怪物一样。"房东太太说到这里非常无奈，"我现在把口罩摘下来给你看看。"

房东太太把口罩摘了下来，她的脸和那天颜小婉在咖啡店里看到的一模一样，这么近距离地看到，颜小婉还是觉得挺骇人的。

"我偷偷找了私人医生看了，医生说这是怪病治不好。后来我实在没办法了，就去找了一位术士，他说我只要找你爸把房租要回来，我和我孙子的病就会好。"房东太太叹气，"我这才着急地去找你爸要钱。"

房东说这话的时候，颜小婉又闻到了那股非常好闻的肉香："什么东西这么香？"

"是肉……"房东太太支支吾吾地指了指厨房。

颜小婉循着气味走过去，发现厨房的灶上正炖着一锅肉，此刻正散发着非常诱人的气味，闻着就直流口水。

颜小婉走过去，拿起汤勺舀了一勺放在嘴里，她的眼前突然就看到一片屠狗的场景，一只只流浪狗被关在笼子里，狗贩把它们从笼子里抓出来，做成狗肉火锅，一位食客，吃得正香。

"你家里是不是有人卖狗肉？"颜小婉大概猜出症结所在了，"你们这个怪病是和狗有关的。"

房东太太本来没想说这件事，可是听到颜小婉这么了解也没隐瞒，直接就说了。

房东太太的儿子是开火锅店的，开始火锅店生意不好，竞争不过别家，他偶然注意到临江市的流浪狗很多，他就抓了几只回来，把它们宰了做狗肉火锅，没想到生意变得非常好。后来有很多爱狗人士上门抵制，闹得沸沸扬扬，还上了当地新闻，当时他声泪俱下地在媒体面前保证再也不会卖狗肉火锅了，从此狗肉就从这家火锅店消失了。

颜小婉记得这个新闻，当时她还觉得那家火锅店老板是诚心悔过的，而且他后来真的没有卖狗肉火锅了。

“既然没再卖了，又诚心悔过，按道理不应该啊。”颜小婉觉得奇怪。

“报应啊，报应啊……”房东太太拍打着自己的胸口，哭得很惨，可是因为她的牙齿太长，哭都非常费劲，“你不是说可以治我的病吗？你能不能把磊磊的病也治了？如果只能救一个，那就救磊磊吧，我老了，命也不值钱了。”她哀求着颜小婉，样子非常可怜。

颜小婉看着眼前的一幕，心里堵得难受：“我试试看吧。”她拿出一把刀，在手指上割了一下，一股红色液体顺着手指流了下来。

其实颜小婉也不知道这样有没有用，只是她记得在凤栖山的时候，小山和她说过，她的血可以驱走任何妖邪。

她把手凑到磊磊的嘴边。

“你干什么？”一个男人从楼上冲下来把磊磊从颜小婉的身边抢走，这个男人脖子上戴着大金链子，穿着花衬衫和短裤。

刚刚还平静的磊磊看到这个男人瞬间又变得狂躁起来。

“小刚，放下磊磊，这个小丫头在给磊磊治病！”房东太太说。

抢孩子的男人想来就是房东的儿子了。

“就她？一个小丫头片子，还能救磊磊？”叫小刚的男子大吼着，“妈，这阵子你不是找术士就是请符水，磊磊差点儿都被折腾出精神病，现在居然还让一个十几岁的小姑娘喂他血，你是不是疯了！”

“我没有疯！只要能救磊磊，我什么都愿意试！”房东太太指着儿子，“都怪你杀狗太多，惹了狗妖，报应在我们身上。”房东太太气得发抖。

“什么报应啊，我现在都不卖狗肉了！”房东儿子信誓旦旦，“我已经约了好几个专家，明天就带你和磊磊去找专家看病。”

“他在撒谎。”房东儿子怀里的磊磊突然开口说话了，可是他的声音低沉，不像一个孩子的声音，“他还在卖狗肉，而且不是流浪狗！”

磊磊突然发生了变化，刚刚还是小男孩模样的他手脚开始变得细长，慢慢全身长出了黄色的毛和尾巴。

颜小婉认得这个狗的品种，是猎犬拉布拉多。

房东吓得大叫：“这是什么怪物？”

“他是附身在你儿子身上的狗仙。”颜小婉虽然觉得神奇，但是也没有太惊讶。

“我叫阿布，已经在临江生活了两百多年。本来我不想插手这些事，但这偷狗贼，他为了赚钱，利欲熏心，实在可恶！”

“他不是说他不卖狗肉了吗？”颜小婉没想到房东儿子还在卖狗肉。

“不卖了？他只是不卖狗肉火锅了而已，你知道他私下里干的什么勾当？他一边忏悔获得大家的谅解，一边私下给那些喜欢狗肉的食客开了绿色通道，地点就在这栋别墅里，二楼有两个房间被打通，可以摆下六张桌子，专门供人吃狗肉。他的狗肉生意太好，又没有那么多流浪狗，他就打起了别人家狗的主意，经常趁人不备偷别人的狗回来，还把剩下的狗肉和骨头熬成汤做成他火锅店的汤底！”

阿布瞪着大眼睛看着房东儿子：“你杀了那么多无辜的狗，我就让你尝尝儿子和母亲变成狗的滋味。”

如果阿布说的是真的，那这个房东儿子真是个可恶的人。

“作孽啊，作孽啊。都是你作的孽害了我和磊磊啊！”房东太太不停拍打着自己的儿子，“我让你别卖了你不听，说有钱什么病都能看，你这些黑心钱，我和磊磊才不要。”

“妈，我错了，我错了！我只是觉得卖狗肉生意好，我想让你和磊磊过上好日子……”房东儿子看着磊磊变成的黄狗几乎绝望了，“你知道当年就是因为我穷，磊磊妈妈才离开了我，我真的不想再穷了，我不想再被人看不起，我错了吗？”

房东儿子哭了，哭得很伤心，眼见自己最爱的儿子变成了狗，怎么能不难过？

颜小婉叹了口气，本来只是想救个人让房东卖她个人情，房租能够宽限几天，怎么会变成现在这个场面？真是令人唏嘘。

“丫头，你能不能帮我求求情，让他不要害我孙子。”房东太太哀求颜小婉。

“只要能让我儿子回来，你要我做什么都行。”房东儿子也跪在地上求饶。

颜小婉于心不忍，问阿布：“孩子毕竟是无辜的，你能不能放过这个孩子？”

“红狐王妃既然开口，我当然要卖这个面子，但是他要答应我三件事，如果他都能做到，我就放了他儿子。”阿布看着房东儿子说。

“你说，你说什么我都答应你。”房东儿子抬起头。

“我不信你。”阿布直接说。

“我给他担保，如果他再卖狗肉，我和你一起来收拾他，到时候你可以把他全家都变成狗。”颜小婉追加一条。

阿布显然比较相信颜小婉的话，看了他们一眼，才缓缓开口：“第一件事是停止卖狗肉，保证这辈子不再杀狗；第二件事是把卖狗肉赚来的黑心钱都捐给慈善机构；第三件事是不能把见过我的事情说出去。”阿布说。

“这三点我能做到。”房东儿子保证。

“如果你以后违背誓言，我不会饶了你。”阿布放下狠话。

“记住了，记住了！”房东儿子点头如捣蒜。

阿布摇了摇尾巴，片刻后，一个小男孩从他身体里抖落了出来，房东儿子赶紧去接住，小孩安安稳稳地落在房东儿子手上。

阿布对他说：“记住你的承诺。”

“记住了，记住了。”房东儿子不停地点头。

那个叫磊磊的小男孩缓缓睁开眼睛，奶声奶气地喊了一声“爸爸”，随后房东太太身上、脸上的毛消失了，牙齿也恢复了正常。

房东太太和儿子千恩万谢地把颜小婉送了出去，还一直说要给颜大军降租金。

颜小婉走到外面，长长地松了一口气，阿布站在她的身边：“红狐王妃，我要走了，今天谢谢你。如果没有你的血，我们这些没有修成人形的仙灵，是无法在人类面前现身的。”

“难怪你一直在那个小孩儿的梦境里吓他，原来是无法现身。”颜小婉这下总算明白了。

“你是怎么知道我是和那只狐狸有关系的？”颜小婉终于忍不住问道。

“红狐少主为了一个凡人女子挡了青阳刀，性命危在旦夕，这件事现在全妖族都传开了。而你脖子上挂的就是他的玉佩。这个玉佩妖族所有少主都有一块，只有订立血契的对象才会拥有。”阿布解释。

“那阿柒现在身体怎么样？”

阿布摇摇头：“看天命。”

颜小婉不知道自己怎么了，居然十分担心阿桀的状况。

“你今日帮了我的忙，算我欠你一个人情，若是以后有需要，你只需对着天空喊我的名字，我就会出现。”阿布走之前，对颜小婉许下一个承诺。

5

颜大军东拼西凑，终于在颜小婉开学的前一天凑齐了她的学费，那是颜大军跟左邻右舍亲朋好友不知道求了多少轮才借来的钱。

当颜小婉拿到颜大军递来的钱的时候，眼泪都要掉下来了，不是因为感动，而是因为她在那一叠钱里面发现了几枚一块钱的硬币。

可见颜大军为了借钱已经把人逼到了什么份儿上！

一块钱都不放过啊！

“宝贝女儿，把钱拿好了，这可是你爹面子的全部！”

“太沉重了。”

“明儿拿这钱直奔你们主任办公室啊！别出什么岔子。”

“放心吧，我保证绝不乱看帅哥！”

当颜小婉以新生身份踏进枫林大学校门的时候，激动得差点儿想在学校里打拳。

枫林大学鸟语花香，景色怡人，就连迎接新生的师兄们都分外美好。一想到自己以后四年都要在这所声名赫赫的学校里上学，什么烦恼都被抛之脑后了。

因为错过了正常的报名缴费时间，她现在只能带着钱去办公室补缴了。

“同学，你是大一新生吗？哪个学院哪个系的，我带你去吧。”迎面走来一位学长殷勤地说道。

“不不，学妹，还是我带你去吧。”

……

几个男生争先恐后地要带颜小婉去报到，这个场面真让颜小婉措手不及。

她以前走在路上都没有人理，现在怎么突然多出来这么多人献殷勤，这不科学！

“我是生物工程专业的，想去教导处交下学费。”

“我知道生物学院在哪里，我带你去。”

“那条路我巨熟……”

“我刚从那条路走过来……”

几个男生又吵起来了，吵得颜小婉头都疼。

“不用麻烦了，我自己知道路。”不知道怎么回事，以前颜小婉看到帅哥就特别开心，现在这么多帅哥对她献殷勤，她不仅不开心，还觉得特别烦。

她从凤栖山回来之后，连喜好都开始发生奇怪的变化。

颜小婉拿着枫林大学的地图，寻找教学楼的方向。

好不容易按照地图找到生物系的教学楼，本以为这么冷门的专业肯定是门可罗雀。不承想当她走到教学楼的时候，发现这栋教学楼挤满了人，放眼望去还都是女生。

那么多女生，却难得地安静，隐约传来的声音，像是在进行拍摄。

难道走错了？颜小婉揉揉眼睛，难道这是艺术学院？

可是教学楼上明明写着：生物工程学院。

颜小婉想往里挤，发现根本挤不进去，里三层外三层被堵得水泄不通。

教学楼的中间一条巨大的横幅上写着“拍摄中，粉丝请勿喧哗”。

“谁这么大排场啊？”颜小婉随便问了问旁边的同学。

“这你都不知道，我校‘男神’谢君洛在拍宣传片……”

“谢君洛是谁？怎么会跑到生物学院来拍宣传片？”

颜小婉虽然孤陋寡闻，但是看看周围人山人海的粉丝群体，能感觉出这个人不简单。

“嘘，别说话！”前面的女生转过来打断了她们的对话。

不一会儿，颜小婉看到一个挺拔的身影在一群人的簇拥下从教学楼的西南角走了出来，天色渐暗，她个子又矮，踮起脚也看不清那个人是圆是扁，只能眼睁睁地看着他从西南角的楼梯走下去，留给她一双大长腿。

所有女生躁动了。

“谢君洛走了，快追！谢师兄，我爱你……”女生们一路追随，那奔跑的速度简直可以去参加奥运会！

“什么大明星这么不得了……以后有机会我要好好看看！”颜小婉嘀咕着。

生物教学楼随着这位“谢师兄”的离去又恢复了平静，颜小婉从粉丝追星的盛况中回过神，沿着教学楼找到主任办公室。

“咚咚咚”。

“请进。”

主任正在办公室悠哉地喝茶。

“主任，我是生物系新生颜小婉，我来交学费。”

“交学费到这里来。”主任正准备把刷卡机拿出来，就看到一堆零钱从天而降，堆满了他的桌子。

“主任，七千六，你数数。”颜小婉愉快地通知。

那一堆钱里，有一百的、五十的、二十的、十块的，连硬币都有。

主任看到这么一大包零钱眼睛都直了……

“主任，我来不及去银行存了，就直接给您带过来了。”颜小婉解释。

“好的……颜同学，我一会儿好好数数。”主任推了推他的老花镜，感觉今天有事儿干了。

“对了，把住宿费也交一下，一年是一千二。”

说到住宿费，颜小婉脸就垮了，她根本没有想到住宿费，这学费还是颜大军好不容易凑齐的。

“主任，我能不能不住宿啊？我家就在临江，离学校很近的，不用住宿。”

“住宿是枫林大学的规定，方便学校管理，你不住宿是肯定不行的。”

“可是……”颜小婉实在不想说家里没钱这件事，感觉有点儿没面子。

“可是什么？”主任推了推老古董的眼镜。

“没什么……那我回家拿钱吧。”颜小婉想了一下，还是没把家庭的窘况说出来。

“最晚明天交钱，或许还能占个好床位。”主任没想那么多，好心提醒。

“好……好的……”颜小婉只能打肿脸充胖子地点头。

关上办公室的门，颜小婉真想给自己两耳光，为什么那么要面子？为什么不直接和主任说家里没钱，现在怎么办，一千二她怎么交得出来？再回去和颜大军说，那不是要他剥层皮下来吗？

她神情恍惚地走在学校里，刚刚入校时的新鲜劲儿都没了。她不知不觉走到了学校的一间食堂门口，食堂里散发着阵阵饭香，她从口袋里掏了半天才掏出两个五毛的钢镚。

“茶叶蛋多少钱？”她站在一个没人的窗口，盯着一堆刚出锅的茶叶蛋问道。

“两块。”

颜小婉看了一眼自己手里只有一块钱，连茶叶蛋都吃不起。

“算了算了，不要了。”颜小婉沮丧地准备离开。

“小姑娘，别走啊。”卖饭的叔叔喊她，“你运气好，我们小食堂今天做活动，第一个来的顾客吃饭不要钱！”

“还有这种好事儿？”颜小婉不敢相信自己的好运。

“骗你干吗？随便点，随便吃，别客气。”卖饭的叔叔人很好，热心地招呼道。

“那我就不客气了啊。”颜小婉看着热气腾腾的菜，刚想点，突然愣住了。

除了茶叶蛋她认得出来，其余的菜她完全叫不出名字。

“这是香蕉炒胡萝卜，油炸番茄，苦瓜紫菜汤，凉拌银耳丝，荷花莲藕泥……你想吃哪个？”打菜大叔热情地介绍。

听这菜名，就没有一个想吃的啊。但是看着卖饭大叔热情的笑脸，又很难拒绝。

“大叔……给我来两个茶叶蛋好了，我胃口小，特别容易饱。”颜小婉拒绝了那些可怕的黑暗料理。

大叔拿过盘子，“哐哐哐”一阵操作，最后把一个大盘子从窗口递给颜小婉。

除了两个茶叶蛋，还有满满一份苦瓜拌薄荷草。

“这是大叔的独门菜肴，送你了。”

“谢谢大叔……”颜小婉悲情地吃着这份赠送的饭，终于明白这里为什么要做活动了。

不做活动压根没人吃吧……

颜小婉吃着盘子里的菜，感觉自己心里和眼前的这盘菜一样，又苦又凉。

6

晚上颜小婉坐在咖啡店里想和颜大军说住宿费的事情，看到颜大军愁眉不展地在算账，就知道今天生意又不好。

“老爸，要不然我不上学了。”

颜大军本来还在算账，听到颜小婉这么说突然就拍了一下桌子：“说什么胡话呢！”

“反正有颜柏森那个高才生光宗耀祖了，我读不读都无所谓的。”颜小婉自暴自弃地说道。

“你哥去南岭大学那是发挥失常，你去枫林大学那是我们祖上积德，你怎么能不去呢！你知道多少人求着要上枫林大学都没这个机会，你考上了你居然不念！”

枫林大学在临江市民的心里是神一般的存在。所以颜小婉说不去读，颜大军是不能接受的。

“可是上大学多贵啊，我又不像颜柏森那么能干，学费、生活费都是自己赚。”

“别老跟你哥比，你也有你自己的优点嘛。”

“我有什么优点……”

“能打能抗能吃苦！”

“这是优点吗？”

“丁零零……”颜小婉的手机响起。

主任的声音从电话那头传来：“颜同学，你的住宿费暂时不用交了，明天你就直接去办手续吧。”

“真的吗？”颜小婉不敢相信自己的耳朵。

“你家里有困难怎么不早说！以后有什么事儿及时和主任沟通，主任都给你解决。”

电话挂断，颜小婉还沉浸在天降的幸福之中没反应过来。

“小婉，谁的电话？”颜大军问。

“我们主任，他让我明天去学校报到，顺便办住宿手续。”

“住宿？你要住宿？”

“主任说这是枫林大学的规定，必须住宿。”

“那住宿的费用呢？”

“暂时不用！”

“真的假的？”

“真的！刚刚主任特意打电话来说，考虑到我们家里的情况，暂时不用交了。”

“居然有这么傻的学校……”

“什么叫傻？”

“这么好！这么好的学校！”

今天发生的一切都太顺利了，顺利到颜小婉都无法相信自己有这样的好运气。

7

第二天颜小婉就带着行李去学校了。

她这个人平时就特别粗糙，不收拾不打扮，东西少衣服也没几件，而且因为要给苏致远送蛋糕去孤儿院，她还准备每天都回一趟家。

所以她简单地收拾了行李就出门了。

在公交车站等车的时候，颜大军一把鼻涕一把眼泪：“小婉啊，一定要好好照顾自己，老爸不在身边，自己要多注意休息……”

“老爸，学校离家坐公交车就半个小时，你没必要一副送我去出征的样子……”秋风萧萧的公交车站，来来往往的人都在诧异地盯着颜大军。

“你要好好照顾自己。”颜大军把眼泪一收，演技收放自如，不愧是经常在片场做临演的。

颜小婉啃着馒头，心已经飞奔到学校去了，她只要一想到学校有那么多美男师兄和帅哥老师在等她，她的小心脏都在起飞。

生物系的宿舍楼在学校东南角一栋老旧的公寓里，颜小婉之前幻想的电视剧里那样宽敞明亮、整洁舒适的宿舍景象倒是没有看见。

出现在她眼前的就是一栋破旧的楼，墙面脱皮，水泥地破败，走廊灯坏了好几盏，来来往往的女同学看着这栋楼，都沉默无语。

颜小婉抱着一堆洗漱用品和被子站在走廊里，明白了什么是“想象很丰满，现实很骨感”。

她的宿舍在102，是走廊的尽头。

刚走到宿舍门口，就有个女同学推门而出，直接撞到颜小婉身上。她一张圆脸，披头散发，一脸惊慌地大喊：“有人疯了，快跑啊。”圆脸女生惊慌地逃走了，还掉了一地的零食。

根本分不清这是里面有人疯了，还是疯子已经跑出来了。

大门敞开，颜小婉朝宿舍里面探了探头。

不看倒还好，一看颜小婉便吃了一惊。

里面一个紫发的女生正把另一个女生按在墙上，狠狠地掐着她的脖子。

被掐的女生脸憋得通红，连话都说不出来。

“你再不住手，她就被你掐死了。”颜小婉走过去，用力地掰开紫发女生的手。

被掐的女生重重地摔在地上，爬起来惊慌地喊：“快跑啊！”

颜小婉还没来得及去扶她，她已经连滚带爬地冲出了宿舍。

“同学，有什么事儿不能好好说，非要这么暴力？”颜小婉拿着行李，看着乱七八糟的宿舍，再看看眼前这个比她更暴力的女同学感叹。

“不懂得尊重别人的人，我们又何必与她客气？”紫发女生不以为意。

午后的阳光从玻璃窗外照进来，她抬头的时候，颜小婉看到她的脸上有个胎记，一大片红，就在她左边的脸颊上。

颜小婉大概明白她为什么发火了。

那个女生肯定是嘲讽了她脸上的胎记，难怪她会发那么大火。

颜小婉也不怕她，直接走过去，从口袋里摸出一包糖："请你吃糖，消消气。我叫颜小婉，以后就是一个宿舍的了，请多多指教。"

"你就是颜小婉？"紫发女生的目光里突然多了一丝讶异。

随后她的神情变得很庄重，特别正式地欠了欠身："我叫紫杉。初次见面，请原谅我刚刚的鲁莽。"

颜小婉被她这么正式的介绍给吓到了，摸着头说："别这么客气，以后大家都是同学了嘛，互助友爱，相亲相爱！"

颜小婉蹲下身准备把行李拿出来。

"让我来吧。"紫杉接过颜小婉手中的行李，熟练地把里面的东西拿出来，放到行李箱上，顺便帮她铺好了被褥、床单，连枕套都换好了。

紫杉的速度之快，动作之麻利，仿佛她才是这个行李箱的主人。

颜小婉站在原地，看着紫杉做这一切，佩服得五体投地。

"你还有什么需要以后直接告诉我就行。"做完这些之后，紫杉拍拍手上的尘土，脸上依旧没有什么表情。

"我没什么需要了……你……你真的好能干哦……你在家是不是经常干活啊？"颜小婉震惊地说。

"在我们家，人人都会做这些事。"紫杉回答得很自然。

"你家乡是哪里啊？"

"是个乡下地方，说了你也不知道。"紫杉对颜小婉讲话恭恭敬敬。

"那你们乡下也很潮耶，你还染了紫色的头发。"颜小婉捧起紫杉的色泽透亮的头发，"也不知道用的什么染发膏，把颜色染得这么均匀。"

"我们那里的人……都喜欢染不同颜色的……头发……"紫杉被颜小婉这么一问还有点儿不自然。

"以后放暑假有时间你带我去你们老家玩玩，让我见识见识！"颜小婉还在摸着紫杉的头发，那头紫发可真漂亮，又滑又顺。

"乡下地方，环境太苦，怕你过不惯。"

"怎么可能！再穷苦的山我都去过！"颜小婉想到凤栖山，突然打了个喷嚏。

8

紫杉的性格比较阴郁，不说话的时候冷酷得像是一座冰山，穿一身暗黑系的衣服，紫色的长发一披，特别像在cos（角色扮演）某个动漫人物，浑身散发一种生人勿近的气势。

除了颜小婉，学校里几乎没有人敢靠近她，导致她们宿舍一整天也没有人敢进来住。直到傍晚，颜小婉正准备出门去吃饭，突然来了个女生，颤颤巍巍地站在门口问：“你们宿舍还有位置吗？”

“有啊有啊！还有两个位置。”颜小婉赶紧把人拉了进来，那女生看到颜小婉的时候，愣了一下，再看到紫杉，更是吓了一跳。

“我……我……我……我能不能住这里……”女生整个人抖得很厉害，说话的时候大颗大颗的眼泪已经落了下来。

“怎么还哭起来了？”颜小婉赶忙给她拿纸巾。

“不用理她，她从小就爱哭。遗传的。”紫杉翻着书，像是对她很熟悉。

“你们认识吗？”颜小婉问。

“算得上半个亲戚吧。”紫杉解释，但是看她们两个人讲话的熟悉程度，完全不像亲戚的样子。

“我还是换个地方住吧……”女生好像很怕紫杉。

“没事！你就住这里，以后有我罩着你！”好不容易来了一个舍友，可不能把她给放跑了，要不然以后在宿舍多无聊。

“既然小婉都说了，你就留下来吧，也好有个伴儿。”紫杉淡淡地看着那个爱哭的女生说。

“是是是……”女生对紫杉毕恭毕敬，赶紧擦去脸上的眼泪，开始整理行李。

刚刚对颜小婉很殷勤的紫杉，面对这个柔弱的女生却纹丝不动。

“你叫什么名字？”颜小婉问。

“我叫余苗。”她回答的时候还抽泣着，像只可怜巴巴的小宠物。

“以后在这里少装可怜，听到没有？”紫杉告诫她。

“听到了，紫杉姐。”余苗赶紧收住自己要掉下来的眼泪。

“收拾好了一起去吃饭。”紫杉合上书本，看了余苗一眼，口气像是命令。

很奇怪的是，余苗也非常听话地立刻加快了自己的动作。

这个宿舍奇怪的组合就这么形成了，一个紫头发的暗黑系少女加上一个动不动就哭的柔弱少女，以及颜小婉这个活泼开朗的穷少女。

紫杉人很冷酷，对颜小婉却特别热情，不仅帮她整理床铺，收拾行李，连生活用品都买了一份给她放在最醒目的位置，反而余苗柔柔弱弱的，她只是冷眼旁观，什么忙都不帮。

颜小婉没想到自己会有这种待遇，趁着紫杉忙碌的空隙，她顺便到隔壁去串了下门。隔壁住着她的高中同学张悠然和梅林，她们和她同一年入学，学的是会计。

所有人包括余苗都对紫杉敬而远之，颜小婉却一点儿也不怕她，反而觉得她人不错。

晚上紫杉和她一起吃饭的时候，特别豪气地说："你想吃什么，可以随便点。"

作为一个女生，这辈子最想听到的一句话之一不就是——"喜欢什么，随便买买买"吗？

对于穷系少女颜小婉来说，紫杉的这句话犹如天籁之音。

当颜小婉吃着两盘红烧肉、一盘鱼香茄子、一份红烧大排和三碗米饭的时候，含糊不清地说了一句话："紫杉，你这个朋友，我交定了！"

张悠然在旁边看得有些心疼："小婉你这是多久没吃过肉了？"

"别提了，今朝有肉今朝吃，明天还不知道能不能吃得上荤呢。"颜小婉狼吞虎咽。

"你想吃什么随时告诉我，不要和我客气。"紫杉用手撕着一盘鸡肉，扯成一条一条的慢慢地放入口中。

"紫杉你怎么那么好呢！"颜小婉边吃边感激。

"你吃得那么快干吗？又没人和你抢。"张悠然说。

"我一会儿还要回家做蛋糕呢。"颜小婉每天都要赶回去做苏致远订的蛋糕。

食堂不远处的饭桌上，一桌男生盯着颜小婉的位置看。

"他们在看什么？"颜小婉大口喝汤，对这些男生的关注不理解。

"这都没看出来啊，他们在看你啊。"张悠然说，"好几个让我给你递字条呢。"

噗……

颜小婉的一口汤差点儿喷出来。

她是不是听错了？有人给她递字条？

"别逗了，就小婉这样的谁给她递字条啊？"梅林忍不住笑着说。

这句话虽然也是颜小婉的心声，但是听到梅林说出来，心里还是怪怪的，敢情她在女生眼中这么平凡啊！

"我开始也不敢相信，但是是真的！咱们系好几个男生都找我打听小婉了，我还和他们确认过，是不是我们枫林大学有两个颜小婉，他们说就是生物系的颜小婉，还拿了偷拍的照片给我看。”张悠然拿出手机把照片翻了出来，那是一张颜小婉在电影院睡着的照片，照片上的颜小婉后仰着躺在电影院的椅子上，不知道梦到了什么，脸上的表情十分狰狞。

颜小婉记得前几天和朋友去看电影时睡着了，醒来时电影都结束了。谁那么无聊趁她睡着拍她丑照。

“这么丑的照片是谁拍的？”颜小婉气急了，难怪最近总感觉好像有人在跟踪她，没想到还有偷拍的。

她扫了一眼不远处的桌子，那群男生立刻就把头低了下去，好像很害羞的样子，那个表情颜小婉再熟悉不过了，她以前看到帅哥两眼冒光的时候也这样。

可是她发现自己已经好久没有那种悸动和疯狂了。

原来对美丽的事物提不起兴趣，也是一件很悲伤的事。

“这一定是我上大学以来第二件让我震惊的事情。”梅林无法置信地感叹。

“那第一件呢？”张悠然问。

“第一件就是谢君洛居然在我们枫林大学读研！”梅林说到这个名字，眼睛闪闪发光，好像随时能蹦出两颗桃心。

“谢君洛是谁啊？”这已经是颜小婉第二次听到这个名字了。

“谢君洛可是个传奇人物。”

“有多传奇？”

“奥莱特科技研究公司的唯一继承人，从小在国外留学，从大学开始就在做生物基因方面的研究，有多项科研成果曾在国际上拿过大奖，还上过不少学术杂志的专访呢。著名记者童晓更是用‘美人千万面，不及他惊鸿一瞥’来形容他。”

“这么夸张啊？”

“他今年刚回国，无数大学向他抛出橄榄枝，他却选择了我们学校，人帅多金，连影视公司都来请他去拍戏呢。”

“越说越夸张了。”颜小婉不以为意，“哪儿有这么完美的人。”

“他首次主演的超级网剧下周在我们学校开试片会，就这一场，你要不信你去看看就知道了。找我买票，给你算八折！”梅林冲颜小婉眨眨眼，顺势推销。

“嘁，就知道有陷阱，前面铺垫了半天，原来在这儿等我呢！”颜小婉和梅林从中学开始就是同学了，她太了解她了。

“颜同学，我们又见面了。”颜小婉她们的八卦被一个好听的男声给打断了。

颜小婉抬起头，发现眼前站着的是苏致远，此刻他手里拿着饭盒，正笑盈盈地看着她。

他的身边还站着一名长得非常漂亮的女生。

“没想到你也是枫林大学的。”苏致远继续说道。

“是啊，好巧哦。”颜小婉看了旁边的美女一眼，“你女朋友吗？”

“不是，我同学。”苏致远很快否认了，旁边那个女生眼中闪过一丝失落。

“学长，没看到我们正在吃饭吗？”刚才一直不言不语的紫杉冷冷地发出声音，一脸敌意。

“那……我不打扰你们吃饭了。”他低头看了一眼满桌的空碗。

都是颜小婉的“杰作”。

此刻颜小婉真想找个土堆把那些碗埋起来。

“慢走……师兄……”紫杉像是在下逐客令。

“再见啊，苏师兄。”颜小婉也只好和苏致远挥手。

苏致远身边的那个女生看了颜小婉一眼，眼神中有种说不出的嫉妒。

“颜小婉，你连苏致远都认识！什么时候的事情？我怎么不知道！”梅林燃起了熊熊的八卦之火。

“哎呀，就是他上次来我家咖啡店买蛋糕的时候认识的。”

“看他和你讲话的态度，也太亲昵了吧？我听说他身边永远都跟着我们的大校花杜诗芸，从来没见他主动和谁说过话。今天可真是稀奇了。”梅林娓娓道来。

“你怎么知道得那么多啊？”颜小婉是真不明白，同样刚来学校，她怎么对学校的人这么了解，“你学的是间谍专业吗？”

紫杉听到这里笑了一下。

“我可是江湖人称高校八卦小天线的梅林，有啥我不知道的事啊？”梅林从口袋里取出一张票，“这是谢君洛超级网剧的试片会入场券，送你一张，到时候记得来。”

第六章·千书阁之约

1

因为苏致远订了一个月的彩虹蛋糕，所以颜小婉每天晚上都会回去帮颜大军送货。

咖啡店人少，请不起送外卖的人，颜小婉顺理成章充当了跑腿小妹的角色。

颜小婉经常会在孤儿院碰到苏致远。

孤儿院开在临江市的郊区，是一个富商在三十年前出资建造的，专门收留一些被人遗弃的孤儿，这么多年以来孤儿院一直靠着好心人捐款扶持，也算可以勉强度日。

苏致远经常来这里教小孩子画画，有时候也陪他们一起玩游戏，颜小婉每次看到苏致远，他的身边都围绕着一群小孩子，她不忍心走过去打扰，只敢站在远处远远地看。

苏致远看到她，会主动和她打招呼，她也只是小心地点头，连话都不敢多说。

不知道为什么，站在苏致远面前，她觉得自己无比渺小，一个学生时代永远都出现在主席台上讲话的如同神一般的人物，突然开始和她有了小小的交集。

她虽然很开心，却也很自卑，自卑到完全不敢与他靠近。特别是当她渐渐发现苏致远其实是为了照顾她家生意才订了一个月蛋糕的时候，她更加觉得他像天使一样。

在她心中，天使永远只能远观，不能触碰。

在颜小婉参加新生军训的一个月里，几乎每天都能听同学们讨论另一个名字——谢君洛。

他为何纡尊降贵到枫林大学来读书，一直都是一个谜。

他刚回国，就给自己家新研发的智能扫地机拍了个广告，自编自导自演，广告一播出瞬间风靡所有高校。今年开学，就在学校选址拍了广告的第二集，拍摄地点特意选择生物学院的大楼，大家慕名前来看他，风采比男主角更甚。

所以开学初颜小婉在生物学院看到人山人海的惊人一幕，就是谢君洛在拍广告片。

听说他除了做生物科学方面的研究，业余还学了导演，考了律师证、会计证等数不清的证。颜小婉每次听人提到谢君洛的时候，就感觉他和她是两个世界的人，她考一个英语四级都感觉非常有难度，人家轻轻松松考出无数个证。

有时候人和人的差距，就是这么大。

2

大一新生的军训结束后，颜小婉已经持续给孤儿院送了一个月的蛋糕，她和苏致远也渐渐熟悉起来。

所有的一切都在循序渐进地发展，平静而安稳，仿佛没有任何波澜。

可是光是做蛋糕并不足以负担咖啡店的房租和开销，颜小婉一直琢磨着要出去做点儿别的兼职。正当她在想做什么兼职的时候，突然接到了一个电话。

“你好，颜姑娘，我们这里是千书阁。”飞花动人的声音从电话那端传过来。

“千书阁？”颜小婉差点儿忘了这家将她送往凤栖山的神奇书店。

“颜姑娘不会忘了来千书阁打工一年的约定吧？”

“哦……没忘没忘……”颜小婉赶紧应声。

“晚上九点半，请准时到达。”

“好的。”颜小婉看了一下表，还有半个小时。

真是天无绝人之路，在颜小婉不知道要怎么赚钱的时候突然掉下个新差事，她乐滋滋地往学校赶去。

刚走到校门口，就发现整个大门被堵得水泄不通，很多人站在门口，门卫正在挨个检查学生证。以往枫林大学都可以随意进出，从来没有查得这么严，今天不知是怎么了。

检查学生证的时候，两个门卫在聊天：“现在这些学生啊，追星都追到学校里来了，真是夸张。”

“可不是，我今天本来休息，还要过来加班。”另一个门卫附和。

颜小婉看了一眼学校门口的横幅“超级网剧《月光漫过珍珠夏》试片会主角悉数到场，仅此一场”。

颜小婉想起上周在食堂梅林好像说过，这周谢君洛首次主演的超级网剧要在学校举办试片会，说的应该就是今天。

“学生证。”门卫严肃地对颜小婉说道。

颜小婉摸了半天，才发现自己没带学生证。

“门卫哥哥，我没带学生证。”颜小婉哭丧着脸。

“那你打电话让你同学把你学生证送出来。”

颜小婉给紫杉打了个电话，电话一直提示不在服务区。

“我同学电话打不通。你就行行好让我进去吧，我今天有急事。”颜小婉想到同千书阁的约定。

“你看门口站着的那些人，都说自己是枫林大学的，我们现在只认学生证，口说无凭。”

颜小婉转头看了眼门口那群疯狂的粉丝，非常无奈。

“那请问我什么时候可以进去？”

“等试片会九点半结束，应该就解禁了。”门卫提醒。

“九点半？”颜小婉想起千书阁的人约她九点半到，就算九点半解禁，她走进去也要十几分钟。

万一人家一气之下换人了怎么办？她现在可是非常需要一份工作的穷苦学生啊！

她望着门口拥挤的人群，突然有点儿讨厌起那个没见过面的谢君洛。

如果不是因为他，她现在也不至于被人堵在门外进不去。

她把自行车停在学校门口，不知道如何是好，百无聊赖地拿出颜大军让她带的鸡汤喝了起来。

“颜同学，我们又见面了。”颜小婉正喝着鸡汤，就听到有人喊她，她赶紧抬头，对上苏致远那张帅气的脸，他笑容温柔，手里拿着一杯咖啡。

“苏师兄……”颜小婉抬头太快，嘴里的鸡汤顺着嘴角漏了下来，她到处翻纸巾，样子非常狼狈。

苏致远拿出一张纸巾递给她，丝毫没有介意。

“谢谢……”颜小婉一边尴尬地擦嘴，一边赶紧把鸡汤盖子盖紧。

“你怎么站在门口喝鸡汤？”

“门卫说要有学生证才让进，我今天忘带了。同学电话又没人接，所以……”

“这个容易。”苏致远走到门卫面前，说了几句，再指了指颜小婉，门卫就点头了。

“走吧。”苏致远说。

颜小婉推上自行车，果然门卫这次没有拦她。

她想起刚才自己好说歹说人家也没通融，苏致远随便说几句话就这么有效。

可见还是苏致远的面子大。

颜小婉和苏致远并肩走在枫林大学里，学校四处都拉着电影活动的横幅，苏致远站在颜小婉的身边，引来不少人的目光。

“你刚刚怎么说服门卫的啊？”颜小婉随便找了个话题。

“我父亲是枫林大学的教授，我从小在枫林大学长大，门卫和我很熟，所以说两句话还是有用的。”

“难怪你是个高才生，原来你爸是枫林大学的教授，看来高智商是遗传啊。”

“主要是枫林大学的招生规则把很多高分的人拒之门外，所以枫林大学的人普遍成绩偏低，我就变成高才生了。”

颜小婉发现苏致远讲话挺风趣幽默的，一点儿都不像中学时候传闻中那个只会读书的书呆子。

“你太谦虚了。”颜小婉只觉得跟苏致远站在一起，显得她又笨拙又愚蠢。

“对了，你下个月有没有时间？我想约你参加一个野外射击的活动。”苏致远突然对颜小婉提出邀请。

“射击？你还会野外射击？”颜小婉很惊讶，他对苏致远的印象还停留在不懂运动的学霸上。

“怎么？不像？偷偷告诉你，我跆拳道可是黑带呢。”苏致远调侃道。

“这么厉害？”颜小婉有点儿吃惊，怎么从来没听梅林这个八卦小天线说过？

“开玩笑的……”苏致远笑，“就是想参加点儿不一样的活动而已。怎么样？考虑一下。”

颜小婉还在思考要不要去的时候，一群女生像疯了一样冲过来，撞得颜小婉措手不及。

“小心。”还好苏致远扶了她一把，她才没有连人带车摔倒在地。

苏致远的脸近在咫尺，那是一张非常英俊的脸，剑眉星目棱角分明，即使颜小婉最近对帅哥总是没什么感觉，可还是忍不住多看了两眼。

“我没事儿，谢谢。”颜小婉这才发现自己靠苏致远很近，心里突然有了一种做亏心事的感觉。

她往后退了几步，刻意和苏致远保持距离。

“刚刚我说的那件事……”

“小婉！”梅林从远处跑过来，“你怎么还在这儿啊？电影都快结束了。”转头看到了苏致远，“哎呀，苏师兄也在啊？你们……”

说完还意味深长地看了颜小婉一眼。

“我和苏师兄是在门口巧遇的。”颜小婉赶紧解释。

“那我先走了，颜同学，今天和你说的事你考虑一下再回复我。”苏致远走的时候还不忘和颜小婉说。

“什么事儿啊？考虑什么？不会是和你表白让你考虑吧？我的天哪，你怎么那么厉害呢？苏致远你都拿下了。”梅林仿佛探听到一个新的八卦，整个人都很振奋。

“瞎说什么呀！根本不是你想的那样。”颜小婉着急地解释。

“好了好了，先不审问你了，电影快结束了，等下还有采访互动环节，可以看到谢君洛本人了！快点儿进去！别耽误了我见大帅哥。”梅林像是确定了自己的猜测，也不听她解释，就拉着她要往电影院里走。

“我还有事儿……”

颜小婉想拒绝，却看到不远处徐冉冉拉着一个人的手，那个人不耐烦地甩开她的手走进电影院，徐冉冉却还是死死地拖住他。

颜小婉仔细地看了一眼，那个被徐冉冉拖住的人居然是乐明宇。

3

从凤栖山回来后，她都快忘了乐明宇的存在，他现在怎么会出现在这里？而且徐冉冉和他一副纠缠不清的样子。

难道他又想来欺骗徐冉冉？

她一定要阻止这件事。

颜小婉眉头一皱，赶紧朝着电影院的方向走过去。

“小婉，慢点儿慢点儿，等等我！”梅林的声音已经追赶不上颜小婉奔跑的速度了。

电影院里试播影片刚刚播完，主演纷纷亮相与观众互动，台下的人全都站起来了，奋力地尖叫着谢君洛的名字。

“非常感谢大家对这部电影的喜爱，现在到了粉丝和主演互动的环节，下面我们会请最受大家喜欢的谢君洛选一名女粉丝上台来和他做互动游戏！大家期待不期待？”主持人站在台上热情地呼唤。

“期待！期待！期待……”震耳欲聋的声音在颜小婉耳边响起，颜小婉压根没心情去看那个令大家尖叫的人，只是在人群里搜寻着徐冉冉的身影。

找寻了片刻之后，好不容易在第一排看到徐冉冉的白色衣裙，她大步朝那个方向走过去。

“现在大家把手举起来，我数一二三……一……二……”主持人的声音回荡在电影院里。

颜小婉刚想伸手拍徐冉冉，突然被后面的人用力往前一推。

主持人的“三”还没喊出声，颜小婉已经整个人生生地撞上了舞台。所有人都还没来得及尖叫，就被颜小婉这个突如其来不要命的举动给吓到了。

“有人摔倒了。”台下有人尖叫着。

台上的主持人也吓了一跳。

颜小婉的举动在外人的眼中就像一个要扑上舞台的狂热粉丝，结果上台未遂，把自己摔伤了。

当颜小婉站起来的时候，脑子一阵发晕，完全找不到方向。

“这位同学看来是我们君洛的疯狂粉丝。”主持人不可思议地看着颜小婉，“那既然这位同学这么热情，我们就请这位同学作为我们的幸运粉丝上台来吧。”

颜小婉还没搞清楚发生了什么事情，就被工作人员搀扶着带到了舞台上。

台上的灯光分外刺眼，照得颜小婉睁不开眼睛，她自己都没搞清楚怎么回事就突然站在了台上。

她摸了摸肿起来的脑袋，只觉得眼前一片模糊。

“这位同学，你有什么想问我们男主角的？”主持人激动地走到颜小婉的身边问道。

“我没有……没什么想问的。”颜小婉继续摸着疼痛的头，特别想解释刚刚只是一场误会，她连这个男主角是圆是扁都不知道，但是现在她站在舞台上好像百口莫辩。

“这位同学一定是太激动了，连想问的都忘了。”主持人解围道。

“我来问吧……”舞台上突然传出一个好听的声音，盖过了主持人的声音，刚才还喧闹的电影院突然安静了下来。

这个声音轻柔舒缓，让颜小婉有一种久违的熟悉的感觉。

一个颀长挺拔的身影，迎着光朝她走来。

耀眼的灯光下，一张精致俊美的脸慢慢出现在她的眼前，简单的白衬衫塞到裤子里，腰间一条褐色的腰带，搭配深红色的牛仔裤，明明是骚气十足的搭配，他穿起来却有种斯文俊美之感。

谢君洛拿着话筒，灯光从他的头顶流泻下来，他整个人都沉浸在灯光之下，仿佛一颗闪耀的星星。

如果说苏致远是温润的月色，那她眼前的这个人，就是璀璨的星光。

那种熠熠生辉的光芒闪烁得让人睁不开眼。

难怪那么多同学为他疯狂，被他的“美色”所迷，难怪梅林天天心心念念他的名字，难怪，难怪……这样的样貌和姿色，完全配得起他的知名度。

等等，怎么总感觉哪里不对？

他一步一步地靠近她，嘴角浮起若有似无的笑，看她的双眸透着一股熟悉的狡黠，像是在看一个逃跑的猎物。

这种感觉怎么那么熟悉？

走近了……他一点点地走近……

近到咫尺之遥。

模糊的人影一点点变得清晰，放大，眼前的人越来越熟悉……

怎么好像……好像……

他的手搭上了颜小婉肿起来的额头，关切地问道：“疼吗？”

下面的女生开始尖叫，就像发疯了一样，她们没有想到一向高冷的谢师兄居然会对一个粉丝做出这么亲昵的举动。

颜小婉的耳边充斥着震耳欲聋的声音，那声音几乎可以把她耳膜震破。

谢君洛张开双臂，猝不及防地把颜小婉抱在怀里。

电影院的灯突然熄灭。

下面的人开始尖叫、骚动，因为看不见台上的一切而疯狂地嘶吼。

颜小婉想要挣脱，却被他抱得紧紧的，熟悉的感觉和气味，他的胸膛结实温暖，有正常的心跳。

“婉婉，我好想你哦。”他用只有她能听见的声音说道。

是阿柒！

她的狐狸“相公”又出现了！

灯光在一瞬间又亮了起来。

出现在众人面前的画面是谢君洛拥抱着颜小婉，他紧紧地把她搂在怀里，像是找到了一块至宝。

而颜小婉在他的怀里，露出一脸错愕又惊恐的蒙圈表情。

有工作人员跑上来：“不好意思，刚才线路……跳闸了。”

工作人员话还没说完，看到台上的一幕，也愣住了。

“这是我们今天的粉丝福利！和男主角亲密拥抱！”主持人打着圆场。

台下无数双惊诧的眼睛盯着上面的一对人。

好半天终于有人反应过来，拿出手机开始狂拍。

闪光灯陆续亮了起来，伴随着此起彼伏的“咔嚓”声。

颜小婉的脑海里，顿时闪过三个大字——

“我完了”。

第七章·妖精小食堂

阿柒没有死。

不仅没有死，还成了他们枫林大学大名鼎鼎的“惊鸿美人”谢君洛。

那个在凤栖山扮丑骗她结婚的狐仙，居然是奥莱特科技研究公司的继承人，枫林大学赫赫有名的“美人师兄”。

到底哪一个才是他真正的身份？

如果阿柒就是谢君洛，那他和她就是一所学校的。既然是一所学校的，他为什么一直都没有来找她，而是在今天这个时间这个地点和她偶遇？而且他明明是凤栖山的狐仙，怎么突然变成了大名鼎鼎的谢君洛？他来枫林大学到底有什么目的？

这一切是计划之中，还是巧合？

此刻她站在台上，像尊雕塑一样，她想动、想说话，可是她发现自己动不了，也开不了口，身体完全不受控制，只能任由谢君洛牵着她的手，在众目睽睽之下把最后的游戏环节完成。

活动结束后谢君洛拉着她一路走到后台，在音乐厅后面的一间休息室里停了下来。

休息室里面空空荡荡的。

谢君洛从袖子里拿出几个只有手指那么大的模型，他对着模型念了个诀，再把它们往房间一丢，那些手指大的模型变成了一张床，一张书桌和几把椅子，书桌上还有一壶泡好的茶和几盘水果。

颜小婉的眼睛睁得更大了，见过阿柒变狐狸，没见过模型变家具。

“婉婉，是不是觉得很神奇？”谢君洛捏捏她的脸，一脸兴冲冲地问道。

颜小婉这才发现自己的身体可以动了，转过身想要夺门而出，发现门已经被他反锁起来了。

“才刚见面就想走？”谢君洛端起一盘红提，摘了一颗往嘴里塞，“看来是一点儿也不想我。”

颜小婉绝望地摸着打不开的门，知道自己这次肯定跑不掉了。

颜小婉深吸一口气，转头看向谢君洛，蓦地，她一把抱住谢君洛的大腿开始干号：“狐狸大哥，不，狐仙大人！我求求你放过我吧。我上有败家老爹下有弱智老哥都在等我回去养家糊口呢，我真的不能嫁给你。”颜小婉说完这句话，硬生生地强迫自己挤出两滴眼泪。

谢君洛垂着眼，看着地上表演得起劲的颜小婉说：“一个多月不见，演技进步了啊。”

“我的演技在您跟前都只是雕虫小技，哪能和您比啊。”

“哟，夸我呢？”

“可不是，先在山上装丑男骗我和你成亲，现在又隐藏身份突然出现在我学校！我到底是哪里长得太出色了你非要找我，我毁容行吗？”

谢君洛像提小鸡一样把她提起来：“婉婉，你就是毁了容我也要缠着你。”

“你为什么总是阴魂不散！”颜小婉在半空拼命地挣扎，一米六的身高配上一米八七的谢君洛，连对方的头都够不到。

“婉婉，让为夫重新介绍一下自己，我的真名叫谢君洛，阿柒是我的小名，我是凤栖山红狐一族的少主，凤栖山与人界是两个平行世界，互不干扰，但是我们幻化人形后也可以来人界与你们一同生活学习，我们祖上百年前就在人界创立了一份家业，就是现在的奥莱特科技研究公司。我也与你们人类一样读书、学习、考大学、出国、做研究。”谢君洛对着颜小婉把自己重新介绍了一遍。

“您真厉害，身份真多，每次都吓我一个措手不及。”

“婉婉，你怎么身在福中不知福呢？多少人追我我都不看她们一眼，你还怕别人知道我们的关系？”谢君洛皱着眉头。

“谁要找一只狐狸啊？”颜小婉拼命地去撬门锁，“你快点儿放我出去，我还有事。”

“你要去千书阁对不对？”谢君洛突然问道。

“你怎么知道？”颜小婉愣住了。

“我带你去啊。”

2

谢君洛从袖中拿出一本书，丢向空中，书本在眼前放大，慢慢变成一人高的一扇门，朱红色打底，四周是金漆边框，门的手柄是一只狐狸的造型。

颜小婉记得这个画面，第一次在千书阁，飞花也是这么操作的，而且告诉她，这个叫千书门。

“你怎么也有这本书？”

“所有妖灵都有属于自己的一本书。”

颜小婉还没来得及问，谢君洛已经打开门，把她拉了进去。

一道强光袭来，晃得颜小婉睁不开眼。

这次她没有掉落在某个山间树林，而是被谢君洛牢牢牵着，稳稳当当地来到了上次那片竹林。

小山提着八角灯笼站在竹林前，像是已经恭候多时。

看到熟悉的小山，颜小婉的眼皮开始不由自主地跳动。

“少主，王妃，飞花姐和葛长老已经在里面了。”小山恭敬地说。

竹林自动被分开，一条鹅卵石小路出现在颜小婉的眼前。

谢君洛拉起颜小婉走进竹林，一路上有各种各样的小动物从他们脚下跑过，有的还停下来好奇地张望。

千书阁灯火通明，里面的人依旧在有条不紊地看着书，谢君洛走过鹅卵石小径，来到千书阁的门前。

小山拉了一下挂在门口的铃铛，千书阁的门被缓缓开启。

颜小婉有种不祥的预感，她想甩开谢君洛的手，发现怎么也甩不开。

灯火辉煌的千书阁里面满满当当都是人，可是细看过去，又全都不是人。

他们有的长着尖尖的耳朵，有的长着长长的尾巴，有的下巴上长着白色的长须……他们像人，又带着动物的特征。

颜小婉经过在凤栖山的那段经历，很快就明白过来这些人的真实身份，她眼前的这些都是修成人形的妖灵。

飞花、小山和一名脸色黑青的男人已经站在千书阁的大厅内恭候着了。

“贵客来了，仪仗队，快出来欢迎。”飞花手一扬，几只毛光发亮的仓鼠手里拿着彩球从四面八方涌了出来，它们长着圆圆的脑袋，短短的耳朵，小小的嘴巴配上黑鼓鼓的眼珠子，一小团一小团非常有秩序地排成两排，短短的小手拿着彩球，一个个蓄势待发的模样。

“欢迎欢迎，热烈欢迎，欢迎欢迎，热烈欢迎……”仓鼠一边扭动腰肢一边挥动着手里的彩球。

在经历了之前那么多奇奇怪怪的事情之后，颜小婉这次没有被吓晕，只是没有一次见到过这么多动物，有点儿惶恐。

她不断地告诉自己，这是在枫林大学，她要冷静，她不能慌！

“欢迎我们千书阁的新成员——颜小婉。”飞花笑着和大家介绍。

掌声此起彼伏，颜小婉对上谢君洛狡黠的双眸，感觉不妙。

“这是飞花姐，千书阁的御史，负责审批所有妖灵的出入界事宜。”谢君洛指着飞花介绍道。

“这是葛昭，千书阁的管事，负责处理违规的妖灵。”谢君洛指着旁边一个黑面男人说道。

“千书阁也是你的？”颜小婉歪着头，不可置信地问。

“婉婉，你忘啦，千书阁的招聘传单还是我给你的呢。”谢君洛眨眨眼，咳嗽了一下，“期待与你见面。”

“啊！是你！”颜小婉想起来，三个月前，她来找徐冉冉的那天，在枫林大学给她发传单的帅哥就是谢君洛。

他的打扮换来换去，一会儿长发一会儿长袍，她压根没认出来。

“所以……从我来到千书阁开始，就是你设计好的？”颜小婉这才反应过来。

谢君洛沉思了一下：“确切地说，从你来枫林大学面试的那天开始都是我设计的。”

“我来枫林大学都是因为你？”颜小婉脆弱的心灵受到了暴击，原来她不是靠实力，是走的后门？

“你的成绩你自己应该很清楚。”谢君洛笑着回答，用不想打击她的口吻。

真相真是太残酷了！

“我要回家了！”颜小婉转身。

“婉婉，你别忘了你和我们可是签了合约的哟。”谢君洛从怀里拿出一块云锦，“千书阁助你找到乐明宇，你就为千书阁打工一年。”

“我一个平凡弱质的穷学生，我能做什么？”颜小婉看到那块云锦，想起上次的确订立了合约，原来都是圈套！

“我们这儿的工作很简单的，最适合平凡弱质的穷学生了。”谢君洛还把“弱质”这两个字念了重音。

“你们千书阁是帮人实现愿望的地方，这么神奇的事儿我可干不了。”颜小婉故意找碴儿。

“所谓实现心愿都是外界以讹传讹，道听途说，实际上千书阁只是个妖界出入界管理处。管理所有到人界的妖灵。”谢君洛四两拨千斤地带过。

“什么？出入界管理处？”这还是颜小婉头一次听说，妖也有出入界管理处。

“对，妖灵要到你们的世界与你们一起生活，如果没有严格的管控，就会破坏人类世界的秩序，所以我们这里就是妖灵的出入界管理处。所有的妖灵到人界都要到千书阁申报、审批，待文件批下来就可以到人界生活，到期也要续签，如果想回去，也要从千书阁回。”谢君洛耐心地解释。

“你的意思是说，我们生活中很多同学其实和你一样？只是我们不知道？”颜小婉惊奇地问道。

“是的。”

颜小婉扶额，想起那些生活在自己身边的同学朋友都有可能是谢君洛的同类，她整个人都不太好了。

“你们这活我真干不了！”一想到每天要接触那么多妖，她整个人都不好了。

“你的工作很简单的，就是整理一些书籍，帮助飞花姐做一些登记。”谢君洛循循善诱。

“听上去是挺简单的，但是你这狐狸诡计多端，都骗了我多少回了，我不能再上你的当了。”颜小婉有了先前的经验，终于开始有了警惕。

“你个人类别不识好歹。”在旁边的葛昭终于忍不住发声，他穿一身藏蓝色长袍，眉头拧在一处，看上去非常严肃。

“你是谁啊？讲话这么冲！”

“王妃，这位是葛长老，你们先前在凤栖山见过的。”小山提醒。

哦！颜小婉想起来了，就是那个凶神恶煞的白胡子老头啊！今天他没有白胡子了，难怪她没认出来。

“原来是你这个白胡子老头，打我的账我还没跟你算呢！”颜小婉叉腰。

“还敢喊我老头！”葛昭气得眼睛瞪得老大。

“葛长老只是辈分大，其实年龄和我相仿，你不要总是顶撞他。”谢君洛对颜小婉使眼色。

“我顶撞他？明明是他看我不顺眼。”颜小婉气不打一处来。

“你就说你浑身上下有什么值得我顺眼的地方？长相平平，性格冲动，胸无点墨，德容言功无一可行，少主看上你是你几世修来的福分，不感恩就算了，还出言不逊！”

“好啊，我就这么差劲，你让你们少主别找我啊！我还不想和你们看对眼呢！”颜小婉气得火冒三丈，转身就跑了出去。

谢君洛也没有拦着她，只是静静地尾随其后。

晚上十点多的校园，学生本不是很多，谢君洛故意走在颜小婉的旁边，各种讲笑话讨好她，引来路人纷纷侧目，颜小婉想甩都甩不掉。

两个人晚上在电影院上演了那样一幕，现在又公然并排走在学校里，顿时引起了轩然大波，本该平静的夜晚校园变成了闹市。

学校里的同学都呼朋引伴地前来观看，路上的行人皆露出惊诧的表情，拿出手机拼命拍照。颜小婉几次想发火，对上谢君洛那张笑脸又发不出脾气来。

这臭狐狸一定是故意的，故意让我成为全校的公敌，好借别人的手报复我！颜小婉躲在谢君洛的背后暗暗地想。

望着路上那么多少女心碎和仇恨的目光，她真想在脸上戴个面具，让别人不知道她是谁。

回宿舍短短的一条路，仿佛走了一个世纪那么久，终于到了宿舍楼下，那些早就收到消息的学生在宿舍楼前站了一排，纷纷投来好奇的目光。

"我代葛昭向你道歉，他的话你别往心里去。"谢君洛跟了她一路，就为和她道个歉。

"我有什么好往心里去的，你们别找我我就谢天谢地了！"颜小婉嘴上这么说，其实心里可介意了。

谢君洛从怀里拿出一个香囊放到她手里："这个香囊还给你，消消气嘛，笑笑才开心。"

颜小婉看着那个香囊，感觉有点儿眼熟。

"这不是我家那个垫桌脚的五彩香囊吗？"颜小婉认得这个香囊，就是被徐冉冉送给乐明宇的那个，居然在这种情况下失而复得。

"这香囊现在物归原主了。好好收着，以后可有大用处。"谢君洛话中还有别的意思。

"你别以为还我香囊我就会被你打动啊。我是不会给你打工，更不会……更不会……"颜小婉后半句没说出来。

"更不会怎么样？"谢君洛像是故意要逗她。

"总之我和你半点儿关系都没有！哼！"

"婉婉，我们在凤栖山已经立了血契，全族都知道了我们的关系，现在你的灵力已经被打开，想甩都甩不掉我了。"谢君洛伸手想要捏她的脸，颜小婉扬了扬拳头，说道："你再动手动脚试试看！"

宿舍楼上下的"观众"发出一阵可怕的唏嘘声。

"好好好，我不动你，那你要好好照顾自己。"

"可怕，太可怕了！"颜小婉连再见都没说，赶紧转身回宿舍，一边走一边拿手擦了擦脸，生怕这狐狸往她脸上下药。

宿舍里紫杉正在往泡面里放火腿肠，余苗正在往脸上贴面膜。

"你们都不知道我今天有多倒霉。"颜小婉气喘吁吁地坐下，紫杉已经拿出一把扇子给她扇风。

“先坐下休息会儿。”紫杉把那碗泡面推到她面前，仿佛是特意为她准备的，“饿了吧？我给你泡了一碗面。”

“紫杉，还是你最懂我。”颜小婉看到那碗面，才觉得自己真的饿了，拿过面就开始大口大口吃了起来。

余苗小心翼翼地走到颜小婉面前：“小婉，我刚才在回来的路上，听到好多人都在讨论你哦，个个面露凶光，说要找你麻烦呢。”

“不会吧？咳咳咳……”颜小婉一口面条噎住，差点儿呛到，还好紫杉赶紧给她端了一杯水。

余苗又小声跟她说：“你以后可要小心点儿了。”

“为什么？”

“就凭你和谢……谢师兄的关系啊。肯定好多人想找你麻烦。”

“我和谢……君洛……什么关系都没有！”颜小婉赶紧撇清。

余苗笑起来：“你不用解释，我们都懂。”

“不！你不懂！我和他根本就不是一种人，他……”

他是狐狸，我是人！颜小婉后半句话到了嘴边，又生生地吞了回去。

“你们的确不是一种人，谢师兄长得帅，你长得一般；他成熟稳重，你聒噪啰唆；他身材高大，你……他……”余苗毫不客气地细数起来。

“好好好，可以了……可以了……我知道我和他的差距了……”颜小婉刚刚得知自己来枫林大学是走了后门，然后又被葛昭一阵吐槽，现在被余苗打击，今晚的信息量太大了，她根本无法消化。

“紫杉，你评评理，我有那么差吗？”颜小婉希望紫杉能给她安慰。

“不，你一点儿也不差。”紫杉放下正在把玩的魔方，抬起头认真地说道。

“还是紫杉最爱我！”颜小婉说着又吸了两口面条。

“谁规定帅哥就要找美女，我觉得你和谢师兄这么互补也很好啊。”紫杉突然补了一句。

连紫杉都这么说，看来她和谢君洛的差距真不是一星半点儿。

事实往往很残忍，难怪大家都喜欢活在美颜的世界里迷失自己！

“你们都别说了……再说下去你们可能会失去我……”颜小婉低着头吃着面，感觉自己的心在流血。

3

第二天颜小婉是在手机提示音的轰炸声中惊醒的。

她睡眼惺忪地点开手机，原来昨天有人把在粉丝见面会上谢君洛拥抱她的照片发到了网上，配的文字是：谢师兄选女友的品位真让人大跌眼镜，大家来评评理，丑女也能俘获美人师兄的心，那我们是不是都有希望了？

那条内容被上万人转发、留言，甚至有人挖出了颜小婉的微博在评论下面分享，一时间骂她的人多得数不清。

颜小婉点开那些留言。

“谢师兄到底看上她哪一点了？”

“肯定是用了什么邪魅的招数。”

“我看这姑娘长得不错啊，脸圆圆的可以当烧饼吃。”

“你们不要乱说，我们谢师兄才不可能和这种人有什么关系！”

一部分人是在吐槽颜小婉的颜值，一部分人是在感叹颜小婉的手段，还有一部分人坚持否认颜小婉和谢君洛的关系。消息太多看得颜小婉不停地后悔自己为什么手欠。

“快点儿起床吃早饭，今天可是正式开学的第一天。”

紫杉已经把早点放在桌上，紫米粥加葱油饼，还有一碟切好的火龙果。

自从住宿以来，每天早上无论她什么时候起，紫杉都会把她的早饭备好。

这种勤劳和准时，连她老爸都做不到。

颜小婉在刷微博看留言的过程中吃完了早饭。

她第一次对自己的颜值有了彻底的认知，在世人眼中，她真的是一个平凡得不能再平凡的普通人。

她和谢君洛完全是牛头不对马嘴的两个存在。

这让她感到非常满意！她希望谢君洛也能看到群众的心声，再也别来找她。

她编辑好了一条微博准备澄清一下自己和谢君洛的关系。

“我和谢师兄真的没有任何关系，大家放心，‘男神’是属于你们的。”颜小婉在屏幕上敲下这一行字，点了发送。

系统提示：消息发送失败。

她又尝试发送了几次，提示依旧是发送失败。

无奈之下，她随便找了一张自拍试着发了一下，居然就成功了。

她还来不及把那张照片删除，点赞留言瞬间有了十几条。

当然多数还是在骂她丑的。

自拍到底有什么错？要受到这样的伤害！

她赶紧删除了微博，关了手机。

故意的，这一定是故意的！想发的发不出去，不想发的发送成功，这一定是有人在搞鬼。

颜小婉看了一下课程表，今天的课并不多，早上的专业课就是遗传学、细胞学，下午是一门外语课。

她把书放到双肩包里，看到身上戴着的那枚谢君洛的玉佩有了红色的光泽。

去教学楼上课的路上，所有女生看到颜小婉都对她指指点点，但是由于知道紫杉和颜小婉的身手，没有一个人敢上前来自讨没趣。

今天的课是遗传学，在到达教室的时候，上课铃刚刚敲响，门口已经站满了人。

“怎么遗传学这么多人上啊？”颜小婉问紫杉。

“进去不就知道了。”紫杉拉着颜小婉冲出一条路。

颜小婉走进去的时候，老师已经在点名了。

“洪星……”

“到……”

“林朵朵……”

“到……”

“颜小婉……”

“到！”颜小婉没想到一进来就被点名了，好险好险。

提到颜小婉名字的时候，所有同学都不约而同地转头看着她。

有好奇的，有审视的，也有仇视的。

经过了昨天晚上的事，她的名字已经无人不知无人不晓了。

“还不坐下？马上上课了。”台上的老师说道。

“可是已经没有位置了。”颜小婉看着满满当当的教室。

“有人一大早来给你占了。”紫杉看着第一排的位置说道。

“谁啊？这么好？”

“是我。”第一排站起来一个人，周围突然唏嘘声一片。

身材挺拔，仿佛自带光环，英俊的脸上仿佛找不到一点儿瑕疵。

——是谢君洛。

他正笑意浓浓地看着颜小婉。

他怎么会在这里？这可是大一新生的课！

“走吧。”紫杉拉着颜小婉走过去。

颜小婉这才发现，谢君洛在第一排给颜小婉和紫杉占了两个位置。

“谢谢师兄。”紫杉倒是不客气。

“坐吧。”谢君洛一脸笑意。

颜小婉看着他，真不知道要说什么，大早上跑来给她占位置，嫌她被人骂得还不够惨吗？

颜小婉坐下，发现谢君洛还没有离开的意思。

“君洛，你上来吧。”教遗传学的老师喊道。

“是，吴老师。”谢君洛笑着走上台。

“好了，同学们，人都到齐了，那我们就开始上课，原定的助教前阵子出了点儿意外，所以近期你们的谢师兄会暂代他的工作，他在遗传学方面很有研究，大家有不懂的可以请教他。”

“那太好了……”

“简直是大福利啊……”

下面的女生都在激动地讨论。

“大家有不懂的欢迎来找我咨询，特别是学习成绩不好的同学。”谢君洛微微地笑着，目光瞟了一眼颜小婉，好像那句成绩不好是特意说给她听的。

颜小婉不屑地嘀咕道：“谁不懂啊！”

一节课下来，颜小婉才意识到自己错了，她不是听不懂，她是完全听不懂。

没有想到遗传学的内容这么复杂，尽管她坐在第一排认认真真地听讲，还是没有听懂那些课本里的内容。

看到同学们提问的提问，做笔记的做笔记，她都开始怀疑人生了。

“紫杉，你听得懂吗？”颜小婉问紫杉。

“这个，很简单啊。”紫杉回答得很自然。

好不容易熬到下课铃响，颜小婉迅速地收拾东西准备跑路。

“今天的课就上到这里，大家有什么问题吗？”吴老师看了看表。

“老师……可以问谢师兄一个问题吗？”教室里有清脆的声音响起。

“当然。”

“谢师兄，你和颜小婉是什么关系？”教室里的一个女生问得洪亮。

所有人都屏住呼吸看着谢君洛。

“她是我……”谢君洛还没说完，话就被颜小婉打断。

“粉丝！”颜小婉站起来，“我和你们一样，只是谢师兄的粉丝而已。”颜小婉立马站起来抢了话。

谢君洛看着颜小婉，眼睛眯成一条缝，若有所思地看着她。

“她不是我的粉丝……”

教室里的人又吸了一口气，包括颜小婉，她盯着谢君洛，他要敢乱说话，就准备上去和他同归于尽！

“颜小婉同学，她是我家……‘妖精小食堂’新招的员工。”谢君洛看着颜小婉惊诧到快变形的脸，轻松又自然地说，“所以烦请大家以后多多光顾我们妖精小食堂哦。”

4

“妖精小食堂”是枫林大学最神奇的存在，它主营小炒，全是素菜，菜品奇特，以诡异的黑暗料理出名，苦瓜香蕉，薄荷西红柿，芥末木耳，炭烤银耳都是它家的主打菜，正常人听上去几乎闻风丧胆，吃起来也是一言难尽。

可是非常奇怪，每天却还是有许多人前去光顾。

“妖精小食堂……不就是上次免费送我茶叶蛋和饭的那家吗？”

当颜小婉站在妖精小食堂门口的时候，发现就是之前免费让她吃茶叶蛋的那家，这家的菜她领教过的，难吃得要人命啊。

可是这么难吃的饭菜，进去买饭的人还不少。

“这家超难吃的好不好，怎么还会有顾客啊？”颜小婉真是想不通。

“你把玉佩拿起来，放在眼睛上。”谢君洛看着颜小婉戴着的玉佩说道。

颜小婉按照他说的把玉佩放在眼睛上，待拿下来的时候，眼前的那些人顿时变成了兔子、山羊、山猫、鸟……

她们穿着学生的衣服，端着饭菜，吃得津津有味。

“这些都是……”

“在学校里生活的妖。”谢君洛指着这间食堂说，“这是我们专门给妖提供食物的食堂。当然人也可以来吃，只是他们大部分人都吃不惯。”

“你们也太嚣张了吧，直接就叫妖精小食堂？”

“通俗易懂，简单明了。”

谢君洛拉着颜小婉走进食堂里。

“谢师兄，你来了。”大家齐声喊他，谢君洛微笑着和她们挥手，“谢谢大家来我们妖精小食堂用餐，希望大家用餐愉快。”

“愉快愉快……”那些女生也不是为了吃饭，主要是为了追星，所以再难吃也能忍受。

谢君洛和大家寒暄完，对颜小婉小声地说：“你既然不愿意在千书阁打工，就先在这小食堂帮忙吧。工资我照付给你，你觉得怎么样？”谢君洛换了个话题。

“你这是换汤不换药，实际上我还是没有脱离你的魔爪啊。我是不会上当的！”颜小婉感觉自己最近的智商直线上升。

“可是你给我打工这件事，大家都知道了，你要是不做，我怎么和大家解释呢？”谢君洛一脸忧愁。

“那就是你的事了。”

“要不，明天上课我就告诉大家其实你是我的……小娘子。”

“你敢瞎说一句试试看！”颜小婉一想到那些女生仿佛要吞了她的眼神，就全身发怵。

“员工和小娘子你自己选一个喽。”谢君洛嘴边挂着狡猾的笑，狐狸本性暴露无遗。

“算你狠！员工就员工！”颜小婉愤怒地瞪了谢君洛一眼，转头看了看那些正在吃饭的动物们，他们也正抬头看她，露出善意的笑容，只是被那么多双动物的眼睛齐刷刷地盯着，真是很吓人。

她立刻拿出玉佩在眼前晃了一下，那些动物在她眼中又恢复成正常人的模样。

谢君洛把她带到食堂负责人的面前：“这是樊大叔。”

颜小婉认得他，就是上次免费让她吃饭的那位大叔，他叼着水烟，坐在门口。

“你好啊，小王妃，今天要吃啥？”樊大叔一脸早已经知道真相的表情。

“不用了……”颜小婉想到上次的饭菜，顿时没有了食欲。

“樊大叔从建校开始就在这里了，以后你有什么事情都可以问他。”谢君洛对颜小婉介绍道。

“那真是老前辈了。”

“可不是，我从你们建校就来了。不过每隔20年就会去找红狐族的魔师换一张脸。”

樊大叔挥动着炒菜的勺子说道，“保持新鲜感！”

“魇师是谁？”颜小婉好奇地问。

“换脸换皮换心换肺，上天入地无所不能，乃红狐族法力最高的巫师。下次让少主带你去见见他，让他帮你把身上的肥肉去掉一些。”樊大叔故意逗她。

“我哪有肥肉！”颜小婉紧紧护住自己身上的肉，死不承认。

“樊大叔，婉婉以后就麻烦您多多照顾了，她人比较笨，做得不好的地方你多担待。”谢君洛和樊大叔交代。

颜小婉斜眼看了谢君洛一眼：“谁笨了？”

“这阵子总听说少主娶了个凡人，我还担心你们不和睦，没想到感情这么好。”樊大叔笑着说。

“樊大叔，你是不是有什么误会？你从哪里看出我们感情好的？”

“小王妃还不好意思了。”樊大叔以为颜小婉在开玩笑，“热恋期的小情侣都这样，大叔懂的！”

颜小婉感觉自己有生以来从来没有受过这种委屈！

5

颜小婉在妖精小食堂打工的事情在枫林大学不胫而走，就连远在30公里外南岭大学读书的颜柏森都知道了。

“不是说对陆成歌忠心不贰吗？怎么突然就换偶像了？”周末颜小婉回家，颜柏森逮着机会就开始吐槽她。

“这都是谣传。”颜小婉还想抵赖。

颜柏森打开平板电脑，播放出试片会那天的画面，视频里，她呆若木鸡地站在台上，一动不动的样子真的很像看到偶像激动得说不出话的痴迷女粉丝。

“追星就追星呗，只要不花太多钱，爸都支持你！”颜大军也凑过来，“这次这个帅哥很可以嘛。”

“爸，你可不知道，这次我老妹儿不仅没花钱，人家明星还倒给她钱。”颜柏森八卦之火熊熊燃起。

“倒给钱？”颜大军听不懂。

“人家聘请小婉去他们家在枫林大学开的食堂打工呢！”颜柏森说完还嘲讽地看着颜小婉。

“小婉，有这种好人好事？”颜大军喜笑颜开。

“什么好事啊，我根本不想去！”颜小婉无奈地说。

“你也干了一个月了吧？发了多少钱？够自已吃饭的吗？”颜柏森笑嘻嘻地问。

“我还没看呢。”颜小婉打开书包，想起谢君洛上次说会把工资放在她的五彩香囊里。

她走到角落里，抱着试一试的心态把手伸进香囊，果然摸到一个硬邦邦的东西，她用力一拽，从那个香囊里拽出一沓钞票。

一百元的纸币厚厚一沓，她仔细地数了一遍，整整五千块钱。

五千块钱，一个打饭妹一个月的工资居然有五千块钱！

“爸，你数数，多少钱？是不是我数错了？”颜小婉不敢相信，她觉得谢君洛充其量给她个一千块了不起了。

颜大军拿过来，数了一遍，高声道：“五千啊！你一个月工资居然有五千块？”

“不会吧？谢君洛这么豪气？果然是有钱人，真不差钱。”颜柏森也大跌眼镜。

“不错不错，很不错，小婉，以后你就自给自足了，爸再也不用为你的学费和生活费担忧了，你们老板简直是天使啊！啥时候请你老板来家里坐坐，我请他喝啤酒吃炸鸡。好好聊聊天。”

“我看请来就不用了吧。”

“必须的！我告诉你啊，一定要和你老板搞好关系，这工作千万别丢了！”

颜小婉看着欢喜的颜大军，真是有苦说不出。

就这样，颜小婉莫名其妙地开启了自己在“妖精小食堂”的打饭生涯。

其实工作很简单，就是给大家打饭、端菜，不仅有工资拿，还有免费的饭可以吃，虽然这里的饭菜她不敢恭维，但是免费的总比没有强，而且樊大叔人很热情，对她也很好，几乎没让她干什么重活。

起初还有人慕名前来看颜小婉本尊，后来发现也没有什么特别的之后，就很愉快地离开了。重点是谢君洛在此期间也一直恪守本分没有做出什么逾矩的行为，除了正常在教室里碰面，连食堂他都不怎么来。

没过几天，网上就开始炒作谢君洛和网剧女主角的花边新闻，曝出他们两个人周末一起畅游游乐场，互喂冰激凌的照片。

群众开始去追新的新闻，完全忘记颜小婉这个路人“粉丝”和谢君洛的关系。

颜小婉起初每天战战兢兢地躲避那么多人的目光，在食堂给妖精们打菜，总是恍恍惚惚的，后来慢慢地一颗悬着的心放了下来，也开始慢慢接受那些妖精们的存在了。

颜小婉从重遇谢君洛的苦恼中渐渐走出来，却陷入了另一个苦恼。

在枫林大学一个多月的学习中，颜小婉发现自己除了大学语文、英语这些简单的课可以勉强应付，其他课程尤其是专业课她仿佛都在听天书，完全跟不上大家的进度，以她这种水平再继续下去，她可能真的会留级。

她觉得必须要找个人好好给她补习补习了，要不然后果不堪设想。

周五回家的路上，颜小婉骑车路过孤儿院，苏致远正好从里面牵着一个小女孩的手走出来。他正在给小女孩剥糖吃，小女孩乖巧地吃着那颗小小的糖果。

颜小婉忍不住停了下来。

“好啦，哥哥要走啦，你乖乖地回去吧。”苏致远在和那个小女孩告别。

“哥哥你明天还来吗？”小孩儿奶声奶气地问。

“来来！你乖乖的，哥哥就会经常来看你。”苏致远声音温和。

“那我会乖，会听话，会好好吃饭。”小女孩眨着大大的眼睛。

“红眼睛哥哥再见。”小女孩恋恋不舍地走了进去。

小女孩叫苏致远红眼睛哥哥，真是个奇怪的称呼。

本来颜小婉想偷偷地走掉，没想到苏致远一下就看到她了：“颜同学。”

“苏师兄。”颜小婉看到躲不掉，干脆大方地推车过来。

“最近你好像很忙？都是你爸爸来送蛋糕。”苏致远问道。

颜小婉这才想起来，最近在小食堂帮忙，顾不上送蛋糕，而颜大军又不希望她特意跑这一趟，所以帮她把蛋糕送了。

“是啊，我在学校做了一份兼职，所以比较忙。”颜小婉一和苏致远说话就很紧张。

“那上次我跟你说的，一起去参加野外射击的事情你考虑得怎么样了？”苏致远突然问道。

“哦，这个事啊……”颜小婉最近太焦虑，忘记了，不过她没有想到苏致远竟然还在一直等着她的回复。

颜小婉踌躇着，贸然跟一个男生出去好像不太好，不过约她的人是苏致远啊，如果不去，是不是对不起老天给她的这么好的机会？

“好，没问题。”颜小婉干脆地回答。

“那下周五晚上六点半，我们校门口集合。不见不散。”

“好的，不见不散。”颜小婉挥挥手。

第八章·桃花劫

1

因为答应和苏致远参加射击，颜小婉撒了人生中第一个谎，骗颜大军周末要去同学家学习。

等待帅哥的日子总是过得特别慢，颜小婉每天都掰着指头等着周五晚上的到来。

好不容易熬到周五，最后一堂课是谢君洛来做助教的遗传学，课上气氛非常活跃，大家都盯着台上的谢君洛目不转睛，只有颜小婉不停地看手表，完全没有心思。

好不容易熬到下课的铃声敲响，颜小婉开心地准备起身。

“颜小婉同学，这道题你来回答一下。”老师突然喊到颜小婉的名字。

颜小婉根本没有听，更别说回答了。

“老师……我不会……”

“不会的话，放学留下来，让助教给你补习一下。”老师态度很好，并没有发脾气。

颜小婉抬头去看谢君洛，他正低头整理自己的东西。

“老师，我也不会！我也要助教补习！”

“对，我也一点儿都不会！”教室里其他同学十分不满地纷纷说道。

“其他人可以下课了。”老师对着殷切期盼的学生说道。

教室里的同学哪肯就这样散去，一下课都一股脑地朝谢君洛的方向拥来。

“不好意思啊大家，老师让我给颜小婉同学补习，所以今天放学不接受大家的提问了。”谢君洛说完走到颜小婉的面前，“走吧。”

颜小婉憋着一肚子的火和谢君洛走到外面：“狐仙大老板，今天我有事儿，你下周再给我补习行不行？”

“你这么急，莫不是要和别人约会吧？”谢君洛盯着她，嘴角带着笑意，却笑得她心里一阵发毛。

“没有，我就是和同学约好了，去参加一个活动而已。”颜小婉和谢君洛说这话的时候，比对着颜大军撒谎还心虚。

“是吗？”他看着她的眼睛，笑眯眯地反问。

“是啊，我先走了。再见。”颜小婉不敢看谢君洛的眼睛，飞一样地逃走了。

她回宿舍拿上早就准备好的行李，又飞一样地跑到学校西门的门口，那里已经停了一辆大巴，苏致远站在车门处，一名女生正在和苏致远说话，她身材窈窕，五官立体，像是混血儿。

“帅哥，你也是去参加射击的呀？”混血女生眼波流转地看着苏致远。

“对啊。”

“那到时候你教教我呗？”女生态度暧昧地和苏致远说着话。

“我自己也是新手，应该教不了你。”苏致远指了指刚来的颜小婉，“我这次和我学妹一组。”

那个女生转过身，颜小婉闻到她身上有一股浓郁的香气，像是某种花的气味。

“原来你喜欢这种平凡无奇的类型啊。”女生娇笑着，对颜小婉伸出手，“我是明岛大学舞蹈系的沐桃。”

“你好，我是枫林大学生物系的颜小婉。”颜小婉伸出手。

当颜小婉的手碰到沐桃手的一瞬间，她感到沐桃的手抖了一下，一股浓烈的花香扑面而来。

“怎么突然有点儿冷？”沐桃把手抽回来，自顾自地说道。

颜小婉把手放到鼻尖，那股花香还在她手上，经久不散。

她的感知告诉她，这个女的有古怪，可是她盯着她看了半天，却没有发现什么异样。

“人都到齐了，大家快上车吧。我们要赶在天黑前到大本营。”负责人对所有人喊道。

大家开始陆陆续续上车，车门关上的那一刻，颜小婉看着帮她拎包的苏致远，感觉自己像是在做梦，她真的和“男神”一起参加活动了！

苏致远把车窗的位置让给她，还拿了一些小零食给她路上吃。

别的男生都在对沐桃献殷勤，只有苏致远不为所动，和颜小婉聊天。

也有一些男生想来找颜小婉搭讪，但是颜小婉也都是随便敷衍几句。

从凤栖山回来之后，她的桃花运就一直很好，但是奇怪的是除了苏致远，她对别的帅哥再也提不起兴趣，一点儿也不像以前那个喜欢帅哥的颜小婉。

2

大巴开了近两个小时才到达他们要去的度假村，天色已经暗了，隐约可见几盏灯笼挂在树林的枝头，在夜里莹莹闪光。

车子在一片树林里停了下来。

“到了。”领队说道。

颜小婉下车的时候，正好一阵风吹过，有什么东西被风吹落在她的手上，她走到光亮的地方，发现落在手上的是一朵桃花。

度假村门前的灯齐刷刷地亮了起来，照亮了前面的一片粉色桃林。

秋季本不是桃花开放的季节，可是树林里的桃花却开得正艳，哪怕是在夜里，也能看见成片的绯红。

“是桃花哎。”颜小婉有点儿吃惊，没想到这个季节可以看到桃花。

“真的是桃花，怎么这个季节还有桃花？”其他人也都很惊讶。

“这你就不知道了吧？这个地方常年桃花盛开，景色怡人，但是很少对外开放，只有参加射击活动的人才能进来。”旁边有懂行的人开口解释。

颜小婉无暇欣赏夜间美景，因为此刻她的肚子饿得咕咕叫，可是又不好开口问什么时候吃饭。

没多久有人端着丰盛的饭菜出来，原来在桃林中间已经摆放好了桌椅，没一会儿桌上就摆满了食物，旁边还点起篝火，桃林里的灯笼也一盏一盏地点亮。

来参加活动的人都开始坐下吃饭了，颜小婉这才仔细看了一下这次来的人，有十来个人，大家年龄相仿，看样子都是学生，女生只有三个，除了颜小婉，还有一个短发的叫春熙，另一个就是那个长得很迷人的沐桃。

春熙脸上有一道疤，在特别醒目的位置，加上她不怎么说话，没有男生想接近她。反观沐桃却很惹眼，和谁都能说笑，男生们都喜欢和她聊天。

“哇，这里还挺浪漫。早知道我也找个女生来了。”讲话的是个大个子，叫陈光。

“女生玩射击，不是丑女就是菜鸟。”另一个讲话的叫郑泽，是学体育的，特别不屑那些男生对沐桃献殷勤的态度。

“你说谁是菜鸟？”沐桃笑问。

“桃子，别理他，他是吃不到葡萄说葡萄酸。”陈光打圆场。

颜小婉听他们聊天，始终一言不发，只顾着吃自己碗里的饭，毕竟苏致远这个“男神”坐在身边，她必须好好展现出自己最淑女的一面。

吃完饭，负责这次活动的领队大金走过来和大家说明活动内容：“欢迎大家来到桃花坞，我是这次活动的负责人，大家可以叫我大金。这次参与活动的都是我们临江四大名校的同学，活动时间两天两夜，周六试练，周日正式比赛，周日晚上会送各位回学校。”

“这次活动分为两大队，两个人一个小组，互相扶持，为了公平起见，分组和分队会以抽签的形式进行。”

“可我们只有 19 个人，还差一个啊。”陈光好奇地问道。

“还有一个人没有和我们大部队一起来，不过马上就到了，等人全部到齐，就可以进行抽签了。”大金正说着话，就看到有个人骑着一辆摩托车从远处过来。

“说曹操曹操到。”

那个人驾轻就熟地把车骑到桃花林里的停车场，利落地脱下头盔，整理了一下头发，才慢慢地走过来。一双大长腿尤其醒目，完美的身材在黑暗的灯光中也被展现得淋漓尽致，他从黑暗中一点点走到光亮里。

颜小婉眯着眼抬头看，看着这个人由远及近，最后清晰地出现在她面前，熟悉的俊颜，哪怕在夜里的桃林里，也难掩他非凡独特的气质。

“这位是最后一位参赛选手，枫林大学的谢君洛同学。”大金说完这句话，颜小婉手里的罗宋汤差点儿打翻。

谢君洛怎么来了？他为什么会来！

“大家好，我是谢君洛，请多多指教。”谢君洛的目光扫了一遍在座的所有人，最后落到颜小婉的身上，颜小婉顿时有种被抓现行的心虚，吓得慌忙低下头，假装吃东西。

“谢君洛，他不是有名的黄金射击手吗？射击俱乐部的 VIP（贵宾）成员。他怎么会来参加我们这么小儿科的初级活动？”陈光认出谢君洛，直接把他底细说出来了。

“我们所有人加在一起估计都打不过他一个吧。”几个人开始讨论。

“射击对我来说只是一项娱乐，如果我这次拿了第一名，我会放弃第一名的奖品。”谢君洛不动声色地说道。

“喊，看不起我们啊？还没开始比赛，谁赢谁输还不知道呢！”郑泽不屑地说道。

“我没有这个意思，希望大家不要误解。”谢君洛面对别人永远都冷静妥帖，好像什么事情都不能令他动容。

大金吹了声口哨，一位工作人员走了过来，手里拿着一个箱子。

“一人抽一张字条，正面是队伍的名称，背面是组合的号码。”

箱子挨个端到每个人的面前，颜小婉抽出一张，字条上写着：蓝队，7 号。

她转头去看苏致远的字条：“你抽的是什么？”

“蓝队，7 号。”

“我们一组？”颜小婉不敢相信，这只狐狸会让她和别人一组？

“谁是红队 3 号啊？”沐桃摇着手里的字条问。

“是我。”谢君洛淡淡地回应。

“那这两天就麻烦你多多照顾喽。”沐桃对谢君洛笑着说。

“一定。”谢君洛微微点头，看不出喜怒。

“哎呀，你说人家怎么这么好命呢？就一个美女还被他抽走了，也不知道是不是有暗箱操作。”陈光嘀咕。

“大家先回房间休息吧。”大金说完，开始给大家分发房卡。

谢君洛和苏致远一个房间，颜小婉和沐桃一个房间，其他人也都按顺序安排妥当。颜小婉看着谢君洛拿着门卡，走回他的房间，仿佛不认识她一般，于是颜小婉更害怕了。

“小婉，早点儿休息，明天见。”苏致远在路过颜小婉房间的时候和她道别。

“还挺依依不舍的啊，真是情意绵绵。”沐桃揶揄苏致远。

“我和苏师兄不是你想的那样。”颜小婉慌忙撇清，也不知道是为了给沐桃解释还是给谢君洛解释。

“解释什么呀？不就是谈个恋爱嘛，别不好意思。”沐桃笑着走进房间。

看着谢君洛和苏致远的身影渐渐消失在转角，颜小婉总有种不好的预感。

颜小婉她们的房间是用竹子搭建的，门前还有一株桃花树，发出淡淡的香气，和沐桃身上的味道融为一体。整个房间的摆设都非常雅致，床上还放着用桃花制作的香囊。

推开窗户就能看到大片的桃花和天上的星星，沐桃倒在床上看电视，颜小婉却在寻思这两天该怎么办。

谢君洛为什么会来？肯定是来给她捣乱的。

谢君洛到现在一句话都没有说，这才是令颜小婉感到害怕的，俗话说，不叫的狗爱咬人。谢君洛不说话，指不定心里在盘算着什么，而且他和苏致远住在一起，万一半夜对他下手怎么办？

想到这里颜小婉辗转难眠，直到天亮才缓缓入睡。

3

第二天她挂着两个巨大的黑眼圈醒来，沐桃已经化好了妆。她匆匆洗漱了一下就赶紧出门吃早餐了。

当她来到餐厅的时候，大家已经都坐下开始吃了，她看见苏致远和谢君洛有说有笑的样子，这才放宽心，说明谢君洛并没有对苏致远怎么样。

吃完饭大家坐上了去射击场的车，车子又开了二十分钟，才到达桃花林的深处——一片更广阔的桃林里。大金把迷彩服和装备分发给大家，简单介绍了一些彩弹枪的使用方法和注意事项，大部分人都有玩射击的经验，只有少数不会的很认真地在听。

颜小婉别的不会，舞刀弄枪可是她的强项，在看了几遍大金的示范之后，很快就上手了。

“对于彩弹枪的使用大家都学会了，一会儿大家按照昨天的抽签分组就可以开始了，今天是练习赛，只是给大家练练手的。头盔和衣服要穿戴好，比赛没结束千万不能脱下来，虽然这是彩弹枪，不会有什么危险，但是如果直接打在没有防护的身体上也会造成一定的伤害。听清楚了吗？”

“知道了。”

“如果没有问题，大家就开始吧。”领队说道。

颜小婉和苏致远在蓝队，而谢君洛在红队。

大家很快进入角色，有一些人很快就被击中淘汰了，一个小时后，只剩下十个人还在坚持，正当大家玩儿得如火如荼的时候，桃林里突然涌起一阵烟雾，缓缓地飘了过来，弥漫了桃林。

颜小婉突然感觉自己瞬间喘不上气来。

她赶紧摘掉头盔想要呼吸新鲜空气，当她刚刚接触到新鲜空气的时候，突然有人朝她身上开枪，随后别人也都开始朝她开枪，那些还在游戏中的人，不知道怎么回事，都把枪口对准了她。

“小婉，快把头盔戴起来，危险！”苏致远发现不对劲，赶紧对颜小婉说道。

颜小婉意识到事情的严重，赶紧拿起头盔，却被人一枪打在手上，手一软，头盔掉在了地上。

“喂，有没有搞错啊？”

颜小婉还没来得及抱怨，许多彩弹同时向颜小婉的脑袋飞来。

“小心。”在这千钧一发的时刻，有个人及时挡在了颜小婉的面前，那些子弹全部打在了他的身上。

颜小婉抬起头，看到眼前的人是谢君洛。

野外射击用的是彩弹枪，对于穿着防护服的人不会有什么杀伤力，可是很奇怪，谢君洛却实实在在被打伤了，仿佛他身上的那件衣服并不顶用。谢君洛顾不上自己的伤，拿出一片树叶向桃林里面扔去，桃林的烟雾被驱散殆尽，那些刚刚仿佛中邪一般一直朝颜小婉开枪的人瞬间清醒了过来。

“怎么了？”大金从远处跑来，“你们怎么搞的？怎么全都朝颜小婉开枪？”

“没有啊，我刚刚看到是对方阵营的人才开枪的啊。”陈光一脸莫名其妙地说道。

“对啊，我也是啊。”旁边的人也在附和。

大家都说刚刚看到的并不是颜小婉，而是要攻击的敌方，也没看到颜小婉把头盔摘下来。

“别废话了，有人受伤了！”颜小婉赶紧跑到谢君洛的身边，脱口而出，“阿柒，你怎么样？”

“我没事，只是受了点儿小伤。”谢君洛脸色苍白。

“我先带你去帐篷包扎吧？”大金扶着谢君洛往事先搭好的帐篷的方向走去，颜小婉放心不下，也赶忙跟了过去。

帐篷里，谢君洛脱下外衣，他的后背正在流血，大金一边帮他处理伤口，一边担心地说道：“奇怪了，这彩弹怎么突然杀伤力这么大，看来一会儿要好好检查一下了。”

大金刚准备拿纱布包扎的时候接到了一个电话。

“什么？山体滑坡，路被堵住了？好好，我去看看。”大金挂上电话，着急地说，“刚刚司机给我打电话说山体滑坡，路被堵住了，我过去看看怎么解决。”大金把纱布放到颜小婉的手里，“伤口处理好了，你再给谢君洛包扎一下。”

“这个我不会啊……”颜小婉话还没说完，大金已经走了。

帐篷里只留下颜小婉和谢君洛两个人，谢君洛的伤口刚处理好，但是还在流血，颜小婉拿着纱布看了半天，一直没动手。

“再看下去我就失血而死了，还不快点儿给我包扎。”谢君洛没好气地说。

“凶什么凶……”颜小婉笨拙地拿过纱布，她一边包扎一边说，“你不是狐仙吗？怎么还会受伤？”

“我还不是为了救你。那些子弹很明显有问题，杀伤力增加了十倍。”

“刚刚怎么突然就起雾了，然后那些人像中邪了一样都打我？”颜小婉想起刚刚的画面觉得奇怪。

“他们不是中邪了，他们是被这桃林瘴气迷惑了。”谢君洛挑了挑眉，水波一般的眼眸微微眯起来。

“什么瘴气？”颜小婉凑近了问。

“桃花妖施的障眼法。”谢君洛在地上捡起一片桃花的花瓣。

“桃花妖？这里有桃花妖？”颜小婉惊讶地喊道，“不会是沐桃吧？”

“看来你的感应力越来越强了。”谢君洛点点头，“这桃花妖可不寻常，她是夸父的手杖化作的桃花林里的桃花妖。唉，可惜因为一口怨气变成了邪灵。”

夸父追日的故事颜小婉之前听过，说的是在黄帝时期，夸父想要把太阳摘下，于是一直和太阳赛跑，却在途中渴死，手杖化作桃林，身躯变成了夸父山。

这桃花妖出自夸父手杖化成的桃林，又怎么会出现在这里害人？

“这桃花妖为什么要对付我啊？”颜小婉想不通。

“她的目标不是你。”谢君洛微微抬眼说，仿佛已经洞悉了桃花妖的动机。

“她想对付谁？”

“苏致远。”谢君洛淡淡地回答。

“你别吓我，真的假的？”

“不信啊？”谢君洛拿出一叶绿色的叶片，“这是小白给我的清醒叶，你晚上睡前放在鼻子上吸两口，只要她有动作你就能清醒过来，而她却看不到你，到时候你就能好好看看她的真身。”

“小白？”颜小婉一时没反应过来。

“小白就是方白惊，那个在凤栖山假扮我父亲的银狐。”

“哦……就是你那个得绝症的帅老爹啊。”颜小婉把树叶拿过来，放在眼前看了半天。

“小白他们家族最擅长医人制药，他给的宝贝，肯定有用。”谢君洛低头，靠近她，“婉婉，你觉得小白长得帅？”

“还……不错……干吗突然问这个？”颜小婉抬头，看到眼前的谢君洛笑着看她。

“看来下次我要让他换一张丑脸来见你。”谢君洛皮笑肉不笑地说了一句。

仿佛有人打翻了醋坛子，空气里都是酸酸的味道。

4

大金说因为山体滑坡今天没办法回桃花坞住了，还好带的帐篷足够多，大家只能就地搭帐篷睡觉。

颜小婉一直牢记谢君洛和她说的话，在睡觉前把树叶放在鼻尖吸了两下。

到了半夜，颜小婉被一阵浓郁的香气呛醒，她缓缓地睁开眼睛，看到沐桃站在她面前，正在朝她吹着气，她脸上的妆在夜里越发浓艳，最明显的是她眉心有一朵桃花的印记。

颜小婉心中一惊，不敢发出一点儿声响。沐桃果然如同谢君洛所说，并没有看见她，只是轻轻地拂了拂她的脸：“小丫头，快快睡觉吧。睡着了就什么都不知道了。”

颜小婉一动不动，生怕被沐桃发现什么端倪。

沐桃俯下身，确认颜小婉睡熟之后，才慢慢地起身往帐篷外走去。

颜小婉尾随其后。

沐桃在桃花林里扭动着腰肢款款而行，她就像一棵艳丽的行走着的桃树，和这桃林里的桃花完全融为一体。

她走到一个蓝色帐篷前停了下来。

颜小婉认得那个帐篷，是苏致远休息的地方。沐桃把手放在帐篷上，她的指甲一点点地变长，然后慢慢地嵌入帐篷中，将帐篷撕开一个洞。

苏致远在里面熟睡，沐桃的手慢慢从那个洞往里面伸，很快便触碰到苏致远的身体。

沐桃的手在苏致远的脖子上狠狠地勒紧，苏致远在痛苦挣扎着，却喊不出声音，他仿佛在梦中一般，毫无意识。颜小婉刚想冲上前阻止沐桃，却被人从身后一把按住。

“你这么过去，找死吗？”谢君洛用手一挥，在他们四周笼罩起了一层保护结界。

“可是沐桃快要勒死他了啊！”颜小婉挣扎着要起来，却发现自己冲不出谢君洛布下的结界。

“他暂时还死不了，这个桃花妖的法力在晚上杀不死人。”谢君洛撇撇嘴。

“她为什么要对苏致远下手？他们到底有什么仇什么怨啊？”颜小婉着急地问。

“他们的恩怨我就不知道了，但是明日午时是她法力最强的时候，我推算她会在比赛中取了苏致远的命。”谢君洛淡淡地回答，摆出一副事不关己的模样。

“取他性命！不会吧？”颜小婉没想到这个桃花妖居然要苏致远的命，“你有什么办法可以救他吗？”

“他可是我的情敌，我巴不得他出事，为什么要救他？”谢君洛悠闲地说。

“我和苏师兄真的什么关系都没有。我发誓我保证！”

谢君洛一脸悠然，压根没有要理会的意思。

“大不了以后我都听你的好不好？以后你让我干吗我就干吗……你不是想让我去千书阁做事吗，我去就是了。行不行？”颜小婉接着哀求，她知道只有谢君洛才能救苏致远。

“这可是你说的。”谢君洛像是计谋得逞，粲然一笑，立刻从口袋里拿出一包粉末，放到颜小婉手中，“明天白天正式比赛的时候，我会因为手伤退赛，你借此说要照顾我也一起放弃比赛，沐桃就会被分去跟苏致远一组，也会放低她对你的警惕。比赛时，你事先去一个地方等着，等他们去到那里，你把这包枯花粉朝沐桃身上撒去，她便会法力尽失，化成一根桃枝，你再将她捡起来放入你的五彩香囊中，苏致远就能躲过一劫。”

“你让我去？”颜小婉没想到谢君洛让她一个人去。

“你放心，这桃花妖法力不高，你完全可以对付她。”

“你让我一个人去对付她，而你袖手旁观？”颜小婉声音拔高，这个模式真的对吗？

“我昨天为了救你可受伤了，你没看到吗？我现在非常虚弱！”谢君洛一本正经地挥动自己受伤的手臂，一副理直气壮的样子。

“你堂堂狐仙，装什么柔弱啊？”颜小婉不相信。

“反正制伏桃花妖的方法我已经告知你了，要不要去做，那就是你的事了。不过我提醒你，若是你明天不动手，苏致远必死无疑。”谢君洛指了指帐篷里的苏致远。

帐篷里的光突然灭了，沐桃把手从帐篷里收回来：“该死，就差那么一点点，看来晚上的灵力太弱，还是要白天动手才行。”沐桃的脸上露出可怕的愤怒。

果然如谢君洛所言，桃花妖没有得逞。

“你快点儿回去躺好，否则一会儿她发现你不见了，定要起疑。”谢君洛把结界打开，对她叮嘱，“明天来我帐篷处会合。”

颜小婉也顾不上细问，只好匆忙按原路返回帐篷里，假装熟睡。

不一会儿沐桃走进帐篷，颜小婉侧着身，在黑暗中微微睁开眼。

沐桃轻轻地抚摸了一下自己的发髻，若无其事地在她身边躺下。

还好颜小婉之前见的妖多，现在已经“修炼”得没有原来那么害怕了，她赶紧闭上眼睛，没多久，一阵困意袭来，她便进入了梦乡。

5

白天正式比赛前，谢君洛对外宣布他的身体受伤，退出了这次比赛，只在帐篷里休息。

颜小婉按照谢君洛所说，假装心怀愧疚留下来照顾他，果真苏致远临时被安排和沐桃组成一队。

吃早饭的时候，陈光看着苏致远突然惊呼：“哇，苏致远，你昨天做什么了？怎么脸色这么差？”

大家顺着陈光的视线看过去，苏致远面色苍白，黑眼圈极重，就像生了重病的病人。

“估计是没睡好吧，我昨天做了个噩梦，好像有什么东西掐着我的脖子，弄得我喘不过气来。”苏致远摸着脖子说。

“你的脖子上是什么？好像一道勒痕。”郑泽看到苏致远的脖子上似乎有一道浅色的痕迹。

“真的是勒痕……难道你昨天不是做梦，是真的遇到了什么不干净的东西？”陈光说完左看右看，“我也感觉这片桃林有种说不出的诡异，昨天比赛时我就迷迷糊糊的，还把颜小婉当成了靶子，你说这个地方，不会有什么妖怪吧？”

“你们一群大男人胆子怎么这么小？”沐桃不屑地说，“不就是脖子上有一道痕迹吗？不能是昨天衣服太紧勒的吗？你们自己昨天在迷雾中看不清人，就赖到什么山野精怪的头上。真是笑死人了。这是什么年代，电视剧看多了吗？”

沐桃说完，颜小婉抬头看了一眼坐在对面喝粥的谢君洛，他正气定神闲地喝粥、吃包子，完全没有把沐桃的话当回事。

被沐桃这么一说，刚刚还有点儿担心的男生们突然就斗志昂扬了，或许是不想在女生面前丢脸，本来有些怯懦的男生，都开始重新整装，准备出发。

“我们已经检查过桃林了，昨天那一片桃林花粉太重，可能大家误吸了什么有迷幻效果的花粉，产生了错觉，我昨天已经让人连夜把那些桃花摘掉了，肯定不会影响今天的比赛。今天好好玩，祝各位愉快。”大金说道。

“领队，我们一定会好好玩的。”沐桃笑着，冲大金抛了个媚眼。

两组人穿戴整齐准备出发，出发前苏致远走到颜小婉的面前：“小婉，要不要我留下来陪你？你一个人在这里，我不是很放心。”

“她不是一个人，她还有我。”谢君洛笑着从旁边走过来故意站到颜小婉面前宣布“主权”，“你不用操心了，我会陪着她的。”

两个男生面对面，目光里有一种道不明的挑衅。

“那小婉就麻烦你照顾了。”苏致远先开口。

“应该的，何来麻烦一说？”谢君洛假意微笑，“你一会儿比赛的时候，倒是要多多注意安全。”

一股火药味在空气中弥漫。

“小婉，那我走了，等我回来。”苏致远转头对颜小婉说。

“好的。注意安全。”

一行人往比赛场地走去。待其他人都走远了，谢君洛凑到颜小婉身边：“看你这依依不舍的眼神，怎么就没在我身上用过呢？”

“我倒是想啊，但是面对一只狐狸，怎么依依不舍？”颜小婉嘀咕。

“我现在有点儿后悔告诉你救他的方法了。要不我把枯花粉拿回来，就让苏致远被那个桃花妖弄死好啦。”谢君洛吊着的眼眸微微挑起，像是在威胁她。

“好啦，狐仙大人，你大人不记小人过，干吗和我这种小女子一般见识呢？”颜小婉赶紧讨饶，生怕谢君洛一生气真的把枯花粉拿走。

“好了，谁让我对我家婉婉就是狠不下心呢。”谢君洛悠闲地吃了一口饼，“再过一个时辰，沐桃会把苏致远带到桃林的西北处，在那里她灵力最盛，你就在那儿等着，等到午时太阳最烈的时候，你就把粉撒在她的身上，记住千万不要犹豫。待她变成一根桃枝，即刻将她收入你的香囊里。”

“香囊？放得进去吗？”颜小婉完全没想到自己的香囊还有这种作用，难怪上次在宿舍门口谢君洛让她以后都要随身携带，原来是要在这里使用。

“要对你家的祖传宝贝有自信！装她区区一只小妖，很容易的。”谢君洛拍拍颜小婉的肩膀，“放心地去吧。”

谢君洛把最后一口粥喝完：“我昨晚没睡好，现在睡个回笼觉，你自己要加油哦。”谢君洛一副无所谓的样子，慢悠悠地走回自己的帐篷里。

现在看来要救苏致远，只能靠自己了，颜小婉仰头深吸了一口气，带上那包枯花粉往比赛场地走去。

6

颜小婉在桃树林里走了半个小时，才找到谢君洛说的那个位置，果然一路上都没有人看到她，大家都玩得不亦乐乎，早忘了昨天惊险的一幕。

她蹲在一棵桃花树下，等着沐桃和苏致远过来。中午的太阳非常毒辣，几乎要把她烤焦，一颗颗汗珠从她的额头上滴下来。

在她等得几乎快要崩溃的时候，有两道身影朝着这个方向走过来。

——是苏致远和沐桃。

刚刚还颓废的颜小婉立刻打起了精神，她赶紧站起来，躲到桃树后面。

“哎呀，我快累死了，我们休息一下吧。”沐桃娇滴滴地说道。

“不行，一会儿他们就跟过来了。”苏致远完全不懂得怜香惜玉。

“可是人家走不动了啦。”沐桃说完整个人就倒在苏致远的身上，一副快要不行了的样子。

“那先休息一下。”苏致远把沐桃扶到树下，从包里拿出水，“你喝点儿水。”

“致远，你真好。”沐桃靠近苏致远，“致远，你有没有女朋友啊？我做你女朋友怎么样？”

“沐桃，你别这样，我已经有喜欢的人了。”苏致远要推开沐桃，沐桃却缠得更紧了，“为什么这么无情？还是你们苏家的人，全都这么无情？”沐桃的笑脸沉了下来，她的身体突然开始起了变化，她的手变成长长的枝条，一下缠住苏致远的脖子，她的脸上、身上、腿上都长出了一朵朵桃花，很快她整个人变成了一株桃树，牢牢地将苏致远缠住。

“啊！什么怪物？放开我！放开我！”苏致远惊恐地挣扎着，嘶吼着，却怎样也摆脱不了。

“我变成怪物，都拜你们苏家人所赐！你们害我家破人亡，害我几百年来受尽折磨，我今天也要让你尝尝被人折磨的滋味！”沐桃把苏致远越勒越紧，苏致远几乎窒息，快要说不出话。

“还在等什么？你再不动手，苏致远就要翘辫子了。”颜小婉的耳边传来谢君洛的声音。

“谁在那里？”沐桃也听到了谢君洛的声音。

颜小婉片刻不敢耽搁，赶紧走过去，把手里的粉撒在沐桃的身上，但是由于害怕，手抖得厉害，一阵风吹过，很多粉被风吹散了。

“枯花粉！”沐桃缠住苏致远的手猛地松开，沾到粉的桃花一瞬间全都凋零了。

“谁？给我出来！”沐桃的手张开，枝条在空气里胡乱地抓着，触及颜小婉的脸的时候，一把抓住了颜小婉。

颜小婉吓得在半空中挣扎。

“是你，竟敢坏我的好事！”枝条缠住了颜小婉的脖子，“你别以为你有那只狐狸撑腰，我就不敢动你。”

“婉婉，香囊里有剑，快点儿取出来。”谢君洛从旁边走了出来，对着颜小婉指挥。

“哦……哦……”颜小婉迅速把手伸入腰间的香囊里，从里面拿出一把剑。

“流沙剑。”桃花妖像是认得那把剑，脸色骤变。

“把她的枝条砍断。快点儿。”谢君洛继续指挥。

“你这臭狐狸，给我布了结界？”桃花妖想动，身体却被控制住，动弹不得。

颜小婉双手举着剑，闭起眼睛，朝着桃花妖的枝条用力一挥。随之而来的，是桃花妖撕心裂肺的喊叫声，缠住颜小婉的枝条掉落在地上，变成两根干枯的桃枝，但是很快别的枝条再度攀上来，把颜小婉的身体又牢牢地缠住。

“婉婉，香囊里还有一包枯花粉！”谢君洛大声对颜小婉说。

“还有一包？”颜小婉没想到谢君洛还有后手。

“这次一定要注意位置，从她的头上撒下去。”

颜小婉把手伸进香囊，果然里面还有一包枯花粉。她深吸一口气，强迫自己冷静下来，用力抓出一把枯花粉，看准位置对着沐桃的脸上撒去。

“啊……”沐桃的身体沾上枯花粉，顿时发出痛苦的声音，枯花粉所沾之处，花朵全部凋零，沐桃的身体也发生了改变，她开始慢慢地缩小，缠住颜小婉的枝条也松开了，最后沐桃化作一根零落的桃枝，掉在地上。

颜小婉失去了沐桃的牵制，从半空中掉下来，还好谢君洛一把将她接住。

谢君洛指了指地上的桃枝说道：“婉婉，把桃枝捡起来，放到香囊里。”

颜小婉也不敢多问，赶紧把那桃枝放到香囊中，小小的香囊就像一个无底洞，长长的桃枝丢进去，很快就被吸入，轻拉束口的红绳，香囊又恢复了手掌大小。

“她等下不会突然从香囊里跑出来吧？”颜小婉手里拎着香囊，担忧地问，她从来不知道自己家这个拿来垫桌脚的香囊居然这么神奇。

“五彩香囊可以放得下世间万千珍品，何况是一个妖灵。”谢君洛把香囊在颜小婉的腰间挂好。

“吓死我了，太惊险了，简直像拍电视剧。”颜小婉瘫在地上，有种死里逃生的感觉。

“这说明你很有捉妖的天赋。”谢君洛走到她跟前蹲下，拿出一块手帕帮她擦去脸上的汗。

“我要是真有天赋，第一个收拾你。”颜小婉嘟着嘴说，“真没见过你这种只在旁边指挥的狐仙！我要是出事了怎么办？”

“有我在，我不会让你有事的。”

“说的比唱的好听，我刚刚都快吓死了！”

“你啊，就知道对别人温言细语，对我就蛮不讲理。”谢君洛看了一眼早已经昏倒在地的苏致远，意有所指。

“苏师兄怎么样？没什么事吧？”颜小婉刚刚光顾着害怕了，忘了苏致远已经昏倒在地上。

“死不了。”谢君洛走到苏致远跟前，往他嘴里塞了两颗药，“这是小白给我的凝神丹，他吃下之后，很快就会恢复元气了。”

“沐桃……”

“苏致远……”

其他队员的声音从远处传来，他们也已经发现沐桃和苏致远不见了。

“是陈光他们……”颜小婉认得这个声音，“他们要发现沐桃不见了怎么办？”

谢君洛丢给她一个安心的眼神，随手从桃林里折下几根枝条，放在地上拼凑了一下，阳光照射下来，不一会儿，枝条慢慢变成了沐桃的样子，一个活生生的沐桃又出现了。

“沐桃？”颜小婉吓了一跳。

“这是我用桃树枝幻化出来的幻象，这个幻象会代替沐桃完成后面的事情。”

那个用树枝做的沐桃面无表情地走到谢君洛的面前说道：“主人。”

“去吧。”谢君洛对他下了命令。

“是的，主人。”

谢君洛从怀里拿出一本书，丢到空中，书本变成人形大小，颜小婉对这一幕已经很熟悉了。

“走吧，我们先回去。”

谢君洛打开那扇门，两个人双双走进去，很快他们又回到了基地的帐篷外。

“你这本书是不是什么地方都可以去啊？”

“差不多。”

“那我要去看我偶像的演唱会也可以喽？”颜小婉激动得两眼冒星星。

“可以呀……但是我不会带你去的。”谢君洛回了颜小婉一个欠揍的微笑。

7

这次的射击活动颜小婉在有惊无险中度过，不仅没有和苏致远有进一步发展，还莫名其妙捉了一只桃花妖，不仅没有浪漫的过程，还吓得她现在都心有余悸。

自从和谢君洛这只狐狸遇到，她的生活就被搞得风起云涌，莫名其妙解锁各种技能。

一想到自己期待这么久的旅行被这只狐狸破坏得这么彻底，颜小婉真是一口血憋在胸口，抓耳挠腮地想打人。

回程的大巴上，颜小婉撕开一袋陆成歌代言的饼干，嚼得嘎嘣响。

“颜同学，这次真的太遗憾了，没能和你合作。”苏致远有些遗憾地说。

“是啊，真是太遗憾了。”颜小婉附和，还好谢君洛已经“帮”苏致远忘了那段经历，如果他知道自己经历了什么，估计要被吓死。

“下次我们还可以一起参加别的活动。”苏致远温柔地说。

“好……”

“咳咳咳。”谢君洛在旁边咳嗽了一下。

“我觉得……我可能……不太适合在外面活动，以后有活动就别叫我了……”天知道颜小婉是多痛苦才说出这段话。

“这样啊……那以后我常去光顾你家的店就好啦。”苏致远永远这么通情达理。

颜小婉想点头，但是看了一眼谢君洛的眼神，愣是没敢吭声。

大巴停在了枫林大学的西门门口，谢君洛、苏致远和颜小婉一起下车。

他们刚下车，学校门口的女生就发出了惊呼。

“我送你回宿舍吧？”苏致远提议。

“这么大的人还不会自己回宿舍？”谢君洛站在旁边不屑地说道。

“呃……对对，我自己能回去。”颜小婉赶紧打圆场。

“小婉。”紫杉从不远处走过来，手里拎着一盒酸辣粉。

“你回宿舍啊？我们一起走吧。”看到紫杉，颜小婉仿佛看到了救星。

“苏师兄、谢师兄再见。”颜小婉赶紧和他们同时道别。

“你怎么会和他们两个在这里？”紫杉问道。

“说来话长……我真是倒霉死了……”颜小婉挽着紫杉走了几步，转过头，正好看到谢君洛在苏致远耳边说话，苏致远眼中露出诧异的眼神，两个人的眼神不约而同地看向颜小婉的方向。

“别忘了你在桃花坞和我说的话，晚上我在千书阁等你。”谢君洛用传音术和颜小婉说。

颜小婉心里发怵，吓得赶紧转回头。

8

千书阁灯火辉煌，隐在一片竹林之中，颜小婉凭着记忆找了半天，才准确地走到门口。小山恭敬地提着灯在门口迎接，竹林已经自动打开一条路。

千书阁今日无客，飞花和葛昭也不在千书阁内，小山更是识趣地走到二楼去。

谢君洛斜斜地倚靠在书架旁，手里捧着一本蓝色的古书，光线从顶部照下来，映出他修长的腿，完美的脸，卷翘的睫毛和微微上翘的嘴唇，放眼看去画面真是美好。

颜小婉不得不承认，谢君洛不说话的时候，的确是非常貌美。

狐狸真是天生拥有貌美的优良基因啊。

“想偷窥我到几时？”谢君洛抬头，一副得意的表情。

“少臭美了，谁看你啊。”颜小婉抵赖，看到谢君洛手上的书，问道，“你手上拿的是什么？”

“沐桃的书。”谢君洛说着，从书架上取过一截红烛，“千书阁既是妖界的出入界管理处，也是记录所有妖灵生平的地方，每个妖灵从出生开始就会在这里留下一本书，自她出生起，书上便会自动记录她生平的点滴。”

“按你这么说，这本书可以看到她身上发生的所有事情？”

“对。”

“那我能看吗？”

“以你现在的凡人之身，给你看也看不懂。”

“你才烦人呢！”颜小婉瞥了他一眼。

“你以后如果乖一点儿，别总想着别的帅哥，我倒是可以考虑教你。”他笑得意有所指。

“小气！”颜小婉有点儿心虚，“不给我看还叫我来干吗？”

“渡妖。”

“渡妖？”

颜小婉没想到谢君洛居然叫她来渡妖，听上去很不可思议。

谢君洛把手上的书打开，放在地上，再把蜡烛摆在书页上，口中念诀。

书页上的蜡烛缓缓点燃，与此同时，书中开始迸发出绯红色的光芒，拢成一个立体的长方形，就像一个透明的玻璃房一样。

“婉婉，把香囊打开。”谢君洛说道。

“哦……好……”颜小婉看呆了，谢君洛叫了她两声她才反应过来，赶紧将身上香囊的束口打开。

桃枝从香囊里飞了出来，落在了那本书上，慢慢变成了沐桃的样子。

沐桃获得了自由，立刻朝颜小婉扑来，却被困在书的结界中，无法冲破。

“沐桃，不要做无谓的挣扎了，放下心中的仇恨吧。”谢君洛缓缓说道。

“臭狐狸，你不就是想要渡化我吗？我告诉你，没那么容易。”沐桃不屑地看着谢君洛。

“你若不接受渡化可要承受消鼎的惩罚。”

被渡化的恶灵可以变回原形，重新修炼，被消鼎的恶灵不仅所有修为尽失，同时也会灰飞烟灭。

“以你的修为要消我的鼎不过举手之劳，你大费周章找个凡人抓我不就想渡化我，得到灵鸾碎片吗？”沐桃似乎知道谢君洛要渡化她的目的。

“灵鸾碎片？渡化？消鼎这些又是什么？”颜小婉听得一头雾水。

“被渡化的妖灵，可以再修炼，而被消鼎的妖灵，将灰飞烟灭永世不得生还。”谢君洛解释了后两项，却没有告诉颜小婉灵鸾碎片是什么。

“如果你真的要渡化我身上的怨气，就应该让我杀了苏致远！”沐桃叫嚣着。

“我苏师兄到底做了什么对不起你的事情，你非要杀他？”颜小婉忍不住问道。

“他没有做什么对不起我的事情，我只是让他替他的先祖赎罪。”沐桃说这句话时咬牙切齿。

金光乍现，千书阁的墙上映出了犹如幕布的画面。

三百年前，沐桃曾是夸父手杖所化桃林里修炼的桃花灵，那片桃林因是夸父所化，极具灵气，集日月精华，是修仙的宝地。

虽然有无数妖灵觊觎桃花林，却无奈找不到进入桃林的入口。

桃花族的子民一心修仙，从未沾染凡尘俗世，整日待在桃林里吸取日月灵气。

为了阻止外人进入，族长特意设置了结界，所以桃林里的仙灵都心思单纯不谙世事，更不知道人心险恶。

一日，有一书生被蛇咬伤晕倒在桃林外，沐桃正好出外游玩，将书生救下。虽然族中禁止外人进入，但是沐桃还是偷偷把书生带回家，给他清了蛇毒。当书生醒来，看到一位貌若天仙的姑娘，动了情愫，很快就对沐桃表明心迹，沐桃也正是情窦初开，两个人便心心相印。

这个书生就是苏致远的先祖苏长生。

苏长生和沐桃在桃林中谈了一场小小的恋爱，苏长生教沐桃画画、写字，两个人的感情日益增进，苏长生甚至许诺会娶沐桃为妻。

直到有日半夜，苏长生醒来上茅厕，路过沐桃的房间，发现一片红光，出于好奇他戳开窗户看了一眼，却发现沐桃化成一株桃树，于是他知晓了沐桃的身份，吓得连夜逃走。

看到这里，颜小婉总感觉这个画面她似曾相识，她想起来她第一次见到谢君洛的狐狸样子也是吓得恨不得连夜逃回家。

“就这样你也不至于恨他吧？他一个凡人害怕你，不是很正常吗？”颜小婉不禁说道。

“我当时暗自伤心了几日，虽然心中牵挂他，却也能理解他的心境。可是后来……他……他……”沐桃说到这里，目光变得凶狠。

墙面上出现了苏长生回去之后的画面。

苏长生回家之后，将这件事告诉了他的一位书友，那位书友常年在灵山修道，告诉苏长生他遇到的是桃花灵，桃花灵单纯心善，若是她肯助他考学，他定会一举高中。

苏长生在此之前几次赶考都未中举，家中负债累累，他的学识在才高八斗的学子中并不算拔尖，他想改变寒门的命运，于是想到了利用沐桃。

在挣扎了几日之后，苏长生又去桃林找到沐桃，说他还是深爱着沐桃，并不在乎她桃花灵的身份，一定要与她长相厮守，还下跪以示真心。

沐桃感动至极，很快就重新接纳了他。

苏长生对沐桃无微不至细心呵护，沐桃以为自己找到了良人。在即将赶考之前，苏长生整日闷闷不乐，沐桃问他为何这般沮丧，他便顺水推舟说自己已经连续考了几次都未中举，家中老母病重，也没钱治病。沐桃见他烦忧，于是提出帮他。

当天晚上沐桃端来一碗桃花羹让他吃下，吃完后苏长生天灵大开，在随后的考试中拔得头筹。就这样，他靠着沐桃的桃花羹，一路过关斩将，直入都城得到了状元宝座。

成了状元的苏长生被分到了翰林院，他也遵守诺言娶了沐桃，为此，沐桃不惜放弃了自己修仙之躯，换来百年肉身。

可是沐桃因为体质特殊不能生育，于是她又为苏长生纳了一房妾，小妾很快生下了一个孩子，苏长生对小妾和孩子很是宠爱。小妾得宠后经常来找沐桃的麻烦，奚落她、讥讽她，不过沐桃从未放在心上，她觉得只要苏长生能对她始终如一，她做什么都不觉得委屈。可是苏长生却对她日渐冷淡，有时候一个月都不会去看她一次。

沐桃虽暗自伤心，却也从未计较。

若只是如此倒也相安无事，只可惜人的野心不会就此停止，苏长生虽贵为状元，可是毫无背景，多年来只混了一个小小的翰林，他有更大的抱负却无力施展。

彼时恰逢皇上重病，所有太医回天乏术，皇上贴出皇榜，谁能治好他的病就赐良田千亩，加官晋爵，黄金万两。

苏长生此时又想到了沐桃，觉得她定能助他，于是又开始对沐桃殷勤起来。沐桃得知了苏长生的来意，她告诉苏长生，当初那些让他变得聪明的桃花羹，其实都是她身上的桃花，那些桃花犹如她的血肉，充满灵力，所以他饮下后才变得有智慧，但自从她脱离桃花族，也就失去了仙法，现在就算给皇帝吃桃花羹，也起不到任何效果。

且皇帝是天子，他的大限将至，要救活他算是逆天改命，就算将整个桃林的桃花熬煮成汤给皇帝沐浴，也只能让皇帝多活十年。

要摘遍整个桃林的桃花等于灭族，是万万不可行的。

苏长生一心想立功，哪怕能让皇帝多活十年，也是大功一件。利欲熏心的苏长生又找到了那个懂道法的书友，书友却告诉他，他有办法令那片桃林的桃树全都听话，不过前提是要苏长生套出进入桃林的方法。

在苏长生千方百计的哄骗下，沐桃说出了进入桃林的方法。苏长生立刻把这个方法告知了那位书友，书友让他三日后派人去摘桃花便可。

三日后，苏长生到达那片桃林，所有的桃树已被人连根拔起，他兴冲冲地把桃林里的桃花全都摘了下来，一片艳丽的桃林，在他的步步钻营之下顷刻枯萎，遭受了灭族之灾。

原来那片桃林宝地早被外面的恶妖觊觎多年，可是碍于找不到入林的路口，恶妖发现苏长生入了桃林，于是伪装成他的书友，一步步伺机行动。

终于在这一次，恶妖知晓了桃林的入口，一举将桃花一族毁灭。

苏长生根本不管桃花族灭族的悲惨，毅然把桃花拿去献给皇帝，皇帝用整个桃林的桃花熬的水泡了三天三夜，瞬间年轻了十岁，皇帝龙颜大悦，给苏长生加官晋爵，赐良田千亩，黄金万两。

沐桃得知因为自己铸成大错，想要找苏长生理论，问他为何这么狠心，不顾夫妻情分。苏长生却露出真实的嘴脸对沐桃恶言相向："当初如果不是看在你可能还有那么一点儿用，我会娶你？我堂堂状元郎，娶你一个怪物，你还有什么不满意的？"

"这么多年，你对我只有利用，没有感恩？"沐桃不敢相信。

"恩情从我娶你那天就还完了，现在你全族已死，我也不怕告诉你，这么多年和你这个怪物在一起我只有害怕、恐惧！想到你我只觉得恶心！"

沐桃听到苏长生说出这句话，震惊得面色发白，她没想到自己一次次的退让和包容，换来的竟然是一个薄情寡义的男人和灭族之灾。

善良的沐桃在那一刻彻底扭曲了，她的心中翻滚着巨大的怨恨，她内心只有一个想法，就是复仇，杀了苏长生报仇！

可没想到苏长生早有防范，早就准备了对付桃花妖的镇宅符和平安符，沐桃始终近不了他的身。为了使自己变得强大，沐桃不得不修炼禁术，滥杀无辜，搅得生灵涂炭，后来被红狐族的长老捉起来关到了生死间。

“生死间是什么地方？”颜小婉第一次听说这个地名，觉得很好奇。

“我族用来关押作恶邪灵的地方。”谢君洛解释。

颜小婉明白了，桃花妖本来要修炼禁术找苏长生报仇，结果她大仇没有得报，就被红狐族长老关到了生死间，所以她这么多年心中怨气难平，就算在生死间，也无法得到救赎，日日在痛苦中煎熬。

“这苏长生真不是什么好人，根本就是农夫与蛇的故事！”颜小婉气得拍了拍桌子。

一个人对权势的渴望最终让他变成了魔鬼。

“我对他那么好，几乎倾尽了我的所有，可是他呢？他只把我当成工具，人怎么会这么可怕？人的心怎么会这么狠毒？这么多年，我最后悔的就是离开那片桃林，更后悔爱错了一个人。”沐桃脸上的桃色更加艳丽，看得出她的愤怒，“几百年了，我在生死间受尽了折磨，可是他们苏家人却一代一代地活了下来，加官晋爵，一路顺畅，而我的族人却被熬成了汤，我要让他苏家再无子嗣！我要让他和我一样痛苦！”沐桃悲泣，满眼都是愤怒。

“你有没有想过，他变成后来那样，你也有错？”谢君洛突然说道。

“我有错？我有什么错？”沐桃不敢相信地问。

“你用自己的肉身为苏长生打开天灵，让他一介平凡书生不需努力就成了金科状元；他的小妾处处给你难堪，你丝毫没有反击；他对你态度冷漠甚至不关心，你全部包容。你的纵容和忍耐加剧了他心里的恶念，让他变得贪婪、自私、不知感恩。从你帮他不需努力就可以成功的那天开始，你就已经错了。”谢君洛看着沐桃，目光沉静，“你以为你的无私纵容是对他好，其实不过是害人害己。”

颜小婉没想到谢君洛看问题有这么犀利的一面，她有些惊讶。

“我那是爱他，我没错！你没有我的经历你当然说得轻松，如果不是因为你的先祖把我抓来，我早已经杀了他满门报了仇，怎会到现在还在痛苦？”沐桃不认可谢君洛的话，可是从她的叫嚣声中，可以听出她有一丝动摇。

“报了仇真的能解除痛苦吗？”谢君洛挥一挥衣袖，墙上出现了一个画面，就像放电影一般。画面上的男子是苏长生，他在救治了皇帝之后，的确风光了几年，可是很快他因太过张扬被人视为眼中钉，诬陷他勾结番邦意图不轨，加上他之前医治皇帝用的是妖法，皇帝很容易就信了，把他流放到苦寒之地。

苏家的后代活到了现在，再无一人做官，虽都有超然的才学，可是无一人再有官运。

“报应啊，真是报应。”沐桃笑着说，脸上的绯红渐渐淡去，可是她的脸上并无真正的愉快，反而很悲伤。

“杀人是孽障，以杀人作为报复，也不是正确的归途。你就算杀了他，你死去的族人依旧不会复活。”谢君洛微微叹了口气。

“我对不起我的族人，我是罪人，我有罪。”沐桃说到亲人，忍不住涌起悲伤，“是我的纵容和自以为是害了自己也害了我的族人。可是现在明白这些又有什么用呢？他们都已经灰飞烟灭，再也活不过来了。”

“你看。”谢君洛挥一挥衣袖，墙上的画面切换到飞花提着水壶在之前的那片桃林里洒水的场景。

“这是？”沐桃和颜小婉都看不懂。

“你去桃林报仇，难道没有发现桃林有什么不同吗？”谢君洛看着画面中的桃花。

“这……”沐桃从震惊到落泪，“活了，他们又活了……”

“桃林虽然被邪灵残害，所有族人惨死，所幸当年我们红狐先祖来得及时，将桃林剩余的枯枝带到这片新的桃林里，日日以灵山泉水灌溉，养了这三百年，也算初有成效，用不了多久，他们大部分人就会再次苏醒。”谢君洛一挥手，墙上的画面消失了。

“人都会犯错，虽错不能尽数弥补，但是总能挽回一些遗憾。沐桃，放下仇恨，方能圆满。”谢君洛劝慰她。

“谢谢，谢谢你们出手相助，没让我们桃族灭顶。这么多年我放不下的除了仇恨就是被我害死的同族，现在也算了了我的心愿。”沐桃擦去眼角的泪，“红狐少主，请渡化我吧，将我的灵力留在桃林里，永远守护这片桃林。”沐桃叹了口气，“我走之前尚有一事要提醒少主，此次灵鸾石被毁是有恶灵作乱，而且这背后应该还有巨大的阴谋，从生死间流放出来的恶灵都被它们驱使，应该是有意与红狐一族作对。千万小心。”

“多谢提醒。”这是谢君洛早料到的情况。

“以后桃花一族，烦请你多上心。”沐桃轻声说道，先前眼中的仇恨和愤怒都化为平静，“这几百年，我太累了。”

沐桃闭上眼睛，谢君洛口中念诀，室内的红光渐渐变弱，沐桃的周身散发着光芒，她的身体在慢慢虚化，最后全部消失，化成一块红色的玉石碎片落在书上。

谢君洛走过去，将那块碎片从书上拿起来。

那是一块通透的红色碎片，状如水滴，在光下似乎还能透出亮光来。

“小婉，过来。”谢君洛对身后的颜小婉说道。

颜小婉走到谢君洛的面前，只见谢君洛打开她的手，把碎片放入她的手心，那枚碎片像是融化了一般嵌入她的手心，待碎片完全消失的时候，她的手心里已经长出了第二条绯红色尾巴的印记。

“我又多长了一条尾巴……”颜小婉看着掌心多出来的一条尾巴惊讶地说。

“你手心的尾巴印记越多，你的灵力就越强，可以感应到的事物也就越多。”谢君洛解释。

“干吗要把这个东西给我啊？”颜小婉搞不懂谢君洛的举动。

“待时机成熟，我会告诉你的。”谢君洛把书合上，走到书架旁。

“故作神秘……我还不想知道呢！”颜小婉嘟着嘴，“不过这沐桃可真惨，所托非人。”颜小婉还没有从刚刚那个故事中缓过来。

“爱情有时候就是容易让人陷入万劫不复的境地。”谢君洛拍了拍手上的灰尘，若有所指地看着颜小婉。

“如果你是沐桃，你会报仇吗？”颜小婉问。

“你如果敢这么对我，我就把你变得又丑又胖，再也没人喜欢你。”谢君洛头都没回答道。

“最毒狐狸心。算你狠。”

“明天开始，白天在小食堂，晚上来千书阁。”谢君洛把书放好，头也没抬地交代。

“什么？你让我打两份工？”她挖了挖耳朵，不敢相信，这只狐狸竟然让她一个人打两份工？

“免费给你补习功课，包你期末不挂科。”谢君洛一句话戳到颜小婉的痛处。

“我才不稀罕呢，我自学！”颜小婉不屑。

“婉婉，你别忘了，你是怎么进枫林大学的。”谢君洛笑得很狡猾。

“你别想威胁我！”

“我给你工资涨到六千，你看怎么样？”

“六千？”这只狐狸竟然贿赂她？

“谢君洛，你也太小看我了！我是那种会向金钱折服的人吗？”

“八千。”

“成交！”颜小婉脱口而出。

谢君洛愣了一下，然后笑起来：“欢迎加入千书阁。”

第九章·金叶诀（上）

1

都说富贵不能淫，贫贱不能移，以前颜小婉觉得这话挺对的，可是在遇到谢君洛这个土豪之后，她觉得这些话都成了泡沫。

像她这种从小穷到大，一颗糖都要和颜柏森打架才能抢来的穷苦群众，就这么为了区区八千块钱向金钱势力低头了。

千言万语汇成一句话：人穷志短。

就这样，颜小婉中午在妖精小食堂，晚上在千书阁，打饭做卫生，办理登记，什么杂活都要做。

来到千书阁之后，颜小婉才发现"千书阁"真的不像外界传言的那样玄乎。

事实上千书阁真的只是一个通往人妖两界的出入界管理处，所有的妖从出生就有一本属于自己的书，会被放入千书阁内，书里记载了妖的生平，记录良好的妖都可以申请来到人界游历，他们每年都要到千书阁续签时限，往返人妖两界都要通过这里，他们除了身份听着有些骇人，实则生活起来和人类一般无二。

千书阁也有一整套严苛的体系，最重要的一条要求便是妖在凡界不可以使用法术，若违反规定，千书阁会视情况做出不同惩处，轻则降低修为，重则送回凤栖山不得出来。

谢君洛是千书阁新任的阁主，管理千书阁一切事务，只有他有权在人界使用法术，也只有他的书不需要审批可以去往任何地方。

颜小婉在千书阁待了一段时间，起初还是很不习惯看到妖灵的真身，时间久了，渐渐也就习惯了。

每天晚上谢君洛都会陪她走路回宿舍，那是一条专供妖灵去千书阁行走的通道，难怪她第一次和徐冉冉去千书阁的时候，路上的"人"全都回头看她们。因为这条路上从未出现过人类。

在那些动物里，比较常见的是兔子、山羊、鸡，也有鸽子和麻雀，还有一些长相奇特的动物，她认不出来。

所以她和谢君洛经常会发生如下对话：

"那个尾巴五颜六色的是什么动物？"

"五彩鸟。"

"那个满头白发的呢？"

"白头翁。"

“那个全身都是白毛的呢?

“景教授家养的乌骨鸡……”

“教授家的鸡也是仙？”

“普通的鸡，你们吃的那种……”

谢君洛也信守承诺，每天都来给她补课，不仅如此，他还会教她很多新功夫。颜小婉正好对练武兴趣颇浓，所以对谢君洛的额外教学，她也学得非常认真。

谢君洛经常出现在各大媒体上，他的超级网剧播出之后引起巨大的反响，他成了新晋偶像。

有时候颜小婉站在学校广告大屏幕前看着谢君洛的海报，也会想，如果不是因为她和他太过熟悉，或许她也会和这些女生一样对他迷恋吧。

可惜人生没有如果。现在谢君洛在她眼中，只是一只狡猾的小狐狸。

2

虽然颜小婉非常努力地赚钱，把打工赚来的钱都拿回咖啡店贴补家用，却还是难逃咖啡店生意萧条的惨况。

尽管上次颜小婉解决了房东太太遇到的麻烦，她不再催颜大军交房租，可是咖啡店长期亏损下去也不是个办法。

周末，颜小婉回到家，看到颜大军在柜台算账，一脸愁容，拿着手机挨个给朋友打电话借钱，结果碰了一鼻子灰。

打完电话，颜大军摸出一张照片拿在手里，颜小婉不用看也知道，那是她妈妈的照片。颜大军总觉得只要守着这家咖啡店，妈妈就会回来，这么多年他赚的钱都投在了这家咖啡店，特别是这几年他身体不好之后，他们一家子守着这家咖啡店一直苦撑，不知道什么时候才是尽头。

十年了，很多人劝过颜大军，他都不听，在这件事上仿佛有着解不开的执念。

颜小婉不忍心看着爸爸这样毫无希望地等待，她日日看在眼里，比任何人都痛苦。

颜小婉推门而入，颜大军看到她回来，立刻堆起笑脸：“丫头回来了，要不要来一块小蛋糕？”

平时颜小婉都会开心地跑过去，今天却感觉分外悲伤。

颜小婉将第二个月的工资交到颜大军的手里：“爸，这是我这个月的工资，你先拿着。”

“你又涨工资了？你还是自己留着花吧。”颜大军看着厚厚的一沓钱，没有接。

“我们老板安排我做了两份工。”

“很辛苦吧？我看你最近都憔悴了。”颜大军看着女儿，心疼地说道，“把钱留着，想买什么就买什么，爸还有钱。”

颜小婉听爸爸这么说，心里更难受了：“爸，要不然这家咖啡店咱们别开了，你就在家养老，以后我赚钱养你。你也别这么累。”颜小婉终于说出了这么多年一直想说的话。

“这咖啡店是我和你妈约定的地方，如果关了，她回来就找不到我们了。”颜大军始终没有从颜小婉妈妈的死中走出来，一直说和她约定了要在这个地方见面。

“爸，妈不会回来了，她已经死了。”颜小婉忍无可忍地说出了这句话，她真的不忍心看到颜大军守着这样一个遥遥无期的梦。

“你妈没死！她会回来的！”颜大军大吼一声，咖啡店里本来就没有几个人，被颜大军这么一吼，吓得全都出去了。

颜大军从来没有这么大声吼过颜小婉，颜小婉一时也愣在原地。

下一秒钟颜小婉的眼眶就红了，转过身跑了出去。

这么多年她虽然倾尽全力帮爸爸打理这家咖啡店，可事实却是她非常厌恶这家店。自从妈妈十年前去世，爸爸就成天以泪洗面，抱着妈妈的照片走不出来，后来遇到了一个高人，高人说她妈妈没有死，只是暂时去了别处，还说只要他们在这个地方等，她终有一天会回来找他们。

别人都说那个高人是个骗子，可是颜大军深信不疑，二话不说把这个毫无人气的门面租了下来。这家咖啡店，这么多年对颜小婉而言就是一个巨大的累赘。

颜小婉走到河边，坐在堤坝上，任风吹乱她的头发。

苏致远递给她一张纸巾：“想哭就哭吧。”

颜小婉转头看到苏致远不知何时站在她的身后，正温柔地看着她。

她的眼泪一下就落了下来，像是有了可以依靠的肩膀。

3

那天晚上颜小婉很晚才到家，颜大军坐在咖啡店外面的凳子上一直在等她。

看到颜小婉的时候，颜大军一把拉过她，责备地说道：“你这死丫头，干吗和你爸生气？”

“爸，对不起。”颜小婉先道歉。

“说什么对不起，是爸爸不应该吼你。”颜大军把颜小婉带到咖啡店，桌子上有一碗已经坨掉的打卤面。

“面都坨了。爸再去给你做一碗。”颜大军要把面倒掉。

“没事，别浪费。”颜小婉把那碗面端过来，大口大口地吃了起来。

她知道自己之所以这么难过，其实是因为心疼颜大军的痴守，可是她也深深地知道，虽然颜大军平日里对她严格，对颜柏森偏心，可是爸爸从心里是非常疼爱自己的。

晚上睡觉的时候，她做了一个梦，梦到咖啡店的生意好了起来，爸爸不再唉声叹气，这个梦很美，美到她不愿意醒来。

难得的周末，颜小婉睡了个懒觉，起来的时候已经快到中午。她看了看表，11点半，咖啡店应该早就开始营业了。

虽然咖啡店生意冷清，可是她还是习惯了一回家就帮爸爸做蛋糕。

颜小婉起身穿好衣服，慢吞吞地洗漱，在吃掉了颜大军留在锅里的鸡蛋和包子后，才慢悠悠地朝咖啡店的方向走去。快走到咖啡店的时候，她突然感到有点儿不对劲，平时门可罗雀的咖啡店今天突然挤满了人。

咖啡店从里到外都是人，把半条街都给挤满了，她费了好大劲才挤了进去。

颜大军在店内忙得不亦乐乎，而店里的顾客，目光都痴痴地望着吧台里一位在做咖啡的人。

午后的阳光打在他白皙的脸上，侧脸的线条流畅光滑，高挺的鼻梁，微微上翘的嘴唇，以及挂在嘴角边那招牌式的笑容。

不是谢君洛还能是谁？

此刻他正在吧台熟练地使用咖啡机，动作流畅娴熟，一杯杯咖啡，香醇又精致，不断地送往客人的手上。

“给我来一杯，我也要一杯……”

“好好，都别急，一个一个来。”没有座位的人，也抢着要点一杯咖啡带走，颜柏森在收银台忙得头也没空抬起来。

昨天梦里的场景突然就出现在了眼前，颜小婉一下子就看傻了。

“小婉，傻愣着干吗？快点儿来帮忙啊。”颜大军叫着颜小婉。

“他怎么在这里？”颜小婉反应过来，指着谢君洛说，“你来这里干吗？”

“你老板大驾光临过来帮忙，你那是什么表情？”颜大军皱着眉头。

尽管颜小婉心中有一千个疑问，可是在众目睽睽下她也不好说什么，只能围上围裙，走过去端咖啡。

“婉婉，小心烫哦。”谢君洛抬头，冲她微微一笑。

狐狸一笑准没好事，颜小婉提防地拿起桌子上的咖啡，香味十足，馥郁香醇，比爸爸做的好太多了。

咖啡店的生意难得这么好，来的人络绎不绝，颜小婉不停歇地干到了下午三点，直到所有的咖啡全部卖完，就连下周的储备也都用完了。

“今天咖啡都卖完了，不好意思，请明天再来吧。”颜柏森对后面大排长龙的顾客说道。

“‘男神’，你明天还会来吗？”粉丝们对着谢君洛热情地问道。

“那就要看我的心情喽。”谢君洛微笑地回答，“随机出现。”

“那能不能给我签个名？”有粉丝疯狂地问道。

“不好意思，‘男神’只做咖啡，不签名。”颜柏森抓住机会故意卖关子，“大家如果喜欢我们的咖啡，请以后多多光临。”

咖啡店提前打烊了，为了防止外面的人不走，还把帘子也拉了起来。

这是咖啡店第一次在下午三点把一周的存货统统卖完，颜大军算着今天的营业额，高兴得合不拢嘴。

颜小婉用一种警惕的眼神盯着谢君洛。

“谢先生，谢谢你啊。”颜大军紧紧地握住谢君洛的手。

“颜伯父，你叫我阿柒就行了。”

“阿柒，这个名字好。今天真是太感谢你了。”颜大军很久没有这么高兴了。

“颜伯父，不要客气，小婉的父亲就是我的父亲。”谢君洛很不见外地说了一句。

颜小婉还在擦桌子，听到这句话突然腿一软。

“谢师兄真爱开玩笑。爸，谢师兄就是这么幽默，呵呵……”颜小婉瞪了谢君洛一眼，警告他别乱说话。

“我当然知道是在开玩笑了，谢先生这么优秀能看上你吗？”颜大军完全没有在意颜小婉说的话。

亲爹，真的是亲爹。

“谢师兄，如果没有别的事，你就先回去吧，今天谢谢你了啊。”颜小婉生怕谢君洛下一秒钟就要做什么可怕的事情，只想赶紧把他送走。

“回什么回？你这丫头会不会说话！人家忙了一天,怎么也要请人家吃顿饭再走。”颜大军推开颜小婉，热情地招呼谢君洛。

“颜伯父，你太客气了。”谢君洛礼貌地说。

“爸，谢师兄很忙的，他还有很多事情要做，哪有空在我们家吃饭啊，是吧？”颜小婉说完看着谢君洛，示意他不要废话，赶紧走。

“是啊，伯父，我平时是挺忙的，不过今天既然来了，也不差这一顿饭的时间。”谢君洛说完还故意对颜小婉露出一个“你能把我怎么样”的表情。

“好啊，那就在家里吃个饭。”颜大军很开心，“小婉，快去买几个好菜，晚上我要大展身手。”

“爸……”

“别磨叽，快去。”

4

破旧的三层楼老房子，有些年头的红木桌椅，收拾得干净整洁的院落种满了各种各样的盆栽和花草，几株剑兰并排列在墙角，给这座朴素的房子增添了几分雅致。

谢君洛双手插在口袋里，环视了一下眼前的场景，他想过颜小婉家的条件不好，却没有想到这么差。

在凤栖山他故意把别苑设计得破破烂烂，他没想到颜小婉的家也没比那座破旧的房子好到哪里去。

厨房里颜小婉在帮忙洗菜切菜，颜柏森拿着手机走过来说：“阿柒，要不要来玩两把？”

颜柏森在玩现在最流行的手游《灵狐有约》，谢君洛瞟了屏幕一眼，游戏里的一只红狐狸特别萌。

“我没玩过。”谢君洛很谦虚地说。

“没事，我带你打。”颜柏森用大神般的口气说道。

谢君洛也不好推辞，只能拿出手机和颜柏森一起玩，谁知道谢君洛仿佛一路开挂，连赢了好几局。

“你这是第一次玩？技术也太好了吧？”颜柏森不可置信地喊。

“是你教得好。”谢君洛很给颜柏森面子。

“有前途，以后你经常来，我们一起玩。”颜柏森没想到这个有钱人家的少爷居然这么识趣。

“打游戏的男人有什么出息？”颜小婉端着菜走出来，训斥颜柏森时的架势就像一个恨铁不成钢的妈妈。

“你怎么在帅哥面前也不注意形象？难怪没人喜欢你。”颜柏森给颜小婉使了一个眼色。

“谁说没人喜欢我啊！喜欢我的人不要太多哦！”颜小婉不服气地应了一句。

“谁信啊？”颜柏森努努嘴。

“我信。”在旁边玩游戏的谢君洛突然接话道，他抬起头，“小婉在学校可多人追了。”

“就她？不会吧？”

“我就是婉婉的追求者之一……”谢君洛笑着说，似真似假。

“婉婉？”颜柏森听到这个称呼眼睛都直了，和颜小婉第一次听到的时候表情一模一样。

“谢……谢老板，能不能别乱说话？”颜小婉把菜放在桌子上，瞪了谢君洛一眼。

还好颜大军没有听到这句话，否则肯定和她没完没了。

颜大军陆续开始上菜，锅包肉、小鸡炖蘑菇、白菜炖老豆腐、拔丝香蕉、猪肉炖粉条、三丁茄子、肉丝大拉皮，全是地道的东北菜。

颜大军虽然二十年前来到江南，但是无论是说话还是做菜，还是保留着东北的习惯。

所有菜上桌后，颜大军洗了洗手，摘下了围裙，从柜子里拿出两瓶珍藏的米酒。

“阿柒，都是些粗茶淡饭，你别客气。”颜大军热情地招呼谢君洛。

“已经很丰盛了。”谢君洛非常有礼貌。

“我们小婉在学校承蒙你照顾，我之前让她请你到家里来坐坐，她一直说你忙。”颜大军把酒给谢君洛倒上。

“我好像没有听她和我提过。”谢君洛转头瞟了颜小婉一眼。

“小婉，你没说过？”颜大军瞪向颜小婉。

“我说了，是我们老板太忙，贵人多忘事呢。”颜小婉在桌子下面踩了谢君洛一脚。

“对对对，和我说过，是我忘记了。你看我这记性。”谢君洛皱眉，可怜巴巴地说。

“无妨无妨，反正你能来就是我们的荣幸。”颜大军给谢君洛倒上酒，“今天太忙都忘了问你大驾光临是有什么事情吗？”

颜大军上午正在愁眉苦脸，结果走进来一位帅哥，说找颜小婉，颜大军让他先等一下，没想到他就开始帮忙招呼客人，更没想到的是他做的咖啡特别香，加上他的俊颜，一下子就吸引了很多客人，后来在聊天中得知这位帅哥竟然就是颜小婉的老板。

“我今天的确是有事前来。”谢君洛放下碗筷，态度认真地看着正在吃饭的颜小婉，“我和婉婉之前提过的一件大事。”

“你不会眼瞎和我妹妹在一起了吧？”一直没说话的颜柏森突然说道，“啊……颜小婉，你踩我干吗！”

“颜柏森，你不说话没人当你是哑巴。”

“那他干吗请你去做事，还付那么高工资啊。”颜柏森皱眉说。

颜柏森这么一说好像并没有什么不对，本来颜大军完全没有往那方面去想，被颜柏森这么一讲倒是觉得好像有点儿道理。

颜大军放下酒杯，神色凝重地看着谢君洛：“阿柒，你真的和小婉在一起了？”

“伯父……”

“小婉如果真的能找你这样的男朋友真是几辈子修来的福气啊，祖宗保佑小婉找到一个这么优秀的女婿。”颜大军紧紧握住谢君洛的手，表情非常激动。

这个套路不对啊，颜小婉明明记得颜大军才警告过她如果她大学期间谈恋爱就打断她的腿啊，现在这个态度是几个意思？

“爸，我怎么可能和他在一起啊？你这不是把你闺女往狐……火坑里推吗？”颜小婉差点儿说出来“狐狸”两个字。

“你怎么身在福中不知福呢？阿柒能喜欢你，你就烧高香吧，你还有意见？”

“我……”

“伯父，我这次来并不是为了这件事。”谢君洛开口道，缓和了现场尴尬的气氛，“是这样的，小婉和我说过这家咖啡店对你来说有着特别的意义，我也考察过，觉得这家咖啡店非常有商业价值，所以想给你们注资。”

“注资？”颜家三口人同时脱口而出。

“我看过你们的咖啡店，其实环境和位置都挺好的，就是差点儿装修和宣传。”谢君洛说得很婉转，其实大家都知道，他们咖啡店的位置和环境都不怎么样。

颜小婉看着他，她什么时候和他说过她家咖啡店的事了？这狐狸到底想要干吗？

“要是亏了怎么办？”颜大军比较关注这个问题。

“我是这样计划的，如果亏了还是算我的。赚了您只要把本钱和红利给我就行。”谢君洛态度恭敬，好言好语地回答。

“这样你不是很吃亏？”颜柏森吃惊，不是傻子干不出这事啊。

“我们家什么都没有，就是钱多。”谢君洛云淡风轻地说道。

“哇，有钱人就是不一样。啧啧啧，这口气，这气度。”颜柏森感叹。

“有钱了不起啊，来我们这装什么大款。哼，我们不接受！”颜小婉不屑地说。

“小婉，闭嘴。”颜大军瞪了颜小婉一眼。

“阿柒，虽然我和你很投缘，但是俗语有云，无功不受禄，我们不能接受你这么大的恩惠。”颜大军做事还是很有原则的。

“伯父，可否借一步说话？”谢君洛郑重地说道。

颜大军和谢君洛两个人走到院中天井旁去讲私话，避开了颜小婉和颜柏森。

“他什么意思啊？难不成有什么秘密不能让我们知道？”颜柏森看着在院中说悄悄话的两个人，推推颜小婉问。

“无事献殷勤，非坑即黑！”这狐狸的本事她可是领教过了，此刻她只是希望爸爸能明确拒绝他，千万别被他蛊惑。

两个人耳语了一番，颜大军的表情从凝重到震惊，最后转为喜悦，等到回来的时候仿佛换了一个人。

“好啦，我已经和阿柒商量好了，从现在开始，他就是我们颜色咖啡店的最大股东了！”

“不会吧？”颜小婉第一个表示不相信，这只狐狸到底偷偷摸摸和爸爸说了什么，让他放弃了自己的原则。

“小婉，以后不论是在学校还是在家里都要听阿柒的话，知道吗？”

“不是……这是怎么回事？”颜小婉蒙了。

“阿柒，我们继续喝酒。商量商量我们咖啡店后续的安排，今天啊，不醉不归！”颜大军兴冲冲地给谢君洛倒上酒。

颜小婉看着颜大军就这么轻易地被谢君洛拿下，无法置信地愣在原地。

最后一块清净地都被谢君洛这只狐狸给占领了！这是要逼疯她的节奏吗？

5

周日，谢君洛又准时出现在颜小婉家的咖啡店里，这次来的不只有他，他还带来了小山和樊大叔。

“这是我家表弟小山和表叔樊楚，咖啡店装修的事情由小山全权负责。樊叔擅长厨艺，负责研究新的点心和咖啡。”谢君洛拿出一份企划书，“这是咖啡店整改的企划书，装修的方向，菜品的修正，以及宣传的方案都写在上面了。你们看看还有什么需要修改的。另外，钱我已经打到伯父的账户上了，如果不够你可以和我说。”

“颜大叔你好，我是小山，从今天开始装修的事情就由我来负责。”小山乖巧地说。

“我就是负责几个小点心。”樊大叔搓着手说。

“你们费心了。”颜大军客气地说。

“不费心，小婉是自己人，这都是我们应该做的。”

樊大叔挥挥手，颜小婉想到他平时研究的黑暗料理，对他的手艺表示质疑。

颜大军接过厚厚的企划书，一页一页地翻阅，并赞不绝口道：“不错不错，阿柒你办事真是太迅速了。我也看不懂这些内容，反正都听你的吧，我相信你的能力。”

谢君洛很快把企划书的内容落到了实处。

当天下午就有一群装修工模样的大汉出现在咖啡店，他们个个都瞪着铜铃般大小的眼睛，灰色背心，四肢健硕，一来就开始干活。

小山在一旁指挥，忙前忙后的，谢君洛悠闲地在吧台做拉花咖啡，颜小婉站在角落里默默地把玉佩放在眼前，顿时就看到了那些工人们的真身。

尖尖的牙齿，短小的耳朵，身上是灰色的绒毛，四肢纤长，干活利落。

像狗，又不像她经常看到的狗。

“喂，这是什么品种？”颜小婉踱到谢君洛身边悄声问道。

“灰狗。最擅长搭建房屋的部族。”

“尝尝，颜小婉专属咖啡。”谢君洛把一杯咖啡推到颜小婉面前。

咖啡的上方立着一个3D立体的狐狸，白色奶油泡沫做成的狐狸造型栩栩如生，活灵活现，和真的一样。

“无聊。”颜小婉拿过咖啡，一口把上面的狐狸吞了下去，“你要推出的新款咖啡呢？”

“在这里——凤栖山特色金叶咖啡。”谢君洛把另一杯咖啡放到颜小婉面前。

金色叶片的图案，虽然树叶造型并没有多特别，可是那片树叶金光灿灿，十分绚丽。

“不就是一片树叶吗？有什么特别？”

“别小看这片树叶，它可是即将要上市的主打新品。”谢君洛神秘地说。

“大家试试我新研制的糕点。”樊大叔从厨房里端出几份不同样式的糕点。

樱花枣泥糕做成粉色花朵的造型，通透的水信玄饼放在绿色的树叶上，奶黄色的椰汁桂花糕晶莹剔透，马蹄糕做成云朵造型。

全是经典的传统糕点，和咖啡店现有的西式蛋糕完美融合。

鉴于樊大叔平时做食物的水平，颜小婉好奇地拿了一块桂花糕放到嘴里，小心翼翼地尝了一下，味道清新，甜而不腻，齿颊留香。

“好吃吧？”樊大叔笑着问颜小婉。

“好吃，樊大叔，原来你手艺这么好，可是平时为什么做得那么难吃？”

“樊大叔平时的饭菜又不是做给你吃的。”谢君洛的意思很明显，那些是为特殊的“人”准备的食物，自然口味不同。

“不错不错，很不错！”颜大军从咖啡店外面走进来，环顾了一下四周，“小山，你这些伙计干活太利索了，又快又好，这才一下午的工夫就装修了这么多，真是不可思议。”

“是啊，他们别的不会，就是搬搬抬抬很厉害。”小山谦虚地应声。

“这是什么？好漂亮。”颜大军看到桌子上的糕点，拈起一块吃了一口，刚放到嘴里就忍不住称赞，“哇，也太好吃了吧，这是哪里来的大厨，太厉害了！”

“我这手艺当年可是和御厨学过，好吃是肯定的。”樊大叔也不谦虚。

“御厨？”

“咳咳咳。樊叔的意思是，和大厨学的。”颜小婉怕爸爸发现异常，赶紧解释。

“颜伯父，我估计装修一周就能结束，樊叔会把制作这些东西的方法教给伯父，宣传方面我会着手让人发一些传单到附近的院校，如果不出意外，大概在十天之后就可以重新开张了。”

“阿染，你这哪是利索啊，你这是光速啊。”颜柏森吃着糕点、喝着咖啡称赞。

“阿染，等开张之后，伯父真的要好好谢谢你，你真的帮了伯父一个大忙。”颜大军神采飞扬，一掌拍在谢君洛的肩上。

“小婉的事就是我的事，颜伯父你不用太客气。”

“以后伯父就不和你客气了，把你当自己家人了啊。有事没事就过来坐坐，伯父给你做打卤面吃。”

“好说好说。”

“……”

颜小婉看着一屋子其乐融融的景象，感觉自己像是一个外人，谢君洛以迅雷不及掩耳之势占领了她家的领地，就连一碗打卤面都没放过。

6

颜色咖啡店持续装修了一周，樊大叔和小山每天跑前跑后，谢君洛还是照常到千书阁教她功课和武功。

颜小婉也问过谢君洛为什么要给她家快要倒闭的咖啡店注资，他的回答是，随便找点儿事情打发时间。

他说得轻描淡写，但是颜小婉知道他是有意帮她解围。

没多久谢君洛去颜色咖啡店做咖啡的视频和照片被人发到网上，又有人开始联想颜小婉和谢君洛的关系，最八卦的梅林也几次三番来问颜小婉，特别是上课的时候，所有同学都在仔细观察颜小婉和谢君洛的互动。

好在谢君洛在学校出现的时间不多，在大家能看到的地方几乎和颜小婉都没有互动，所以这个谣言一直是谣言，虽然传得沸沸扬扬，却没有被人证实。

颜小婉感觉自己的生活从遇到谢君洛开始就没有一步在她的预计之中，而且她到现在还摸不清谢君洛缠上她的真正目的是什么。

如果说是骗婚，她一没长相，二没钱，三情商智商都不在线，实在是没有一点儿可图的地方，但是如果没有所图，他又是付她工资又是注资她家咖啡店是为了什么？

总不能是因为看中她力气大会武功吧？

一周后，咖啡店终于装修完毕，谢君洛在门口挂上一句宣传语：颜色咖啡店，一家让你考试不挂科的咖啡店。

还有一句宣传语也很特别：还在为考试发愁吗？还在为挂科烦恼吗？买十杯咖啡送一片考试包过的金叶，不过不要钱。

印着这样的豪言壮语的宣传单被发到了颜色咖啡店附近的院校，大家开始都抱着好玩的心态前来。

正值期末考试，考生都在为考试烦恼，这时候，颜小婉家的咖啡店推出了考试包过的咖啡，不管有用没用，很多对考试没把握的人都会来买一杯试试。

一时间颜色咖啡店的客人络绎不绝。

更神奇的是，那些拿到金叶子的人，考试真的都过了，就连平时成绩很差的人也都顺利考过。

这件事一传十，十传百，很快临江所有院校的学生都知道了，颜色咖啡店也因此名声大噪，成为临江市最有名的咖啡店，每天来求金叶子的人络绎不绝，后来演变成从半夜开始就大排长龙，早上一开门金叶子就被抢光了。

咖啡店的营业额不断上升，颜大军每天收钱收到手软。

还有很多求不到金叶子的人私下来找颜小婉以高价求一片金叶子。

颜小婉苦恼地说她没有金叶子，人家还觉得是她小气。

她真是有苦说不出，这些金叶子都是谢君洛拿来的，就是不给她用，如果她有金叶子，她肯定第一个给自己用上啊，何必还让谢君洛给她补课。

“你的金叶子真的这么有效果？”颜小婉忍不住问谢君洛。

“那是自然，我在这些金叶子上都施了法，考试包过。”谢君洛把金叶子一片一片装在透明的包装袋里。

“可是这样下去，会不会都没有人愿意读书了？”颜小婉有些担心。

“婉婉，我发现你越来越聪明了。”谢君洛点了点她的鼻子，“你放心，这个活动很快就会结束的。”

“那结束以后，生意会不会变差？”

“我们要对我们的食物和产品有信心。”谢君洛安慰她。

可是颜小婉最担心的事情还是发生了，那些拿到金叶子的人，虽然考试都过了，却都得了一种病，全身发红发痒，医院也治不好。

起初是一两例，后来越来越多，看皮肤病的人把临江医院的门都挤爆了。大家起初并不知道是什么原因，后来很多人在医院聊天，发现这些得病的人都曾经在颜色咖啡店买过送金叶子的咖啡。

大家才知道症结所在是那片金叶。

得病的人集合到一起，来到咖啡店闹事，说如果不治好他们的病就要让他们停业。

咖啡店从开始的人气鼎盛，一时间变成了人人喊骂，甚至有传言说，颜色咖啡店里有妖法。短短两个月的时间，咖啡店经历了大起大落，颜大军急得团团转，只好让颜小婉去找谢君洛帮忙解决。

7

“你说，是不是你捣的鬼！为什么那些拿了金叶子的人都会全身发痒？”颜小婉来找谢君洛兴师问罪。

“这真的不是我的问题。”谢君洛摊手。

“那是谁的问题？”

“我带你去个地方，你看看就知道了。”

谢君洛从口袋里拿出一本书，抛向空中，千书门又出现在颜小婉的眼前，两个人驾轻就熟地走了进去。待从千书门里出来，他们已经来到一间游戏室的门口。

游戏室里很多人在打游戏，有个男生正双眼通红地死死瞪着眼前的一台游戏机，颜小婉发现这个男生的头顶上有一片灰色的乌云，照得他脸色灰暗。

男生的脚边，站着一个七八岁大的小男孩，他长得圆润结实，四肢粗壮，耳朵短短的，肚子特别圆，大冷天只穿了一件黑色的皮夹克，似乎也不怕冷。正在贪婪地吸食男生头顶的那一片乌云。

颜小婉看仔细了，那个男孩的嘴长得和别人特别不同，是尖尖短短的。

“这是？”

“刺猬妖。”谢君洛淡淡地说。

“他在干吗？”

“吸食懒人身上的气息。”谢君洛悄声说。

“还在这儿打游戏？马上要考试了我看你怎么办！”打游戏的男生旁边有个同学替他焦急。

男生从口袋里拿出一片金叶子，自信地说：“怕什么，我有这片考试必过的金叶子。”

“你还敢用啊？人家说用了金叶子的人，都得了皮肤病了。”

“怕什么？只是痒又不会死。”男生说得轻巧，把金叶子放在眼前摇晃。

他头顶上的乌云在这样的晃动下被吹散了，那刺猬妖发现美味没有了，很生气地停了下来。

只见他嘟着嘴，气呼呼地看着那个人手上拿的金叶子，抱住那个男生的大腿就狠狠咬了下去。

“哎，哎，哎……你个死小孩干吗咬我！”男生被咬非常生气。

刺猬妖被男生拉开，一道不深不浅的牙印留在他的腿上。

“哪里来的小鬼。牙齿怎么这么尖！”男生想打他，但看他是一个小孩子，想想还是算了，生气地走出了游戏厅。

“又是这片金叶子，害我天天吃不饱，气死我了！”刺猬妖摸着自己圆滚滚的肚子，“让你们用金叶，痒死你，痒死你！”刺猬妖挺着肚子叉着腰，气鼓鼓的脸蛋像个球，非常可爱。

颜小婉本来还挺怕刺猬，但看他这样忍不住笑出来。

“就是这个小孩在搞事？”颜小婉不敢相信是这个小孩在捣乱。

“他可不是小孩，只是长得可爱而已。”

“我们现在要做什么？收了他？”

“不，先跟着他。”

谢君洛这句话刚说完，从袖中拿出一片红色的枫叶：“这是隐身叶。”他把红色枫叶贴在颜小婉的身上，很快，两个人的身体就成了透明的。

刺猬妖气鼓鼓地朝外面走去，他们一路跟着，他走了两条街，穿过几条小巷，最后停在一条巷子的尽头。

那是一条空无一人的小巷，却意外地很干净，尽头是一面紫色的墙壁。刺猬妖在那面紫色的墙壁前面停了下来，敲了三声，墙上顿时出现一个像手印的旋涡，刺猬妖把手放在旋涡里，不一会儿墙壁一分为二，像推拉门一般朝着左右两边移开，刺猬妖大摇大摆地朝里面走了进去。

颜小婉和谢君洛也赶紧尾随其后。

紫墙后面，是另外一片天地。

街道上金光璀璨，一条金砖大道一眼望不到头，街道两边的店铺全都用足金打造，嵌上祖母绿、碧玺、孔雀石等天然玉石做点缀，房顶用紫色的翡翠作瓦，连窗户都是用灵碧玉打造，看上去毫无美感，像是珠宝的大杂烩，但是每一样东西都价值连城。

整条街只凸显了一个词——奢华。

有很多小二模样的人站在自家的店门前吆喝：“上等宝器，便宜又好用，增加法力，增进修为，买不了吃亏买不了上当……”

“金英古玩市场？”颜小婉盯着最前面的牌坊上写的几个字，不敢相信这里是卖古玩的，“我怎么没听说临江有这么个地方？”

“你自然不知道，这里只做妖的生意。”谢君洛看起来对这里很了解。

刺猬妖一边吃着鸡腿一边大摇大摆地走进中间最大最气派的一间店铺。

“叫你们少主出来！”刺猬妖站在客厅，用力地跺脚。

“您先少安毋躁，我这就去叫。”店里的小二不敢怠慢，赶紧上楼。

“哎呀，贵客你终于来了啊，是不是吃好了想和我回去啦？”从楼上走下来一个人，穿着云纹图案的紫色外衫，还带着一身浓重的香气，紫色的头发束起来，用油涂得一丝不苟。

他手里拿着一面翡翠雕花镜，估计是照镜子时被人喊下来，却还舍不得放下镜子，可见他有多臭美。

颜小婉抬头一看，那是一张她永远也不会忘记的脸。

在凤栖山给她一把刀，差点儿害死阿柒的紫华。

“紫……”

“嘘……”颜小婉睁大眼差点儿叫出声，还好被谢君洛压下来了。

“回什么呀，我都没吃够！”刺猬妖不满意地抱怨，特意捏着自己的下巴说，“我的双下巴都没有了！手臂也瘦了一圈！而且每天都好饿！”说完就在地上打滚，像一个不满意的熊孩子。

“不对啊，我给你找的全是又懒又贪的人啊，你不应该变瘦啊。”紫华看着刺猬妖也是奇怪。

“你还好意思说，我每次吃一半，他们就拿什么金叶子出来，把我的食物全都弄没了！”刺猬妖吃完最后一根香蕉丢在地上，“我看这金叶就是你们搞的鬼！一边说给我吃好吃的哄我跟你回去，一边用金叶害我！”

“我怎么会干这种事呢？我们的宝贝都只能给妖灵使用，给人是不管用的。”紫华难得对别人赔笑脸。

“你不就是想抓我回去吗？我告诉你，我们的合作到此结束！我自己出去找吃的，再也不要你帮忙了！”刺猬妖人虽小，却不是那么好哄的，撂下这句话就走了出去。

“哎，哎，你别走啊！有话好好商量嘛……”紫华追了出去，没想到刺猬妖一个后踢，直接把紫华踢了回来。

紫华整个人摔了个嘴啃泥，店中一位大叔慌忙去扶他，谁知他爬起来的第一反应竟是拿镜子照自己的脸。

“我的脸啊，蹭破了一块皮啊！管家，快把我的冰肌膏拿出来！”紫华急得大喊。

“是是是，少主。”管家赶紧从腰间拿出一罐金光璀璨的药膏递给紫华。

“这只刺猬，真是敬酒不吃吃罚酒，看我做个宝贝收拾他！”紫华坐在云毯上，涂着药膏生气地说。

“少主千万不可动怒，这刺猬法力高强，您可不是他的对手。”管家劝说道。

“真是气死我了！你说我们紫狸一族，有钱有长相还能做宝贝，怎么在法力上就是全妖族最差的呢？这公平吗？你看那臭狐狸一族，他们凤栖山都穷成啥样了？偏偏仗着自己法力高强，都傲到天上去了。”

颜小婉听到这儿特意看了谢君洛一眼，谢君洛倒是习以为常，微微一笑。

“刚刚那刺猬说，有种金叶子在人界流通，能驱散人的懒气，难道刺猬妖已经被红狐少主发现了？”管家在旁边说。

紫华听到这里，似乎非常紧张：“不行，要是让阿柒抓到那刺猬，我三叔就惨了，我一定要赶在他之前把这件事摆平。”

“可是那刺猬已经和我们闹翻了。”管家擦了擦额头上的汗。

“去请巫满来，把他解决了……”紫华目光一冷。

“我们走……”谢君洛拉着颜小婉走了出去。

从金碧辉煌的古玩市场走出来，谢君洛一直没有说话，直到穿过那道紫色的墙壁，谢君洛才取下颜小婉身上的叶子。

两个人又恢复了正常的身体。

“果然是紫华在背后搞鬼。”谢君洛冷冷地哼了一声。

“紫华和刺猬妖有什么关系？”颜小婉问。

“先解决你们家咖啡店的问题，我再和你慢慢说。”

“怎么解决？”

“我们一定要赶在巫满来之前把这妖给抓了，否则那些人的病就永远不会好。”谢君洛眉头紧锁。

“啊，这么严重？”

“对，那只刺猬妖现在肯定在疯狂地找食物，如果他再找不到合适的食物，我怕他会做出更疯狂的事情来。”看谢君洛的表情，收服这只刺猬妖迫在眉睫。

“他会做什么？”

“让那些人的病痛加重，甚至死亡。”

“这么严重？”听到这里颜小婉更害怕了，“那我们应该怎么做？”

“晚上八点，千书阁集合。”谢君洛看看表，“我先去开个会，我们晚上见。”

“这次不会又让我一个人上吧？”

“婉婉，真聪明！”谢君洛冲颜小婉眨了下眼，转身从她眼前消失了。

8

当天晚上颜小婉被谢君洛带到一家人气很高的网吧。

网吧里面都是打游戏的人，整个环境乌烟瘴气的。谢君洛一进去就在网吧周围布了一层结界，使网吧里的人看不到谢君洛和颜小婉。

谢君洛在网吧的桌子上和角落里放满各种零食和水果。

“一会儿你坐在07号包间，刺猬妖贪吃，又爱吸食懒气，我们只要把懒人和食物都摆满，肯定能吸引他来。他待会儿会一路走一路吃，等吃到07号包间的时候，你把这个兽笼套到他身上，再拿起笼子用力摇三下，他就会变成一只小刺猬，你到时候再将他放入香囊里就行了。”

“为什么还要我去呢？你这么熟悉流程，你上不就行了吗？”

“不行，我救了你两次，现在身体都没恢复呢。”谢君洛狡黠地回答，把一个藤编的笼子交给颜小婉，“我会在包厢外面帮你看着，千万别紧张。”

颜小婉看他生龙活虎的样子，哪里像身体没恢复！他就是故意要她一个人完成这件事。

不过这件事毕竟关乎到自家的咖啡店，她要是不去，就真的无法解决。

为了颜大军，为了咖啡店，她硬着头皮也要上了。

有了上次的经验，她这次明显淡定了许多，她将笼子放在左边的座位上，用一块布盖着。

她打开电脑，为了缓解紧张情绪，她打开一款叫《灵狐有约》的当红网游，用打游戏来消磨时间。

突然，一阵风吹来，谢君洛在游戏里给她发私信：来了，准备。

刚刚松懈的心蓦地就揪了起来，颜小婉的手还放在鼠标上，就听到外面传来不停吃东西的声音。

刺猬妖吃东西的声音很大，可能他真的饿坏了，他一边吃零食，一边吸食这里的懒人散发的气息，非常满足。

最后他被颜小婉包厢里那碗热气腾腾的炒面吸引住了。

这碗面是谢君洛特意让她等刺猬妖来的时候才打开的。

面放在电脑旁，刺猬妖伸出手，够了半天也够不到。

“姐姐，你这碗面可以给我吃吗？”刺猬妖摆出一副天真的表情问道，声音是奶声奶气的娃娃音。

颜小婉转过头，刺猬妖扬着天真可爱的脸看她，圆鼓鼓的脸上荡漾着无辜的笑容，非常乖巧讨喜的样子。

如果不是颜小婉知道他是刺猬妖，这会儿肯定要被他萌化了。

“给你吃吧。”颜小婉假装被他讨好，把面拿下来放到他面前，“就坐在姐姐身边吃吧。”

“好香啊。”有了吃的，刺猬妖也没有想那么多，拿起来大口大口地往嘴里送。

电脑上，谢君洛私信提醒：现在动手。

颜小婉趁他吃得正香，掀开左边的布，拿起那个笼子，笼子在她的手里变得巨大，刺猬妖正吃得起劲，根本没想到颜小婉要拿笼子抓他，等他发现的时候已经来不及了。

包厢门已经被关了起来，颜小婉拿过笼子迅速套在刺猬妖的身上。

刺猬妖一进笼子，就变成了一只小刺猬，还在拼命挣扎。

“姐姐，放过我吧，求求你放过我吧。”那刺猬妖在笼子里竟然流下了眼泪，“我就是想吃点儿东西，我没有害人。”

刺猬妖哭得非常可怜。

“小婉，不要听他的，快点儿把笼子口封好，用力摇三下。”谢君洛在门外提醒她不要心软。

“可是……”颜小婉在迟疑的时候，刺猬妖突然裹成一团，用背部的刺狠狠地扎在颜小婉的手背上，她一吃痛，松了手，笼子掉在地上。

刺猬妖借机就要往外钻。

颜小婉吓得赶紧捡起笼子，把刺猬妖已经伸出来的头生生地按了回去，这次她没有犹豫，拿起笼子在手上用力地摇了三下，刺猬妖便不再挣扎，晕了过去。

谢君洛打开包厢门走进来：“你刚刚一念之仁，差点儿害了他。”

“为什么？”颜小婉不懂。

“这刺猬妖本不是什么恶灵，但是法力高强，如果在收服途中被他从这笼子里逃脱，那他就会变成恶灵，出去胡乱伤人，这全网吧的人恐怕都要遭殃。”谢君洛解释。

“这么险啊……那现在没事了吧？”还好她刚刚够机灵，要不然现在犯下大错了。

“没事了，你把他放到你的香囊里，让他好好睡一觉吧。”

颜小婉打开香囊的束口，笼子连同那只刺猬妖一起被吸入香囊里，很快香囊又变成手掌大小，挂回颜小婉的腰间。

外面有一阵阵风吹来，谢君洛推开窗，颜小婉探头看了下去。

紫华带着一群人站在网吧楼下。

一位满头小辫子，身穿兽皮的老者对着紫华说：“刺猬妖已经被红狐少主捷足先登抓住了。你还是回去和你父亲商量一下到东亭族请罪吧。”

第十章·金叶诀（下）

1

谢君洛把颜小婉带回了千书阁。

千书阁内今日无人，颜小婉想起上次带沐桃回来渡化，千书阁内也是如此空寂。

谢君洛从怀中拿出一片金叶子，拈在手中，轻轻地念了个诀。

金叶子晃晃悠悠地飘向书架，像是一台搜寻器一样自动在书架上搜寻起来，一会儿便停在了一本书的前面。

谢君洛走过去，把那本书抽出来，像上次一样放在地上，慢慢地将书翻开，在书上摆上一支红烛，蜡烛燃烧的瞬间那本书开始变大，一道黑白的光从书中漫出，变成一个透明的空间。

“小婉，打开香囊。”谢君洛说道。

颜小婉打开香囊，笼子飞了出来，落到谢君洛的手上。

谢君洛把笼子打开，那只小刺猬落到了书上，变成了人形。

“抓我的是何人？”刺猬妖开口问，声音已经不似孩童。

“红狐谢家老七，谢君洛。”谢君洛自报家门。

“我就说区区一个凡人怎么使得动这乾坤笼，原来背后是红狐谢家的少主。”刺猬妖看了颜小婉一眼。

“别看我，我也是帮人打工的。”颜小婉赶紧解释。

“不过区区三百年，红狐一族竟落到需要凡人相助。可悲啊，报应啊。”刺猬妖很高兴地说。

“他怎么那么幸灾乐祸？感觉对你们很不满啊。”颜小婉小声和谢君洛嘀咕。

“你拿金叶引我，不就是为了灵鸾石的碎片吗？不过很可惜，我不是恶灵，你即使渡化了我，也没有碎片。”刺猬妖对谢君洛的态度恶劣，仿佛早就看不惯他了。

“你不是恶灵如何进的生死间？”谢君洛皱着眉头问道。

“我进生死间，是你们红狐族的错！”刺猬妖声音拔高，这件事看来对他打击不小。

刺猬妖在愤怒中开始说他的故事。

2

刺猬妖的名字叫佑楠，在三百年前，刺猬是所有妖族里面最不被喜欢的族群，因为他们懒惰、贪吃，又不爱劳作，仗着自己天生的优势到处欺负人，还跑到人类的菜园里面去偷吃，破坏力极大，所以名声一直不好。

佑楠是个孤儿，刚出生就被丢弃在一棵老槐树下，槐树精对他很慈爱，拿山里的野果养着他，因为被槐树养育，佑楠和普通的刺猬妖不一样，他不仅不懒惰，而且非常勤劳、善良，从来不吃肉，只吃蔬果。不仅如此，他还经常把那些破坏菜园的坏刺猬赶跑，为此佑楠得罪了很多同类，他们都说他被槐树精教坏了。

可是佑楠并不在意，他觉得只要自己问心无愧就好了，不用在乎别人怎么想。

佑楠一百岁的时候，他的身体渐渐开始发生变化，腮帮子鼓起来，嘴巴变得又尖又长，肚子鼓鼓地挺着，走路都习惯性地弓着身子，这是刺猬一族修炼成了人的外形。

在刺猬族，所有的刺猬都不想修炼成正常的大人，因为刺猬成人的模样都是獐头鼠目，非常不讨喜，所以他们若想要保持小孩儿的人形，就要修炼一种叫“收惊”的法术，修炼这种法术需要在人界寻找一些七八岁的可爱小孩，趁他们不备出现在他们面前，小孩被吓到后会有一瞬的恍惚，刺猬妖趁着小孩恍惚之时吸取孩子天真的灵气，这些灵气可以使他们一直保持七八岁孩童的可爱模样。有一些被吓到的小孩因此变得特别敏感脆弱，只要遇到旁人大声说话就会害怕得大哭。

因为刺猬妖总是破坏菜园又对小孩不利，所以在凡界的郡县都贴出了抓捕刺猬妖的公文，刺猬妖成了人类特别痛恨的一个妖族。

佑楠并不想修炼那个需要吸收孩子灵气的法术，所以他只能接受自己的身体一点点地变大、变丑，他身体越来越胖，脸越来越丑。在妖界像他这么丑的刺猬妖并不多，大多都是可爱的孩子的模样，他们嘲笑佑楠，更没有人愿意和他做朋友。

佑楠很孤独，好在有老槐树一直陪着他，每当他孤独难过就会找老槐树倾诉，老槐树总会像位慈爱的母亲一般，用它的树枝包裹着佑楠，给他安慰。

老槐树修炼了千年，终于到了它羽化飞升的日子，佑楠尽管很不舍，还是要送别老槐树。老槐树走之前佑楠跪在老槐树面前，泣不成声。

老槐树慈爱地抚摸着佑楠的头说：“佑楠，我只希望，你可以一直做个好人。”

老槐树飞升了，佑楠在老槐树离去的空地上睡了三天三夜，等他醒来的时候，他做了一个决定，决定下山去人界生活。

他幻化成人的模样来到一个小县城，想找份简单的活计，但是由于佑楠长得难看，吃得又多，根本没有人雇用他。

佑楠在小县城转了三天，饿得晕头转向，在他又饿又渴的时候，他看到了一片果园，当时烈日当头，佑楠实在是饿得难受，于是翻到果园里偷摘果子吃，那些果子真的很涩很难吃，可是快饿晕的佑楠根本没有别的选择。

正当他大口大口地吃着，没想到被果园的主人家发现了，一群人拿着棍子打了他一顿，饿得没力气的佑楠只能蜷缩成一团任由他们打骂，后来幸好有个老婆婆出来帮他解围，说是她请佑楠来果园帮忙的，那群人才骂骂咧咧地走了。

这位老婆婆就是果园的主人王妈，打他的是王妈的儿子。

王妈不仅没有怪佑楠偷她的果子，还给佑楠拿来了跌打药。她看出佑楠饿了，还给佑楠煮了很多玉米和土豆。佑楠大口地吃着食物，王妈在旁边慈爱地说："慢点儿吃，还有。"

佑楠挤在王妈那个漏风的茅草屋里，第一次感受到人类的善意。

佑楠骗王妈说他乡里的人嫌他丑，把他从家里赶了出来，他到这里想找份事情干，却没有人请他，他太饿了，才会偷果子吃。

王妈非但没有怪他，还说如果他不嫌弃就留在果园里干活，虽然没有工资，但是可以有吃不完的玉米和土豆。

从此佑楠就留在王妈的果园里帮她种水果，佑楠别的不行，但是照料果园很有一手，无论是西瓜、水蜜桃、杨梅，只要适合这片土地生长的水果，佑楠全都种了个遍。他每天起早贪黑地干活，把整个果园打理得井井有条，不仅如此，他还帮王妈重新盖了一座土房子。

日子久了，佑楠才知道王妈是个苦命人，她年轻的时候嫁给了一个赌鬼，赌鬼天天打她、打孩子，从来不给家里一分钱。王妈靠种果树、做针线活养活自己和孩子，好不容易盼到孩子大了成家了，王妈把所有的积蓄和家当拿出来给了儿子，她以为从此要过上好日子了，没想到没过两年，儿媳妇就开始嫌她只会吃，不会做，以浪费家里粮食为由把她赶出来了，为了不被邻里说闲话，她把王妈赶到这个荒废的果园，对外说是因为王妈住不惯县城里的房子，非要回到乡野，他们无从侍奉。

王妈心灰意冷，却从来不对外说儿子和儿媳妇的不好，别人只当她是个古怪、不懂得享福的老太婆。那天佑楠来偷果子的时候，正巧她的儿子和儿媳又来管她要钱，王妈说已经把钱都给他们了，自己再也拿不出了。谁知他们依旧不死心，闹得鸡犬不宁，后来看到佑楠在偷吃水果，正好拿他出气打了他一顿。

佑楠听了很替王妈难过，暗暗下决心一定要让王妈过上好日子，侍奉她终老。

佑楠干活更卖力了。到了丰收的季节，王妈家的果园大丰收，她的水果又大又甜，吃过的人都赞不绝口。很快他们的水果就卖完了，赚了一笔小钱。

王妈的儿子听说王妈的果园赚了钱，三天两头来找王妈要钱，这时候佑楠总会拿着一根铁棍凶神恶煞般地把那群人轰出去。王妈的儿子害怕佑楠，没再来找王妈的麻烦，两个人的日子倒也过得很滋润。

那是一段两个人相依为命的日子，一个老婆婆，和一只丑陋的刺猬妖住在了一起。

由于佑楠不练术法，他的身材越来越胖，长相也越来越丑，很多人都怕他，可是王妈从来不嫌弃他，还亲自为他缝制衣服，每次佑楠穿上王妈给他做的衣服，心里都感觉特别温暖，就像在山里的时候，老槐树拿树枝包裹着他的那种感觉。

那是母亲的爱吧，不论贫穷或者富有，不论丑陋或者愚钝，她都无条件地包容他、接纳他，令他温暖而安心。

佑楠帮王妈照料了三年果园，在当地渐渐有了名气，很多大酒楼和达官贵人家都特意到他们这里买蔬果。

本来他们的生活正在慢慢好起来，可是没想到，他们的光鲜却引来了邻居王二的嫉妒，王二开始故意接近佑楠，想套点儿种蔬果的诀窍。他隔三岔五去找佑楠聊天，还送好吃好喝的。佑楠善良，没有看穿王二的用意，以为他是真心和自己做朋友，便热情地接纳了他，告诉他种蔬果的方法。王二回去按照佑楠说的方法，种出来的菜依然没有佑楠种的好吃。王二因此非常生气，觉得自己被欺骗了。

王二决定套出佑楠的秘密，他把自家酿的陈年老酒拿出来，想让佑楠酒后吐真言。

王二带着酒，假装去找佑楠聊天。佑楠喝下酒，在迷迷糊糊中说出了自己是刺猬妖的事情。

佑楠喝晕了过去，在睡梦中现出了原形。王二发现佑楠真的是一只刺猬妖，他赶忙把这件事告诉了镇长。当时举国都在抓刺猬妖，又正巧那日有位得道高僧在镇长家做客，于是高僧自告奋勇说去收了这只刺猬妖。

当天晚上佑楠就被那高僧收了。王妈闻讯赶来，跪在高僧面前求他，说佑楠从未做过坏事，这么多年来都在帮她，是个好妖。高僧把邻镇刺猬妖害了孩子的事情告知了王妈，王妈一口咬定那不是佑楠做的，高僧摇摇头说："你已经被刺猬妖蒙蔽，无药可救。"

从此刺猬妖和王妈再也没有机会见面，他被关入了生死间。

3

佑楠说完这个故事，眼泪一直在眼眶里打转。

"王妈真是好人。"颜小婉忍不住感慨，"那王妈后来怎么样了？"

“后来？”佑楠抽了抽鼻子，“我走了之后，王妈的儿子找上门，把王妈的钱全抢走了，还霸占了她的果园，把她赶了出去。王妈走的时候，什么都没拿，只带着给我新做的衣服，她在雪地里走了很久，一直哭一直哭，最后抱着衣服，冻死在了雪地里。”

“哇——太惨了，太惨了……”颜小婉听到这里大哭起来。

谢君洛皱着眉头：“你从生死间出来之后，到处吸食这些懒人的懒气，使他们变得又傻又懒，是为了发泄心中的怨恨？”

“习惯不劳而获的人永远不会知道什么是付出，他们只会一味索取，榨干亲人身上的每一滴血汗，父母的养育对他们来说只是负累。我吸食的那些人，他们整天只会花父母的钱，从来不知道回报父母的付出，更不懂得感恩，他们活着就是吸血虫，直到吸尽他们父母身上的最后一滴血。”

“你吸食他们的懒气，他们很容易变成傻子，这样他们依旧是父母的累赘。”谢君洛说。

“傻子至少不会害人。”佑楠尖叫着，看得出他眼中的愤怒。

“刺猬小哥哥，虽然我挺同情你的，但是我觉得你把几百年前的仇恨放到现在，又去害无辜的人，不是很合理。而且我想你的槐树妈妈和王妈都不愿意看到你害人，她们那么善良，肯定希望你也是一个善良的人啊。”颜小婉说的这番话，虽然没有多深的寓意，可是她努力想表达的意思，还是很明确的。

“善良有什么用？善良只会被人欺负，被人利用！坏人才能活得长久！”佑楠很激动，他的心态已经扭曲了。

“佑楠，你若有悔意，救治那些生病之人，我可以网开一面；若你没有悔意，我只能将你消鼎处置。”谢君洛说道。

颜小婉经过上次沐桃的事情，知道消鼎就是灰飞烟灭的意思，她有些紧张地说：“刺猬小哥哥，我建议你还是听话吧，要不然灰飞烟灭就很惨了。”

“你以为我会怕死吗？我这么多年来都是苟活，你们红狐一族害得我不能为王妈报仇，害我的王妈惨死，我何须你网开一面？要消我的鼎就动手吧。”

“你这刺猬怎么这么倔呢，真是气死我了。”颜小婉见跟他说不通，气得直叉腰。

“佑楠，还记得我是谁吗？”

一道金光乍现，千书阁的墙上出现了一道褐色的光影，一位女子出现在颜小婉的眼前，她体态端庄，仙气超然。

“树娘。”佑楠看到来人立刻跪在地上，重重地磕了一个头。

“这是？”

“红狐谢家老七给槐树仙娘娘请安。”谢君洛也作了个揖。

眼前出现的正是把佑楠养大的槐树仙。

“我在天界修行数年，已不问人妖两界之事，这刺猬妖是我还未羽化之前所照料的。入凡间与王妈相识是他的劫数，他本性不坏，只是被愤怒所困，念在他还未铸成大错，可否网开一面？”树仙声音深沉，带着慈悲。

“槐树仙娘娘，这件事本来我们狐族也有失察之错，他被关在生死间三百年，才产生了愤怒和怨恨。只要他痛改前非，把所有人的懒气还回去，我们会留他一条命，让他继续修行。”

“佑楠，你可听见？”槐树仙问佑楠。

“树娘，我心中还有遗憾，恐不能无牵无挂地修行。”佑楠虽然对槐树仙恭敬，可还是心有不甘。

“你挂念的，可是你的王妈？”槐树仙娘娘已经看出他的顾虑。

“正是，王妈惨死在雪地里，那副惨景始终在我脑中萦绕，是我怨恨的根源。”

“你看，这是什么……”只见槐树仙大手一挥，墙上便出现了一道褐色的光，一幅像电影一样的画面出现。

画面里是三百年前王妈冻死在雪地里。后来槐树娘娘来了，不仅救活了王妈，还将她带到天山修行，这么多年来，王妈在槐树仙娘娘座下的仙山种果树，她的背不驼了，手也不抖了，整个人精气神特别好。

“王妈没死？”佑楠不可置信。

“她的善良感动了天地，所以我将她带到天山，这么多年，她已经是个长生不老的半仙了。”

“我的王妈没有死！谢谢！谢谢树娘！”佑楠喜极而泣，连连磕头。

“你再看。”

墙上的画面转到了王妈儿子居住的地方，他在霸占了王妈的果园之后，没多久，他卖出的蔬果让很多人得了恶疾，镇上有人把他告到了官府，让他赔偿。他倾家荡产才还上了所有赔偿款，不仅如此，他还被判了刑，在狱中，犯人都气不过他虐待老人的事情，轮流折磨他。

“善恶终有报，何必执一念。”槐树仙娘娘叹了一声，“我们养育你，是希望你永远心怀善意。”

“是我错了。树娘，我悔过，我认错，我再也不会害人了，我以后一定潜心修炼，多做好事。”佑楠终于放下心中的仇恨。

“佑楠，以后跟着谢家少主，莫再踏入歧途。”槐树仙和佑楠交代。

“我以后一定听从少主安排，不会辜负树娘的期望。”佑楠重重地在地上又磕了三个响头。

“谢家少主，佑楠就交给你，随你处置。”槐树仙对谢君洛嘱托。

“请槐树仙娘娘放心。”

墙上的光影消失，千书阁又恢复一片寂静。

刺猬妖久久才抬起头来。

“少主，我这就把所有的懒气都放出来，帮他们治病。”佑楠坐在那本书上，口中默念，不一会儿他的身体上出现了很多黑色的雾气，那些雾气像是长了脚，自己往窗户外面跑去，而佑楠的身体也在慢慢地变大、变胖，他长出了尖尖的脑袋和尖尖的嘴，短短的耳朵和乌黑的眼珠子，手臂也变得粗壮健硕。

待那些黑气全部消失，佑楠整个人就成了一只硕大的刺猬模样。

“少主，所有的懒气都已经还回去了，那些人明日就可恢复。”佑楠说道。

“我这个样子，怕是吓到你们了吧？”佑楠看到颜小婉震惊的眼神。

“没有！我见过比你更丑的！”颜小婉转头看了谢君洛一眼，话有所指。

角落里传来一阵笑声。

“我千书阁禁地，谁在那里？”谢君洛突然大喊一声。

一个身影在角落里慢慢地从虚到实，紫色的头发和俊美的脸出现在三人眼前，他的造型十分怪异，特别是他身上披着的那件金色斗篷，在黑夜里闪得人睁不开眼，这么土豪的装扮，非紫华莫属。

“你这只狸猫蹲在墙角偷听多久了？”颜小婉看着紫华问道。

“你们不要这个态度嘛，我今天是来求和的。”紫华难得态度很好，甚至堆着笑脸。

“求和？”谢君洛一笑，“这可不像你的作风。”

“阿柒，看在咱们相识一场的分儿上，这只刺猬妖你可不可以让我带走？”紫华和谢君洛商量。

“不可以，所有的事情，我已经查得一清二楚，改日我会向长老们禀报此事。”谢君洛黑着脸，完全没有妥协的样子。

颜小婉听得一头雾水，到底是什么事情能让这狸猫放下身段？而且为什么紫华之前会对佑楠那么卑躬屈膝？

佑楠似乎看出颜小婉的疑惑，开口说道：“多年前抓我的高僧就是紫狸的三叔，他那时候因为好大喜功，听说有刺猬妖就胡乱抓了我，将我关入生死间邀功，现在我出来了，他们害怕当初抓错妖的事情被怪罪，所以他们找到我，想抓我回去。我说如果他们再逼我，我就消了自己的鼎，那样必定会惊动狐族。我要求他们给我找一百个懒惰、不学无术又对父母不知感恩的学生，等我把这些人的懒气都吸完我就会任由他们处置，结果我吸到一半你的金叶子就把那些懒气都驱散了。”

“这都是误会嘛，再说我三叔抓完这只刺猬妖后就一直潜心修炼造福百姓，现在不应该为这件陈芝麻烂谷子的事情再负责。”紫华解释。

“你敬你三叔是前辈我不予评价，但是这件事我一定会禀告族中四大长老，怎么处置，会交由长老定夺。”谢君洛一副公事公办的模样。

“阿柒，你这人怎么这么不通情理。要不这样，你要什么，随便说，金银财宝，神器玉石，你要什么我都给你弄来，我没有也能给你做出来，只要你开口，我全答应你。”

“紫华，我们红狐虽然没有你们紫狸奢华富裕，宝器众多，但我们也算自给自足。还不需要别人的布施。”

“谢君洛，我都放下身段来向你求和了，你别不识抬举！”紫华终于显露出真实的态度。

“你上次害我重伤的事情我已经既往不咎了，现在是谁不识抬举呢？”谢君洛也不客气。

“好，谢君洛，你以为我不知道你找这个凡人是为了什么，你不仁，就别怪我不义。”紫华甩了甩身上的斗篷，消失在千书阁里。

“唉……”谢君洛摇摇头，一脸无奈。

“你跟这狸猫到底是什么关系啊？为什么他这么恨你？”颜小婉算是看出来了，紫华对谢君洛有种莫名的恨意。

“嫉妒我们少主哪儿都比他强呗。”小山从里屋走出来，“这只狸猫真是不知好歹，从小就和您对着干。上一次差点儿害死您，若不是您一直忍让，他能活到今日？”

“小山，不可没大没小，怎么说他也是紫狸族的少主。”虽然紫华对他不仁义，可是他对紫华格外宽容。

“他都害了您几百年了，我怕他继续对您不利啊。”虽然小山是个家仆，可是看得出来，他对紫狸也是非常愤怒。

“唉，紫狸一族法力低下，紫华愤愤不平也情有可原。”谢君洛并没有因为紫华的无理而过多责怪。

不过颜小婉听谢君洛这语气，看来两个人之间怨恨不浅。要不然紫华怎么能纠缠不休害他几百年。

“你把这只刺猬妖带到菜园去做事吧，以后好生照顾着。”谢君洛对小山交代。

“是的，少主。”

“谢少主。”佑楠给谢君洛磕了一个头。

谢君洛念了一句诀，小山走入佑楠的那本书里，书上放着的蜡烛灭了，屋内又恢复了正常。谢君洛起身慢悠悠地将书放到书架上。

“他们去哪里了？”颜小婉很好奇刺猬妖的去处。

“妖精菜园，就是给樊大叔妖精小食堂提供蔬菜的地方，他擅长种蔬果，去那边帮忙翻个土，种点儿菜，我想应该挺适合他的。”谢君洛看来对他早有安排。

颜小婉脑中浮现出一只刺猬在菜地翻土种菜的样子，画面应该很有趣。

“想什么呢？这么开心。”谢君洛从书架前探出脑袋。

“我觉得这次啊，我算是做了一件好事，心情特别好。”颜小婉说出心中的感受，“你说同样是妖遇到人，沐桃怎么那么倒霉呢？救了人还被人害，这刺猬妖比她运气好多了，虽然很多人不喜欢他，可是王妈对他是真心实意的好啊。”

“所以说世间万物，不管是人或者妖，都没有绝对的好与坏，重要的是他的本心。善良有时候会被人利用，可是善良有时候也能得到更多的爱。”

“谢狐狸，你说的话好深奥哦。”

“以后跟着我，会慢慢变聪明的。”谢君洛捏捏颜小婉的脸。

“……”

“不过紫华的三叔当年怎么抓的佑楠啊？你们家和他们家到底是什么关系？”

“紫狸一族在几百年前是红狐族的四大守护家族之一，同样拥有除魔卫道的责任，不过后来他们好大喜功频频出错，惹出了大乱，女娲娘娘将他们从红狐一族的守护家族中剔除，同时也消除了他们大部分仙法，从此以后紫狸一族无法修炼高阶术法。这几百年里，他们只能靠制作法器维持家业，不过如今也算闯出了一片新的天地。我带你去的那个古玩市场，就是他们紫狸族开的，所有法宝、法器都可以在那里买到，大大加快了仙灵修炼的速度，也算自成一派了吧。”

“就是有钱的‘学渣富二代’呗。”颜小婉总结了一下。

“什么比喻……”谢君洛忍不住笑道，“不过算是吧。”

颜小婉露出羡慕的目光。

“和我在一起不幸福吗？走到哪里也可以炫耀啊。”谢君洛反问。

“……我先回家了。”颜小婉拒绝回答这个问题。

“婉婉，等一下。”颜小婉走到门口的时候，谢君洛叫住她。

“不用送我了，我自己能走。”颜小婉以为谢君洛要送她，赶紧拒绝。

“我是想和你说一声，门口的垃圾帮我丢一下。”谢君洛在整理书架，头都没抬。

“你说什么？”谢君洛居然让她丢垃圾？

“最近飞花和葛长老出门办事，小山也在凤栖山打理别院，千书阁没人干活，你从明天开始把小山的工作也一并做了。”谢君洛又补充了一句。

“我这才刚刚抓完妖，你就让我做保洁……还有没有人性！”

“没有……”谢君洛说完这句话，“啪”的一声把灯灭了。

竹林里几点微弱的灯光打在门口一只巨大的黑色垃圾袋上。

黑漆漆的夜晚，一个瘦小的身影拎着巨大的垃圾袋，悲催地走出竹林。

死狐狸，就知道使唤我！说好的幸福和炫耀呢？

竹林里传来颜小婉对谢君洛的连连抱怨……

第十一章·莲心

1

刺猬妖被收服之后，那些上颜小婉家闹事的客人身上的病也好转了，能帮人考试包过的金叶子也从此消失。

颜小婉家的咖啡店被金叶子事件一闹，虽然负面新闻很多，但是已经变成临江市最有名的咖啡店了。坊间传言颜色咖啡店有神秘力量，不仅有大明星谢君洛加盟，还有考试包过的金叶子。

谣言越传越神秘，包括颜小婉这个人也被传得神秘起来，咖啡店人气不仅没有下降，反而异常火爆，很多面临考试的人，还是会去店里买咖啡，为考试顺利通过求个心理安慰。谢君洛顺势推出了考神套餐，里面搭配蛋糕、咖啡、凉茶，还搭配推出了还愿套餐，里面配上布丁、薏米水、绿豆沙。这两个套餐可搭配购买，一天限卖五十套。

虽然宣传语上写着考试不包过，但是很多人还是排队来买考神套餐。后来买套餐的很多人考试通过后，会拿着成绩单兴高采烈地再来买一组还愿套餐。

随着考神套餐的走红，金叶子的风波早就被人忘到九霄云外去了。

“这个考神套餐，你到底放了什么？”颜小婉晚上练武的时候，一边踢腿一边问谢君洛。

“就是正常的食物啊，什么东西都没加。”谢君洛耸耸肩，翻着手里的书。

“什么都没加？那怎么那么多人考试都过了？”颜小婉觉得不可思议。

“人不就是这样吗，烧香拜佛无非求个心理安慰，却不愿相信自己的水平。既然他们需要心理安慰，就给他们弄一个呗。”谢君洛气定神闲地回道。

“那你之前为什么弄金叶子，让他们考试包过？直接出这个套餐不就得了？”颜小婉不明白。

“那可不一样，没有金叶子的事件，你们咖啡店能这么火吗？你去看看网上那些留言：考试考不过，就找颜色买咖啡。现在一说到考试，就想到你家咖啡店，那学生的客户群体可是源源不断，这就叫营销，懂吗？”

“你兜了这么一大圈，就是为了帮我家咖啡店搞营销？”颜小婉吃惊。

“为夫可是用心良苦，一心都为了婉婉你。”谢君洛面带笑意地回。

“是……这样吗？”听上去好像没错，但是总感觉哪里不对劲。

“为夫还能骗你吗？你看，你家咖啡店现在生意多好，每天迎来送往，咖啡都不够卖。”

“这样啊……对了……我爸说周末让你去家里吃饭。”颜小婉出门前，颜大军让她一定要好好感谢谢君洛，本来她不想说这件事的，但是看在谢君洛帮了她家的分儿上，她还是开了这个口。

“除了吃饭，你就没有别的表示？”谢君洛托腮望着她，“不如，给为夫一个爱的抱抱？”

“谢狐狸你少恶心！我警告你，你别对我有非分之想啊！”颜小婉挥动拳头，故意吓唬他。

“婉婉，你可知道有句话叫打是亲骂是爱，你又骂我又打我，可是对我又亲又爱？”谢君洛可没被她唬住。

“你不要脸！”

“噗……”在柜台上打算盘的飞花忍不住笑了出来，“欸，小山，这人类是不是有句话叫秀恩爱死得快啊？”

“是的，飞花姐。”小山在旁边嗑着瓜子。

“最厉害的还是你们少主，明明就设了个局故意哄这小王妃去抓妖，偏偏说是自己用心良苦，还要骗人家抱抱，难怪他在人界做明星，演的电视剧那么火，真是又狡猾又有演技啊。”

“我们少主的演技那绝对是一流的，每次拍戏都一次过，很少卡壳的。”小山对主人是绝对崇拜。

角落里的两个人有一搭没一搭地聊着天，以往他们聊天的声音颜小婉是听不见的，没想到今天她却听得一清二楚。起初听到他们说秀恩爱，她还把头低下来假装自己听不见，结果听到他们说谢君洛是故意设局让她抓妖，她立马就跳了起来。

“什么？你故意设局让我去抓刺猬妖？我就说你怎么能这么好心帮我忙，原来又骗我！谢君洛，我再也不会相信你了！哼！”前一秒钟还在专心练功的颜小婉，下一秒钟就气得摔门而出。

“那我周末还要不要去我岳父家吃饭？”谢君洛扯着大嗓门在后面问。

“别来了！不想见到你！”颜小婉的声音缥缈地出现在竹林里。

“你们两个瞎聊什么？看，把婉婉给聊走了吧？”谢君洛黑着一张脸，盯着角落里的两个罪魁祸首。

“平时我们聊天她都听不见，今天耳朵怎么突然这么好使了？”飞花不解。

“她现在灵力大增，听力自然就跟着提高了一倍，你说她听不听得到？”谢君洛叹口气，“看来这回又要哄半天。”

“少主，王妃好像真的很生气。”小山担忧地问，“你要不要追出去解释解释啊？我看人类的电视剧都这么演，女主角生气了男主角都立刻追上去解释。”

“算了，由她去，不出两日她便会来找我。”谢君洛舒展着自己的九条狐狸尾巴，非常有把握地说道。

“小山，就你少主这狡猾的脑袋，哪个人能逃得出他的手掌心？”飞花喝了一口茶，气定神闲地说。

“飞花姐，此言差矣，平时少主只要笑一笑，勾勾手，那些女生没有不束手就擒的，但是这个方法对王妃就是不管用，我上次还听王妃说，等她赚够了钱就要走。”

“小山，去厨房做一百盒桂花糕给北二少送去。”谢君洛黑着一张脸，对小山说。

小山的话简直是在质疑他的魅力！

“是……少主。”小山知道自己说错话了，赶紧放下手里的零食，退了下去。

“你啊，就会欺负小山，他说个实话你就不爱听了。”飞花严肃地看着谢君洛，“你这一环套一环的局也都几个月了，还没让人家喜欢上你啊？”

“喜欢是勉强不得的，这小丫头可是死脑筋。”谢君洛也有些惆怅地皱眉。

“你可是九尾红狐，妖界最擅长魅惑的红狐，以后传出去说红狐少主连个人类都追不上，那我们这千百年来的狐媚名声岂不让人笑话？”

“我有什么办法，我也很绝望啊。”对于谢君洛来说，在他几百年的狐狸生涯中，最大的挫折居然是追不到一个凡人。

他看了看镜子中长身鹤立，俊俏帅气的脸孔，第一次因为自己是狐狸感到了深深的沮丧。

2

骗子骗子骗子，大骗子，一天到晚就知道骗我！

颜小婉在家里拿起一个狐狸玩偶用力捶了十几下，这个玩偶是谢君洛为了奖励她抓了桃花妖特意送给她的礼物。

本来颜小婉还觉得这只狐狸玩偶挺萌的，现在看着就来气，一口气打了十几下，还觉得不解恨。

颜小婉躺在床上，被一阵清淡的香气吸引。

“爸，你在煮什么？”颜小婉肚子里的馋虫被勾了出来，穿着拖鞋下了楼直奔厨房。

“莲子。”颜大军把莲子盛出来，放了一碗到颜小婉面前，“我早上去菜市场的路上，看到你二姨在买新鲜莲蓬呢，像搞批发收购似的，把人家一个小摊的量都买完了。看到我还非要塞给我几个，我就想着正好给你们炖点儿莲子汤喝。”

“二姨买那么多莲蓬干吗？我不记得她家有人爱吃这种东西啊。”

“给冉冉买的，说她这阵子特别爱吃莲蓬，还必须得是新鲜的，每周回家都要吃，一顿没吃就发脾气。你说现在这季节莲蓬多不好买啊，你二姨说这阵子快把咱们整个江宁湖的莲蓬都买下来了。”

“冉冉小时候到我们家，让她吃莲子像要她命一样。现在怎么突然变了？”颜柏森觉得很奇怪。

“可不是，冉冉最近不仅口味变了，人也和以前不同了。我今天帮你二姨把莲蓬送回家，看见冉冉我差点儿没认出来。以前的黑头发烫卷了，化着超浓的妆，就连讲话都是带着媚笑，看得我鸡皮疙瘩都起来了。她还一直招呼我进去坐，吓得我赶紧放下莲蓬就走了。以前多朴素一个孩子，也不知道现在怎么搞得像个小太妹似的。”

从凤栖山回来后，颜小婉只见过她几次，每次看上去精神都很不错，而且已经忘记了凤栖山的一切，本来以为此后就能过上平静的生活，怎知竟会性情大变。

颜小婉突然警惕起来，跟着谢君洛抓了两只妖后，她已经知道临江市有恶灵存在，徐冉冉的变化会不会跟恶灵有关？

她放下莲子汤，骑上自行车，打算去徐冉冉家一探究竟。

刚到徐冉冉家小区门口，就看到徐冉冉和一个男生在浓情蜜意地聊天，一如颜大军所说的，徐冉冉打扮得十分妖艳，和之前朴素简单的样子相去甚远。

她勾着男生的手，媚眼如丝地看着他，男生被徐冉冉迷得恍恍惚惚。颜小婉还没走过去，一个女生就冲到徐冉冉面前，一巴掌打在徐冉冉的脸上：“不要脸！竟然敢勾引我男朋友！”

颜小婉看清楚了那个女生不是别人，而是她的同学张悠然。

那个男生她也认识，是张悠然交往了两年的男朋友郑荣。

“悠然，你在做什么！”郑荣厌恶地推开张悠然，张悠然一个趔趄倒在地上，但是郑荣并没有理会，只是紧张地去看徐冉冉的脸，“冉冉，你脸怎么样了？没事儿吧？”

“郑荣！你推我？”张悠然坐在地上，开始大哭，“你为了她推我！”

“你闹够了没有，闹够了快点儿走，别在这里丢人现眼。”郑荣讲话一点儿也不客气。

“行啦行啦，郑荣，既然你女朋友来找你了，你就跟她走呗，哭哭啼啼的吵死了。”徐冉冉看起来对那一巴掌丝毫不介意。

“我都和她分手了，她不是我女朋友了。”郑荣用讨好的口气跟徐冉冉说话，仿佛很怕她生气。

“郑荣，我们在一起两年了，你说会一辈子和我在一起的。现在你说分手就分手，你太过分了！”张悠然哭得可怜，讲话都在抽搐。

“看看，多可怜啊，哭得梨花带雨的，你还不赶紧哄一哄。”徐冉冉看着张悠然，有些讥讽地笑着。

“我跟她真的没有关系了，冉冉你别误会。”郑荣还在试图解释。

“好了好了，别解释了，有什么问题赶紧处理，我累了，先上楼了。”徐冉冉转身走进了小区里。

郑荣拉起张悠然，不耐烦地拖走她。

张悠然的骂声和哭泣声显得那么刺耳和可怜，再也不是平时那个活泼八卦的少女了。

颜小婉怕张悠然看到她会尴尬，一直躲在暗处，等他们走远了，她才走出来。

颜小婉尾随徐冉冉到了人少的地方，才喊她：“表姐，你知道你在做什么吗？”

徐冉冉转过头，她的眼神含笑，妆化得精致又美丽，整个人散发着一股妖娆的气息。

谢君洛说过，每个妖身上都有属于她自己的气味。

“你都看见了？”徐冉冉停下来，拨弄着自己的头发，“男生不就是这样嘛，喜新厌旧，薄情寡义。”

“表姐，你这样做是为什么？”

“没有为什么，我只是想明白了，爱情里，他喜欢你，你就是公主，他不喜欢你，你就是一摊烂泥。乐明宇的亏，我还吃得不够吗？”

“乐明宇的事情已经过去了。”

“过去？我只是被人封住了记忆，忘了在凤栖山看到的事情而已。事实上他是想拿到你们家的香囊才故意接近我的，他从来没有喜欢过我，他嫌我不会打扮又寒酸。现在我变漂亮了，可惜他就是跪在我面前，我也不会看他一眼。”

“表姐，你都想起来了？”颜小婉有点儿吃惊。

“我想起来了，有这么奇怪吗？我看清楚男人的真面目，不是好事吗？我现在只要一想起喜欢过这种男人，我就想吐！”

“表姐，我知道乐明宇这件事给你的打击不小，可是你不是这样的人啊。你最近是不是遇到了什么奇怪的事情，你可以告诉我，我们一起想办法解决。”

“什么事都没有，我现在不知道过得多好，多幸福。”徐冉冉笑着说。

“表姐……”

“好了，还有什么事儿？没有的话我可要上楼了，我妈给我煮好了莲子，我要回去吃了。你不用担心我，现在的我，才真正找回了自我。”徐冉冉说完这句话，扭动着腰肢慢慢地走进了楼道里。

颜小婉看到徐冉冉脖颈后面印着一朵盛开的红色莲花。

隐隐约约，像是刺青，又像是从她身体里生长出来的罪恶。

3

徐冉冉的状态明显不对。

她从小和徐冉冉一起长大，平日里徐冉冉是什么样的人她最清楚，就算一个人遭受的打击再大，也不可能在一夕之间像是换了一个人。

徐冉冉一定是被什么她不知道的东西缠上了。

可是徐冉冉到底是被什么东西缠上了呢？

晚上，颜小婉辗转反侧，脑中似乎有个声音让她不能这样坐以待毙。唉，早知道就不和谢君洛闹僵了，还能问问他对策，现在她都拉不下脸来和他说话。

算了，自己的事情自己解决。

颜小婉打听到徐冉冉周六学校有活动，很早就要出门，她特意起了个大早，打算趁徐冉冉不在去一趟她家。

二姨给她开的门，一进门，颜小婉就觉得整个房子被一股浓重的莲子味道充斥着，她推开徐冉冉的房间，吓了一跳。

徐冉冉的整个房间都换上了青绿色的壁纸，一张褐色的铁床上铺了一套绿色的床品，地板刷成了蓝色的水波纹，书架上还放了一个红色的莲蓬座，一个人形人偶坐在莲蓬座的中央，人偶穿着一身古代女子的婚服，头发梳得非常漂亮，一张脸也异常美丽，栩栩如生。

她凑近了去看，那个玩偶的眉心，有一朵徐徐绽放的红莲印记。

她的感知突然涌了上来，她看到一名女子坐在湖边的小船上摇着桨，把手伸进水中去摘莲蓬，她的脸上荡漾着幸福的笑容。

她想伸手拿下那个人偶，没想到手刚触碰到人偶的身体，她的身体就像被电击了一样，一种酥麻感涌遍她全身。

“不要多管闲事，小姑娘。”眼前的人偶突然开口说话，表情狰狞恐怖，直接朝颜小婉飞扑过来。

“啊……”颜小婉尖叫着后退，身上的玉佩发出红色的光芒把人偶震了出去。

“怎么啦，怎么啦？”二姨听到声音开门进来。

颜小婉指着地上的人偶说：“这个人偶在说话！”

“不会吧。”二姨把人偶捡起来，左看右看，“人偶怎么可能说话？你最近是不是学习太累了？”

颜小婉定睛看二姨手上拿着的人偶，它安安稳稳地待在二姨的手上，依旧一身凤冠红裙，悲伤哀怨的模样。

“这玩偶是你表姐的，最近可宝贝了，千万别给她弄坏了，否则她又要发脾气。”二姨把人偶整理好，放回莲蓬座上。

颜小婉随着二姨走出了房间，惊魂未定地跑下楼。

那人偶会说话！

她确定自己没有看错，刚刚那个人偶的确开口说话了，不仅说话，还一副想要攻击她的样子，如果不是玉佩，她现在还不知道会发生什么事。

颜小婉赶紧给谢君洛打了个电话：“谢君洛，你在吗？”

“你不是说生我的气，不理我吗？”

“现在没空和你生气，我表姐出大事了。”颜小婉着急地说。

“徐冉冉？”

“对，我刚去她家，看到她房间有个人偶，那人偶还会说话！而且我表姐最近特别爱吃莲子。不知道这些有没有关联。”颜小婉惊魂未定地把刚刚看到的说了出来。

“你现在先去徐冉冉房间拿一件东西，晚上到千书阁等我。”

4

晚上，颜小婉带着一颗从徐冉冉房间拿到的红色莲子来到千书阁。

谢君洛已经坐在千书阁的楼梯上，手里翻着一本书。

“谢君洛，我把东西拿来了……我表姐……”颜小婉着急地跑过去。

“你不用说，我已经知道了。”谢君洛在颜小婉来之前，已经透过他的玉佩看见了今天颜小婉看到的景象。

谢君洛拿过颜小婉带来的红色莲子，放在手里，口中念了几句诀，他手中的书在空中慢慢变大，一道绿色的光从书里漫出来。

谢君洛看了看窗外："时间差不多了，我们去看看这次是什么在作祟。"

两个人走进书里，绿色的光笼罩着他们，随着书本合上，他们来到了一片湖边。

夜风凄凄，弯月高挂在漆黑的夜幕上，月色如霜，照出湖面上成片的翠绿荷叶。

颜小婉发现自己身在学校江宁湖的湖畔。

"这是学校的江宁湖？"

"嘘。"谢君洛从湖面上摘了两片荷叶，在荷叶上画了一圈，荷叶顿时变成了两件绿色的衣服，直接套在了颜小婉和谢君洛的身上。

他们两个的身体瞬间变成了拳头大小，眼前的事物在颜小婉的眼中都犹如庞然大物。

特别是谢君洛，直接变成了一只小狐狸的模样，红色的小狐狸睁着圆圆的眼睛可爱地看着她。

"你怎么变形了？"颜小婉看着眼前变成狐狸的谢君洛说。

"我们缩小之后只能以原形示人。"红色九尾小狐狸谢君洛带着颜小婉走入江宁湖。

湖上有成片的荷叶和荷花，还能看到湖底的莲藕，很奇怪的是，她变小之后走在江宁湖面上就犹如走在平地上，无论是蹚水还是踩荷叶都不会下沉。

走到湖心的荷花上，谢君洛停下了脚步："到了。"

月光开始变成鸽血红，耀眼的红光笼着荷花池。

荷花池的中央有一个莲蓬从水中探出头来，从绿色变成红色，再慢慢变大，绿色的圆形莲蓬中间几十个犹如蜂窝的洞孔也开始一点儿一点儿地撑开，莲子从洞孔里掉落出来，最后露出了徐冉冉的脸。

她的身体埋在水中，仿佛一个莲身人头的怪物。

徐冉冉痛苦地挣扎，似乎想要逃脱，而她的身体却不允许她移动半分。

"你放了我吧，我不要变成万人迷了，我只想好好地活着。"徐冉冉痛苦地说着。

"一切都已经晚了，现在你就是我，我就是你。"同样的一张脸却发出不同的声音，"我用你的身体修炼了一个月，才和你融为一体，今天差点儿被你表妹给破功了，害得我还要到这池底重新修炼。她一个凡人，身上竟然有灵力。下次让我遇到她，取了她的肉身，肯定能法力大增。"

"求求你不要伤害我的家人……"

徐冉冉后面的话说不出来了，她的喉咙像是被人用手勒住，再也发不出声音来。

颜小婉想过去救她，却被谢君洛一把抓住。

颜小婉眼睁睁地看着徐冉冉从挣扎到面色苍白到痛苦地放弃。

一刻钟之后，徐冉冉莲子般的身体变成了正常的身体，脸上再没有痛苦的表情，仿佛彻底被那个邪灵控制了。

那个徐冉冉妩媚地笑着，把手臂伸入水中，从水里捞出一盒胭脂，那胭脂虽从水中捞出，竟没有沾一滴水。她打开胭脂，素手沾了一些，点在自己的眉心。

眉心的红莲隐隐绽放，忽明忽暗。

她哼着小调，再一点点地沉入水中。

红月渐渐退去，血色逐渐消失，湖面上又恢复了平静。

“她走了，别怕。”谢君洛看着久久难以回神的颜小婉说道。

“谁怕了！”颜小婉还在死要面子硬撑。

“都快把我的毛抓下来一把了，还说不害怕？”

颜小婉低头，发现自己不知道什么时候紧紧地抓着谢君洛的狐狸前爪，生生把他手臂上的狐狸毛揪下来一撮。

“不好意思啊。”颜小婉赶紧松手。

谢君洛站起身，又把颜小婉带回湖边。

“刚刚那个莲蓬到底是什么？为什么长着我表姐的模样？”颜小婉到了岸上，好半天才问出来。

“她叫莲心，以新鲜莲子为食，长在水下的淤泥里，嫉妒世间所有情爱。”谢君洛说出这个莲蓬的由来。

“这个莲蓬为什么会缠上我表姐？”颜小婉不能理解。

“怨气，徐冉冉身上的怨气吸引了她。”

“我表姐都好了啊，怎么还有怨气？”

“她不是好了，她是被我封住了记忆，莲心的出现又把她的记忆开启了。”谢君洛拿出一面镜子放在颜小婉面前，镜子亮光一现，出现一个月前江宁湖的画面。

徐冉冉在江宁湖畔遇到了乐明宇，他喝得酩酊大醉，徐冉冉激动地走上前：“明宇，你怎么在这儿？”

“你这个无趣的女人，整天只知道学习，不会打扮不会撒娇，和流月比就是天地之别，我根本不想多看你一眼！”乐明宇在酒精的作用下，说出了心底话。

徐冉冉不可置信地看着乐明宇酒后吐真言，跌跌撞撞地离开，她绝望地坐在湖边看着湖面上自己的倒影默默流眼泪。

此时湖面上一个红色莲蓬从水中探出头，莲蓬上有一张极美的女人脸。

“小姑娘，为男人哭是最不值得的。”

徐冉冉吓得立刻止住了眼泪：“你是谁？”

“我是这湖中的仙子，我可以帮你变成万人迷。你可要一试？”莲蓬继续诱惑她。

“我要怎么做？”

“你每天到这湖边给我喂一点儿怨气，我自然会帮你实现你的愿望。”莲蓬沉入水底，徐冉冉带着惊慌离去。

第二天徐冉冉又出现在这里，她站在湖边想了半天，最终答应了莲蓬。

徐冉冉的脸上开始发生了细微的变化，她的脸上不再是怯懦的样子，而是荡着红润而有光泽的妖艳。

“乐明宇怎么会出现在这里？你们不是说已经把他处置了吗？”颜小婉没想到乐明宇又出现了。

“他是葛长老的外甥，在凤栖山也算有身份，所以上次他虽然犯下大错，但也没有严加处置，只是在家中闭门思过了数月，看这样子现在应当是重新获得了自由，来人界玩耍了吧。”谢君洛长叹一声，“死性不改啊。”

“他玩耍不能去别处吗？非要耍到我表姐头上来啊？”颜小婉真是气极了，要是让她看到乐明宇非打他一顿。

“你表姐因为情怨所产生的怨气，唤醒了莲心。现在已经被她缠上了。”谢君洛看着湖面，“这只莲蓬妖怨气很重，非常不好对付。”

“比前面两只妖都厉害吗？”

“她比他们法力高出几倍，不是我口述你就能成事，若要对付她，你这次得接受特训。”谢君洛脸色凝重。

“只要能救我表姐，再困难的特训我都愿意。”颜小婉说道。

5

当天晚上谢君洛便带颜小婉去了一片空旷的湖边特训。

湖边空空荡荡的，只有清风明月，以及湖上成片的荷花陪伴他们。

“这是哪里啊？”颜小婉看着谢君洛问道。

“新的特训场地。”谢君洛看着她，“莲心上次被我的玉佩所伤，须休息十日才能恢复元气，所以你要趁着这段时间勤加练习，务必做到一击即中。现在我给你演示一次，你注意看好了。”谢君洛此刻脸上是严肃认真的表情。

谢君洛把一颗莲子投入湖中，湖中立刻冒出一个绿色的莲蓬头，化作莲心的模样朝谢君洛扑来。谢君洛一把抓住她的肩膀，手指放在她脖子的中段，用力一捏，清脆的声音响起，莲心的头便化作了绿色的莲蓬。

谢君洛的动作干净利落，前后不过一分钟的时间。

“哇，真厉害。”颜小婉忍不住惊叹。

“看清楚了吗？”谢君洛问她。

“没有……”颜小婉刚刚光顾着看谢君洛行云流水的动作了，完全没注意看步骤。

谢君洛忍不住戳了戳她的脑门：“我再给你示范一遍，看清楚了。”

谢君洛又示范了一遍，这次颜小婉非常专注，算是记住了个大概。

“这次看清楚了吗？”

“看清楚了，不过……我还是害怕……”只要一想到徐冉冉的脸朝她扑过来，她就十分害怕。

“这些并不是真的莲心，都是莲蓬幻化出来给你练习的，没什么可怕。”谢君洛安抚她。

“但是我真的……害怕……”颜小婉话还没说完，谢君洛已经往湖里投了一颗莲子，很快一个新的莲心从水下冒了出来。

“别怕，试试。”谢君洛鼓励道。

“啊……怎么就来了……”那个莲蓬已经朝颜小婉扑过来了。

颜小婉本能想跑，但是被谢君洛一把按住了：“别怕，按住她的肩膀，捏住她脖子中段用力折断。”

颜小婉颤抖地伸出手按住她的肩，莲心的头已经要扑向她了，她慌忙地去捏她的脖子，也分不清是哪个位置，闭起眼睛胡乱一捏，只听见“咔啦”的声响，一个莲蓬落在地上。

“我杀人了……我……我杀人了……”颜小婉整个人都在发抖。

“你没有杀人，这只是我用莲蓬幻化的。”谢君洛把莲蓬从地上捡起来，“第一次能做成这样，已经很不容易，就是还不够快准狠，还需要多加练习。”

“我感觉……这个很有难度……”颜小婉颤抖地说，她一想起来刚才扭断那个莲蓬的头，她就害怕得不行。

“你觉得有难度是因为你暂时没有克服恐惧，多练习几次就好了。”谢君洛把莲蓬放在她面前，“你就把她当成一个巨大的金元宝，我们现在在玩一个摘金元宝的游戏。”

“我能不练吗？”颜小婉又试了试，还是感觉自己手脚发软。

“可以啊……那你就看着你表姐被莲心吞噬吧。”谢君洛耸耸肩，“据我所知，莲心现在灵气大增。据我推算，不出半个月，你表姐必死无疑。”

“好吧，好吧……我继续练。”为了徐冉冉，颜小婉只好硬着头皮上了。

6

经过近十天的训练，颜小婉的水平有了初步提高。

只是她看到所有圆形的东西都有了心理阴影，包括她最爱的红烧狮子头、酒酿圆子和麻团。

她这样与众不同的蜕变全拜谢君洛所赐。

当她周末接到颜大军电话的时候，才发现自己最近一心顾着练习和上课，已经十天没有回家了。

谢君洛看她愁眉苦脸的，特准她周末回家两天，还贴心地把她送到了学校门口。

“就送我到这儿吧，我自己回去就行。”颜小婉生怕谢君洛要跟她回家。

“就这么怕我跟你回去见我老丈人啊。”

“呸呸呸，谁是你老丈人！不要脸！”颜小婉皱眉。

“别害羞啊，婉婉。”谢君洛看她脸红，露出非常满意的表情。

“我看你是欠揍。”颜小婉瞪他。

“我知道这段时间你辛苦了，这两天回去好好休息一下。莲心经过这段时间的休养，这两天应该会出来闹事。你要时刻做好准备。”谢君洛正视道。

“非要在人家心情好的时候说这么扫兴的事情吗？”

“行，我不提。我说最后一句。”谢君洛严肃认真地看着颜小婉。

“是不是又要我倒垃圾？”

“回家记得想我哦。”谢君洛捏了捏颜小婉的脸。

“才不要。”颜小婉嫌弃地擦了擦脸，用力蹬起自行车，风一般地离去，连头都没有回一下。

谢君洛看着颜小婉离开的背影，有种难以言喻的悲伤。

这是他活到两百八十岁，唯一一次感受到被人嫌弃的悲伤。

“你这次美男计不管用啊……这个丫头好像对你没什么感觉。”一袭白衣伴随着悦耳的铃铛声响，方白惊穿墙而入，出现在谢君洛的面前。

“你每次都神出鬼没的。”

“我看你是沉浸在沮丧里连警惕心都没有了。”方白惊吐槽。

“别说废话了，我让你拿的东西呢？”谢君洛问道。

“带来了，你现在每次找我都是要我帮忙，我也就只有这点儿作用了。”方白惊从怀里拿出一个锦囊。

“你应该庆幸你还有这点儿作用。”谢君洛接过袋子，“有了这个海苓散，胜算就大了些。”

“这个海苓散我还没有对外实验过，不知道效果怎么样，你姑且一试吧。”

“总比没有强。”

“不过你确定小丫头现在的水平可以对付莲蓬妖？”方白惊有点儿不放心。

“但愿我没白教。”谢君洛的眸中闪过一丝忧虑。

风吹落一片金黄色的琼花花瓣，谢君洛放在鼻尖轻轻嗅了一下，一片花瓣慢慢地化作一缕香气，四散在校园的空气里。

7

颜家老宅子的大厅里，摆着十几道颜大军的拿手好菜。

全是颜小婉爱吃的，糖醋排骨、油焖大虾、清蒸鲈鱼……

颜小婉端着碗，大快朵颐。

“宝贝女儿，你最近是不是工作很辛苦都没空回家啊？”颜大军心疼地往颜小婉的碗里夹菜。

“还……还行吧……”颜小婉敷衍地回答。

如果颜大军知道她最近为了抓莲蓬妖天天都在进行魔鬼式特训，可能会吓晕过去。

“你宝贝女儿哪会累啊，有你的准女婿照顾，每天做梦都要笑醒。”颜柏森不痛不痒地说了一句。

“颜柏森，你瞎说什么呢？什么准女婿？”颜小婉敲了敲碗。

“小婉，爸也不是不通情理的人，虽然我觉得你配不上阿柒，但是怎么说呢，情人眼里出西施，他就是觉得你好，别人也不能说什么，你不用太自卑。”颜大军在旁边插话。

这是亲爸说的话吗？颜小婉感觉胸中憋了一口血。

“那当然啦，我多有自知之明啊，我可配不上人家那种高富帅，高学历高背景的大少爷，我就是自卑，我可不会做嫁入豪门的美梦。”颜小婉吃完最后一口饭，放下碗筷，三两步跑到楼上。

颜柏森这个罪魁祸首，却悠哉地拎着一个水壶，在客厅摆弄他养的那些花花草草。

颜小婉蹑手蹑脚地跑到颜柏森的房间，把他新买的彩虹键盘全部拆下来。

“让你添乱！哼！”干完这事儿，颜小婉才觉得解了一点儿气。

她心里的苦，到底什么时候才有人知道？

8

在家里过了两天无忧无虑的日子，颜小婉不情不愿地回到学校。

到学校是周日的晚上，枫林大学有两个学生因为全身发青被送到医院，颜小婉看着救护车把他们拉走，知道这是莲心出来闹事了。

她不知道自己的水平到底能不能对付莲心，但是现在情况越来越复杂，如果她再不动手，莲心不仅会伤害徐冉冉，还会危害更多人。

自行车骑到一半车链子突然断了，这是老旧自行车的老毛病，她下车准备把链子接上，却突然看到徐冉冉的身影。

不对，是莲心，她真的出来了。

这次她跟在一个熟悉的背影后面，那个人是乐明宇。

颜小婉也顾不上修自行车了，赶紧追了过去。

莲心并没有要攻击乐明宇的意思，只是默默地跟在他的身后，颜小婉不敢轻举妄动。

乐明宇走到江宁湖畔，有一个女生站在湖边等他。

乐明宇热情地抱住那个女生，他的这个举动激发了莲心的怒气，她的周身弥漫出一阵黑气，迅速地走到两个人身边，伸出手把那个女生的头发揪了起来，一把高举在半空中。

乐明宇看到这一幕吓坏了，不知道发生了什么事情，只是愣在原地。

女生痛苦地挣扎，整个人面色铁青。

“乐明宇……救我……”

乐明宇虽然是妖，可是在凡界他不能私自使用法术，所以他只能眼睁睁地看着女生痛苦挣扎，却束手无策。

“你个懦夫，你不是喜欢她吗？为她破戒都不愿意。你的爱可真廉价。”莲心张开嘴，露出两颗尖尖的牙齿，准备咬在女生的脖颈上。

“表姐，不要！”颜小婉折下柳树枝，用力地打在莲心的身上。

这是谢君洛教她的方法，邪灵惧怕柳树的气味，打在她身上可以暂缓她的法力。

“啊！”莲心被柳枝打了一下，顿时吃痛地松开手。女生从半空中摔了下来，颜小婉冲乐明宇喊：“快带她走。”

“发生什么事了？这是什么怪物？”乐明宇吓得面色铁青。

“不要问那么多，快走！”颜小婉大喊。

乐明宇抱起那个女生跑开了，莲心还想追，颜小婉已经用力地按住了她的肩。

肩膀和脖子都是莲心的命门，只要按住，她就动弹不得。

“放开我！”莲心愤怒地挣扎，却因为被颜小婉按住了命门，无法动弹。

颜小婉这才注意到，莲心的双眼竟是一片空洞——她看不见，只能闻着气味追寻方向。

“表姐，你快点儿冷静下来，为了一个男人变成这样，不值得。”颜小婉试图说服她。

“你懂什么！这些男人都该死，他们见异思迁，有了新欢忘了旧爱，他们贪图女子的美貌，都没有真心，他们都该死！”莲心大叫着。

“小婉，快点儿对她的命门下手。”谢君洛的声音从颜小婉的身后响起。

莲心这才知道颜小婉是来对付她的。

颜小婉伸出手，准确地抓住了莲心的命门。

莲心突然脸色哀婉，用徐冉冉的声音柔弱而哀伤地说道：“小婉，是我啊，我是冉冉啊，你要是拧下我的头，我就死了，我会和莲心一起死的。”她的声音充满了渴求和恐惧。

“小婉，她在撒谎，你再不动手，她会杀了你的！”谢君洛对着颜小婉大喊。

“不，我没有撒谎，小婉，我是冉冉啊，你最亲爱的姐姐。我们从小一起长大，你怎么会忍心对我下手？我会死的。”莲心哭着说道。

颜小婉看着眼前的莲心，那的确是徐冉冉的脸，一时间她真的没办法下手，万一徐冉冉说的是真的，她这么做，害了徐冉冉怎么办？

“没有时间了，小婉，别犹豫了！”谢君洛在一旁大声说道。

“你不要逼我！”颜小婉方寸大乱，抓住莲心命门的手放松了许多。

莲心趁颜小婉手上力道松懈，立刻挣脱，颜小婉不可置信地看着她：“你骗我……”

“真是愚蠢的人类，随便几句话就能把你骗了。”莲心笑着，露出凶狠的面目，一把抓住颜小婉的脖子。

“我表姐呢！你把她怎么样了？”颜小婉现在只关心徐冉冉的安危。

“她已经很好地与我融为一体了，以后我和她就是一个人。”莲心大笑起来，手上的力道渐渐收紧。

“莲心，快点儿放开她！”谢君洛大喊，手上已经聚拢了一团红色的火焰。

“叫我放开她？”莲心看着谢君洛笑起来，“你不觉得太迟了吗？现在她就在我手里，只要我动一下，她就会死在你面前。”

“你要是敢对她动手，我会让你灰飞烟灭。”

“你以为我会害怕灰飞烟灭？从几百年前我沉入湖底变成了莲心，我就成了一个怪物，我活着只是想看看这世间到底有多少薄情寡义的男人，有多少虚假的幸福。”

“你没有眼睛……你根本看不见……”颜小婉喘着粗气说道。

“我很快就会有眼睛了，等我把你弄死，我就能看见这个世界了。”莲心笑起来，很猖狂地笑。

“看见了又怎么样？所有的一切都已经改变。你依然是一个怪物。”谢君洛故意激怒她，想找出她的破绽。

“我是怪物？你不是吗？堂堂红狐一族的少主放着狐族美貌女子不娶，非要娶一个把你当作妖怪的人类，还是一个这么蠢钝又姿色平凡的人类。”

颜小婉本来还在半空挣扎，突然听到有人说她坏话，立马就爹毛了。

“你这妖会不会聊天啊……我还没死呢，你就当着我面说我坏话！咳咳咳……”颜小婉张牙舞爪，气得直咳嗽。

“喜欢一个人，不是只看外貌的。我喜欢的是她的内在品性。”谢君洛对莲心大声说道。

“曾经也有一个人对我说过这样的话……”莲心因为谢君洛这句话表情有所缓和，就连掐住颜小婉的手都有些松动。

颜小婉注意到她背后笼罩的黑色怨气，也消散了许多。

她发现莲心的法力和她的怨气是成正比的。

“你们男人的话都是骗人的！这十天我在湖底听到有人讨论你们，世人都说你们不相配，你现在拿话哄她骗她，等她坠入情网，你定会伤害她，不如现在让我给她一个痛快。”

“我宁可被他伤害，我也不想现在就死……”颜小婉绝望地呼救。

“如果她死了，我一定会随她而去。”谢君洛脱口而出。

这话说出来，颜小婉和莲心都愣住了，特别是颜小婉，她看到这只狐狸紧张又真切的表情，完全不像在撒谎。

颜小婉在心中感叹：不愧是拍过电视剧的人，演技就是好。

“我知道你是被爱伤害过的人，不相信爱情，但是这个世界上也有很多真情真爱，你不妨把你的故事说出来，如果你的孽是情有可原，我可以渡化你回归正途重新修炼。”

“我不需要回归什么正途，不过我可以把我的故事说给你们听，算了了你们死前一个心愿吧。”莲心空洞的眼神望向一个方向，缓缓地说出了她的故事。

9

莲心早年间本是钱塘江边一户普通人家的女子，一出生脸上就有胎记，因此她从小就非常自卑。

隔壁开私塾的夫子有一独子名唤俊生，俊生自幼长得唇红齿白，长相胜似女娇娥，他在私塾上学，时常引来同学称赞，是十里八乡都知道的美少年。

莲心从来没想过和俊生会有什么交集，直到有一日，她替母亲去私塾送菜，突然听到琅琅读书声，她被这个声音吸引，偷偷地蹲在私塾的门外偷听。

她被人发现了，下课后几个男生围着她一阵奚落，还拿石子扔她，嘲笑她是丑八怪。她的额头被石子砸破，这时候有个少年出来呵斥了那些人，还带莲心去药庐找了大夫给她看额头的伤。

那个人就是俊生。

俊生的善良让莲心对他产生了不一样的情愫，可是莲心由于自己脸上的胎记和她内心的自卑，对俊生从来不敢有非分之想。

在俊生的帮助下，莲心破例可以到私塾免费旁听，俊生更把她当成好友，经常私下教她诗词歌赋。莲心无以为报，只知道俊生喜欢吃莲子，所以一到夏季就划船去摘莲蓬。

一条小船，枕着碧绿的湖水在荷花池中穿梭，莲心将玉手伸到水下摘莲蓬，从日初到日暮，手臂泡得发了白，摘了满满一船的莲蓬回来。

夜里她坐在灯下把莲子从莲蓬中挑出来，细细地剥去薄皮，把新鲜的莲子加上冰糖放在小炉上炖上一小盅给俊生送去。

她对他的心意，不显山不露水，只包含在这一颗颗的莲子之中。

他们最喜欢在夏日里划一条小船到湖中央，一边吃着新鲜的莲子，一边欣赏湖中的风景。俊生贪睡，有时就着午后的蛙声小寐，少年的俊脸沉在夏日的水汽里，安静美好，莲心坐在旁边静静地看他熟睡的样子。

那时候莲心觉得，人世间最美的风景也不过如此。有爱人相伴，一起听夏日蝉鸣，云卷云舒。

待到他们年纪大了些，很多人都在背后非议，说俊生和一个丑八怪在一起。莲心的自卑心作祟，更怕因为她影响了俊生，便疏远了两个人的关系。

俊生因为长相俊美，有许多财主乡绅找媒人上门说亲，都被俊生一一推掉了。

在俊生上京赶考前，俊生邀请莲心去湖中赏月，在一池荷花的见证下，俊生向莲心表明了心迹，问她是否愿意等他。

莲心没有想到俊生对她有此心意，非常感动，她告诉俊生不论他是否高中，都会等他回来，与他度过一生。

三榜过后，俊生不负所望拔得头筹，却没有守诺回来迎娶莲心，而是与京城的一位官家小姐成婚。

消息传来时，莲心不信，快马加鞭赶到京城，却看到俊生已经与官家小姐喜结良缘。她问俊生为什么忘了当初的承诺，俊生冷酷无情地说当初和她说那些话只是想给自己落榜后留条后路，现在既然有更好的选择，自然不会要她。

莲心悲伤至极，绝望地离去，不承想在回钱塘的路上遇到歹人抢夺她的银两，在争执的过程中歹徒将莲心杀害，弃尸湖中，莲心沉入湖底的时候正好落在一株千年红莲蓬上，那是一株正在修炼的红莲蓬，就差一具带着怨恨的肉身，莲蓬用莲心的肉身变成了红莲妖。

莲心一直以为是自己的样貌太丑才让俊生移情别恋，她痛恨那些薄情寡义的男子，所以她修成邪灵后开始在岸上寻找一些薄情寡义的男子伺机报复。

直到红狐族的长老途经此地，发现有邪灵在作祟，将她收服。

这便是莲心的故事，听上去又是一个痴情人被负的故事。

世上之事，唯有情才能让人无怨无悔地付出，也唯有情让人生生世世难忘。

“我因为一个男人变成了这样，做尽了坏事，你觉得如今的我还需要被渡化吗？”莲心笑得很凄凉，“我痛恨这世间所有的负心人和对爱抱有幻想的愚蠢女人。”

“可是谢君洛没有辜负我，我也不是对爱抱有幻想的蠢女人，你不能杀错人啊。”颜小婉挣扎着和她解释。

“你这么平凡，他与你在一起，不过是图一时新鲜，你真当他会与你天长地久？”莲心笑她。

“你这妖也忒不会聊天了！为什么总对我进行人身攻击！”颜小婉真是气不过，长得平凡有什么错啊？就连素不相识的妖都攻击她的长相。

“你说得没错，她的确长得普通，性格又差，贪吃爱玩还喜欢追美男……”谢君洛突然说道。

莲心和颜小婉的注意力都被谢君洛的话吸引了过去。

谢君洛对上颜小婉的眼睛，拼命冲她使眼色，还把手放在嘴边，对着颜小婉做了一个咬的动作。

颜小婉看明白了，谢君洛在示意她一会儿找准机会咬破手将血滴在莲心的身上。

颜小婉虽然知道谢君洛是在分散莲心的注意力，但是对他这么说自己还是非常有意见的。

“虽然她没什么优点，但是我就是喜欢她，从见到她的第一眼，我就喜欢这个有些傻气的姑娘，喜欢她吃东西难看的样子，喜欢她追星的样子，喜欢她又凶又爱打人的样子……我喜欢她所有的好和坏。”

虽然谢君洛的话很感人，但是颜小婉现在毫无心情去欣赏。

“好啊，你们越是这么恩爱，我就越是要让你们分开！”莲心仿佛被谢君洛的话激怒了。

莲心身后的怨气聚集成了一团黑雾，颜小婉的身上被一堆堆的莲子包裹着，几乎令她喘不过气。

“谢狐狸，救命啊，我……我快……喘不上气了……”颜小婉拼命地挣扎，可是她的身体被包裹得一动不能动，之前谢君洛教的那些招数完全使不出来。

“小婉，别怕，我来救你。”

谢君洛变成了一只九尾红狐狸，红艳如缎的毛发在月光下闪着光泽，体积陡然比平时大了三倍。

“九尾红狐，你可别忘了，你若是动手杀了我，你可是得不到灵鸾碎片的。”莲心恶狠狠地提醒。

“若是我为了得到你的碎片而看着婉婉死去，那这碎片我不要也罢。”谢君洛说完这话便朝莲心扑了上来，四肢攀附在巨大的莲子前面，伸出尖尖的牙齿冲那些莲子咬下去。

他的牙齿锋利，一下就把莲子咬下一大块，痛得莲心惨叫了起来。

“你这是在找死。”莲心把手伸到湖水里，更多的莲子聚集起来，冲向谢君洛。谢君洛开始与那些莲子打斗，一身红色发亮的毛发在夜空下熠熠发光，几个回合下来，莲子已经把他的身上打出多处伤痕，还不断有新的莲子从这湖中冒出，他的体力开始不支，脸上的伤痕往外淌着血。

空气里充斥着一股血与药的气味。

“我还以为你有多大的本事，原来是个药罐子。”莲心也闻到谢君洛的血中带着药的气味，虽看不见，却感受得到自己占了上风，非常得意地加重了手上的力道，谢君洛被她一记重拳打在地上，飞出几米，一口鲜血吐了出来。

“谢狐狸……”颜小婉吓得不知所措。

“就你这病弱的身子还想救人？我今天就让你亲眼看着你喜欢的人在你面前死去。”

莲心把颜小婉拉到自己面前，张开嘴露出两颗尖尖的牙齿，朝颜小婉的脖子咬下去。

这次死定了，颜小婉在心中哀号。她认命地闭上眼睛，充满绝望地面对死亡。

就在此刻，湖水中突然乍现一片白色的光，包裹在颜小婉身上的莲子蓦然间开始松散，本来集聚在一起的莲子像被剪开的珠串瞬间散落到了湖里。

“这是……”莲心也感到了不对劲。

这是方白惊的海苓散产生了药效。

“小婉，快动手！”谢君洛大叫一声。

颜小婉反应过来，迅速咬破自己的手指按在莲心的命门上，莲心完全没有想到颜小婉会使这一招：“你怎么会……”

颜小婉知道这是自己最后一个制伏莲心的机会，她用力捏住了莲心脖子的中段，用力一折。

“不！”莲心惨叫一声，

随着一声清脆的响动，莲心顿时变成了一个红色的莲蓬，蜂巢似的莲蓬孔里滚出红色的莲子，散落一地。

在颜小婉的身体马上要从半空中坠落的时候，一个毛茸茸的身体稳稳当当地垫在了她的身下。

“啊，好痛。”虽然有个肉垫，可是被摔一下还是会很疼。

“快去把她装到香囊里，以防她重塑肉身。”她身下的谢君洛虚弱地提醒道。

“好。”颜小婉挣扎着爬起来，朝着莲心散落的方向走去，可是没想到，当她打开香囊的时候，地上的莲蓬头突然朝她扑了过来。

“婉婉，小心。”谢君洛扑过去想救她，可是来不及了，莲蓬化作莲心的头已经咬在颜小婉的手臂上，生生把她的手臂咬出了血。

“该死。”谢君洛红色的长尾直直扫了过去，把莲蓬打在地上，只听见莲心惨叫一声，终于失去最后一丝法力，被吸入颜小婉手中的香囊里。

颜小婉忍着手上的疼痛把香囊的口束上，她手上的伤口还在汩汩地往外流血。

“婉婉，你怎么样了？”谢君洛着急地问。

“我……没……”说完这两个字，颜小婉只觉得眼前一黑，便不省人事了。

第十二章 · 未知的离别

1

颜小婉感觉自己身在无尽的梦魇中，梦里她看到一个小女孩在树林间奔跑，有一只红色的小狐狸被猎人的陷阱给困住了，小女孩把它从陷阱里救出来。狐狸的腿上受了伤，她拿出自己的手帕给它包扎伤口，摸着它圆滚滚的小脑袋说："别怕啊，小狐狸，很快就不疼了。"

小狐狸临走的时候转头看了小女孩好几眼，仰头呜咽了一声。

朦胧的梦境里，小女孩的身影一点点模糊起来，只有远处小狐狸的目光带着离别的不舍。

画面一转，她身处一片沼泽地中，她拼命地挣扎，却越陷越深，有人用力地在拉她，她也拼尽全力地向上爬。突然间，她感到身上某处传来钻心的疼痛，她想睁开眼睛，却始终睁不开，后来有一阵清凉的触感让她的疼痛减缓了不少，一个温暖的身体把她抱到怀里，在她耳边温柔地说："不疼了啊，很快就不疼了。"

她在迷迷糊糊的梦境里挣扎，只记得所有的梦都像黑暗的碎片，真实又模糊地出现，她好几次都想睁开眼，却怎么也动不了。她不停地在树林间奔跑，在一片黑暗的看不到尽头的树林中寻找出口，却始终无果。

"婉婉，不要放弃，不要放弃……"有个声音不停地在她耳边说。

她不知道自己跑了多久，终于在树林里看到了那只红色的狐狸，它冲她招手，她朝着它的方向跑过去。

一道刺眼的光出现在她的眼前。

她突然就睁开了眼。

"婉婉，你醒了？"

颜小婉睁开眼睛，第一眼看到的就是谢君洛那张完美俊逸的脸，他的嘴边长出了青色的胡楂，乌黑的长发凌乱地散开，像是很多天没有梳理的模样。

谢君洛见她醒来，用力地抱紧她："婉婉，你终于醒了，小白说你今天再不醒，就……好了，好了，没事了，现在没事了……"

颜小婉感到他的担忧是发自内心的，特别是他抱着她的时候，差点儿把她勒得喘不过气。

脸上有什么液体滴落，她抬头去看，竟然是谢君洛的眼泪，那双狭长透亮的眼眸正在无声无息地流泪。

他在哭？真不敢相信，谢君洛居然在哭。

“你哭了？”颜小婉摸了摸他眼角的泪，滚烫的。

“我担心你啊！”谢君洛也没有掩饰的意思，“你昏睡了三天，我怕你醒不过来。”

“怕没人帮你捉妖了吧？”颜小婉吐槽。

谢君洛一愣，眼泪就这样挂在脸上，通红的双眼直勾勾地看着颜小婉，像是有一种说不出的委屈。

“你怎么总是这样想我，我就不能真的关心你吗？”说完他还吸了两下鼻子，看上去特别可怜。

“谢狐狸，别用这种眼神看着我，我可不会上当！”颜小婉想到她和谢君洛初见的时候，虽然他是一张丑男的脸，可是他的眼神却纯粹天真，就像现在这样，让人看了心里发软，好像他说什么她都不忍心拒绝。

“婉婉，你现在是不是都不相信我说的话了？”谢君洛突然严肃地问她。

“对啊。你这个人讲话可信度不高。”颜小婉没跟他客气，她都数不清这只狐狸一共骗了她多少回了。

“你是不是很讨厌我？”谢君洛失落地问了一句。

“也没有讨厌啦，就是不喜欢而已。”颜小婉想都没想就脱口而出，说完这句话她就后悔了，因为她看到谢君洛在听到她说的这句话之后，眼中有种说不出的悲伤。

局面陷入尴尬……

“咳咳咳……”咳嗽声很及时地出现，颜小婉抬起头，是一身白衣，翩翩贵公子模样的方白惊，他手里端着一只玉碗穿墙而入。

“小白，不是让你把药放在门口吗？”谢君洛收起悲伤，对方白惊苛责道。

“你们这么腻来腻去，药都凉了！”方白惊看着颜小婉，“小丫头，终于醒了，你要再不醒，我都要被阿柒烦死了。你不知道，你昏迷这三天，阿柒几乎快把我的药庐给翻过来了。”

“我怎么了？”颜小婉这才记起来，她好像是被莲心咬了一下就晕倒了。

“你被莲蓬妖咬伤，中了毒，要不是阿柒把你背来这里找我，你现在应该没命了。”方白惊把药放到谢君洛的手里，“喂药这种事情就交给你了，我就不做电灯泡了！”说完一阵风一般又穿墙离开了。

“我中了毒？而且差点儿没命？”那个莲蓬妖那么厉害？居然还能让她中毒？颜小婉真是不敢想。

“这次是我疏忽了。”谢君洛把药喂到她嘴边。

“好险啊……差点儿就见不到我的老爹了。”颜小婉心有余悸，喝着药，“好苦。”

“我给你准备了蜜饯。”谢君洛端起一碟颜小婉最喜欢的山楂蜜饯。

“不错不错，服务周到！”颜小婉吃了一颗蜜饯，非常满意。

“我对你多好啊。”谢君洛端着蜜饯，露出一副求表扬的样子。

“莲心怎么样了？”颜小婉低头去看腰间的锦囊，发现锦囊已经不见了。

“锦囊被我放到千书阁了，我会为她渡化的，你无须担心。”

“收了就好，这个莲心可真厉害。”就连谢君洛都打不过她，可见她的法力有多强。

“对了，我三天没在学校，没有人找我吗？”颜小婉突然想起来。

“我用人偶做了个替身替你去上学，现在没有人知道你在凤栖山。”

“那就好。”看来谢君洛想得还挺周到的。

等等，谢君洛说她现在在凤栖山？她又到凤栖山来了？这狐狸不会又想把她扣在凤栖山不让她走吧？她想起上次来凤栖山，可是千辛万苦才离开的。

“你不用担心，这次我不会强迫留你在这里。”谢君洛像是看出颜小婉的担忧，“凤栖山集天地灵气，有助于你调理身体，所以我才带你过来。等你病好后，我会送你离开。”

谢君洛说这些的时候，态度认真诚恳，和平时狡黠的口气完全不同，倒像是她第一次遇到他时他假扮的那个阿柒，那么真诚，那么让人信以为真。

“当真？咳咳咳……”颜小婉一激动，胸口突然有一阵疼痛袭来，让她四肢无力。

“你小心点儿，你的毒素还未完全清除，现在不宜激动。”谢君洛给颜小婉喂完最后一口药后，拿衣袖擦去她嘴角的药渍，温柔得让人心里打鼓。

他目光晶晶亮地看着颜小婉：“你放心，我这次说到做到，好好休息吧。”

谢君洛真的没有骚扰她，而是起身，推开门走了出去。

2

这狐狸是不是有双重性格？怎么一会儿狡猾奸诈，一会儿纯真善良，还是说狐狸的大脑结构和人不一样，总是喜欢变来变去？

颜小婉在谢君洛走后，琢磨了半天也没琢磨透。

她从床上爬起来，还是上次那间熟悉的房间，雕花大床，红色幔帐，墙上挂着竹韵山水图，梳妆台上，铜镜、妆奁，一应俱全，所有的摆设都没有移动过，只是多了几盘她爱吃的胡萝卜糕。

她吃着蛋糕，坐在铜镜前看自己的脸。

铜镜的黄色光影里，她的脸色憔悴不堪，的确像生了重病的模样。

她拿起妆奁上的红纸，学电视上的古人用嘴抿了抿，才看到一丝血色。

“情不知所起，一往而深……”幽幽的女声突然从房间里传来，镜子里蓦然出现了一张美艳的脸。

“是谁？”颜小婉吓得后退了几步。

“这么快就不记得我了？我是莲心。”那张脸并没有消失，而是笑得更加灿烂了。

“你不是被收到锦囊里了吗？”颜小婉惊恐地看着镜子里的那张脸，那不是徐冉冉的样子，却生得极美，柳叶眉，樱桃口，连眼神都带着一股魅惑。只是她的左脸上印着一朵绽放的莲花，若隐若现。

“这是我自己的脸，好看吗？”她不紧不慢地问道，完全没有要回答颜小婉的意思。

“你怎么会出现在这里？”

“我咬了你一口，神识钻入了你的脑中，本来想在梦中将你杀死，没想到这狐狸用自己的真元吊着你的命，加上银狐家的药，我只能放弃了。”莲心缓缓道来。

难怪她昏迷的时候一直噩梦连连，原来是在和莲心对抗。

“你这莲蓬妖也够阴毒的，还想在梦中将我杀死。我和你有什么仇什么怨？”颜小婉完全没想到这莲心这么难缠，居然能钻入她的脑中。

“我只是好奇，为何这只狐狸会找一个凡人来助他抓妖。原来，你不是普通人。”莲心嘴角上扬，眼眸含春。

“不是普通人？”她活了十几年怎么都不知道自己不是普通人，“我记得你上次说我普通平凡得一无是处。”这莲心吐槽她的话她可是记得很清楚！

“你可知百年前以我的道行，谢家先祖想要破我的术法都非易事，我修的是咒溪禁术，红狐法力再高，修的是正仙道，法力远没有咒溪禁术厉害，所以几百年前的那一场恶战，我本可以全身而退，可是……却因为一个凡人让我败下阵来。”

“谁啊？谁这么厉害？”颜小婉咋舌。

“灵人族的圣女。”

“灵人族？”颜小婉睁大了眼睛，她怎么从来没听说过有什么灵人族。

“灵人族是人族中最特殊的种族，他们天生带有助仙的灵力，修仙之人只要有灵人的辅助可事半功倍。女娲补天之时，也借由了灵人族的力量，灵力增长了百倍，方可在短时间内将天补好。而这灵人族圣女的灵力更是大得惊人。她的到来让红狐长老法力大增，对付我便轻而易举。”

“这么听来，这个灵人族的圣女可是神助攻。”听莲心这么说，这个圣女应该很厉害，“不过你和我说这些干吗？和我有什么关系？”

“你，就是灵人族的后代。”镜中的莲心缓缓道出。

颜小婉愣住了，她是灵人族的后代？怎么可能呢？

“你不是在逗我？”颜小婉怎么听都觉得不可思议。

“我起初也没有想到你会是灵人族的人，直到那日你用血封住了我的命门，我才发现你的身份，这世上只有灵人的血才能封住恶灵的命门。”

“我长这么大除了武功比较厉害之外，一无是处啊。”颜小婉对自己还是很了解的。

“灵力被封的灵人会变得平凡平庸，不过只要慢慢引导，你体内的灵力就会被完全激发出来，谢家老七应该也是知道这一点，所以才千方百计激发你体内的灵力。”莲心和她解释。

“你为什么要和我说这些？”颜小婉总感觉这个莲心有什么阴谋。

“我只是不想你被这只狐狸欺骗，被他利用，你认识他这么久，他始终在利用你助他抓妖，听上去并不难，可是也随时可能丧命。”莲心弯着嘴角，一副劝慰的口吻。

“男人啊，最擅长用情感欺骗了。你自己好好想想吧，只要你不是心甘情愿的，他是无论如何都没办法驱使你。谢家的浩劫已经开始了，我劝你不要蹚这潭浑水……”莲心说完就消失在铜镜里。

“喂……”颜小婉还想说下去，莲心已经消失不见了。

“怎么走了？我还有很多问题没有问呢！”

颜小婉暗暗下定决心，等下次这莲心再出现的时候，她一定要告诉她，谢君洛真的没有用感情欺骗她，他用的是金钱……

3

虽然莲心说的那些颜小婉听得一知半解，但是她彻底明白了一件事，就是谢君洛不是随便找上她的，而是有计划地找上她的。

她就知道这狐狸一步一步设计引她上钩肯定没好事。

不过灵人族到底和她有什么关系？她怎么会是灵人族的人？但是如果她不是灵人族的人，谢君洛为什么死缠着她？

红狐一族到底遇到了什么样的浩劫？

颜小婉的脑中出现了无数个问题，却完全没有头绪。

不过有一件事莲心说得不错，就是捉妖的确是件很危险的事情，搞不好分分钟会丧命。

天下真的没有免费的午餐，谢君洛拿这么多钱砸她，原来是要她以命相拼。

真是太可怕了。

现在家里的咖啡店上了轨道，她也存了一些钱，以后到外面找点儿兼职，日子应该过得不错，不需要在谢君洛这里做这种危险的工作了，莲心说过只要她不是心甘情愿，谢君洛是不能强迫的。

不过话说回来，她有现在的生活都是谢君洛给的，她现在过河拆桥好像很不地道，要是颜大军知道了肯定要骂她忘恩负义。

做人真的好难，为什么要让她一个少女面对这么多事？

不想了，先把病养好再说，反正现在她这副病恹恹的样子，哪里都去不了。

颜小婉在经过几轮良心的考问后，决定先在凤栖山养病。

这是她第二次来凤栖山，第一次是腿受了伤，第二次是中了毒，总之每次来这座山都没好事。

不过谢君洛这次对她出奇地好，早上任她睡到日上三竿，亲自帮她打水洗脸梳头，每天都做各种各样的药膳给她吃，怕她无聊，还特意找了小动物给她表演真实版动画片，什么猫抓老鼠，大灰狼，看得她莫名惊悚，感觉无福消受，劝退了这项娱乐节目。

谢君洛担心她身体出状况，特意搬到她房间来和她一起住，到了晚上他就变成小狐狸的模样蜷缩成一团睡在地上。

两个人还会玩手机游戏，他给她做了好多攻略让她闯关必胜，睡前还给她念童话故事，他还拿着本子记录她每天的身体状况，再命小山拿去方白惊那里。

颜小婉摸不透谢君洛为什么突然把她当老佛爷一样伺候，态度行为和在临江的时候完全判若两人，眼前这个谢君洛对她几乎百依百顺，有时候她故意找碴儿，一杯茶让他换五六次，他也毫无怨言地帮她换，害得她都没机会和他斗嘴。

一个人对你坏，你还可以骂他打他，一个人对你好，你连说重话都不忍，真是无奈。

最要命的是，她发现自己好像对这只狐狸产生了一种不一样的情感。

有天颜小婉半夜醒来，看到谢君洛趴在她的床边睡着了，黑色的长发在夜里泛着光泽，一片月色就照在他光华流转的一张脸上。

睡梦中他的眉头紧锁，像是有心事，他的手还紧紧地抓着给颜小婉扇风的那把蒲扇。

他的口中低低地呢喃着。

颜小婉凑近了去听，微弱的声音在喊：“婉婉，快走，快走……”

颜小婉不知道他在做怎样的梦，可是听到他这样呓语的时候，她就莫名觉得有些心酸。

这只狐狸好像真的是关心她，要不然为何梦中都在念着她的名字，让她快走？

颜小婉低头去看他，棱角分明的眉眼，微微上翘的薄唇，脸孔雪白透亮，多好看的一个少年郎。如果不是因为他身后那挥动的狐狸尾巴，她可能也会考虑喜欢他的吧。

想什么呢？颜小婉，快醒醒。颜小婉发现自己有这样的念头，用力拍拍自己的脸。世上美男千千万，千万别掉狐狸洞里去啊。

颜小婉赶紧躺回自己的床，闭起眼，开始默默地数绵羊。

月光倾洒在谢君洛的脸上，狭长的狐狸眼缓缓地睁开了，他的目光里，有淡淡的忧伤。

4

颜小婉的身体在谢君洛的悉心调理下一天天好起来，半个月后方白惊被请来为她诊脉。

“怎么样？婉婉的毒清了吗？”谢君洛紧张地问。

“放心，小丫头的毒已经完全清除了，以后又可以做一个快乐的美少女啦。”方白惊愉快地宣布。

“谢谢白惊哥。”颜小婉已经开始学会用“哥”来称呼方白惊了。

“这小嘴儿可真甜。”方白惊忍不住想摸她头，却被谢君洛一下子挡开了：“好了，看完病赶紧走吧。”

“你看你家阿染，真是个醋坛子。”

“小山，送北二少回去。”谢君洛严肃地把他赶了出去。

“谢君洛，你没良心，你重色轻友，你……”方白惊话还没说完，已经被小山拉出了房间。

颜小婉下床看了看镜子里的自己，脸色红润，她舒展了一下身体，做了几个动作也没有感觉到疼痛，看来身体真的是恢复了。

“我没事了？”颜小婉问了一声，不敢确定。

“没事了。”谢君洛在旁边点点头，虽然脸上有倦容，却是满眼开心。

“谢狐狸，这段时间，你辛苦了。”颜小婉看着他憔悴的脸色，由衷地说。

“只要你能好，我不怕辛苦。”谢君洛微微地笑着。

为了庆祝颜小婉身体恢复，晚上谢君洛亲自下厨做了很多可口的小菜，颜小婉坐在饭厅里看着小山把菜一碟一碟放满桌子，她对着那些菜用力地吸了一口气。

“太香了，终于再也不用吃又苦又没味的药膳了。”她呐喊。

“婉婉，多吃点儿，好好补补。”谢君洛给颜小婉的碗里拼命地夹菜。

“那我就不客气了！”颜小婉端起碗开始大快朵颐。

谢君洛的父亲也来了，盯着颜小婉看了半天最后笑眯眯地点点头：“儿媳妇气色恢复得不错，看来阿柒把你照顾得很好。”

颜小婉听到“儿媳妇”三个字呛了一下。

“多亏了……多亏阿柒我才好得这么快。”颜小婉吃着饭，尴尬地点头。

“阿柒，你哪天带小婉去朔云台，把你们的关系和大家宣布一下？”谢君洛的父亲突然问道。

“朔云台是什么地方？”颜小婉好奇地问。

“小婉不去朔云台了。”谢君洛微微抬眼，手上正在给颜小婉盛汤。

“你说什么？”谢君洛的父亲刚刚还是和颜悦色，现在听到这句话突然拍案而起。

“小婉以后不会再帮我们了，所以她就没有必要去朔云台了。”谢君洛很冷静，手里端着一碗汤吹了两下。

“当初你执意要娶她的时候你是怎么和我说的？你说你一定有办法让她答应帮助你。现在已经没有回头路了你知不知道？”

“我知道，我心中已经有决定了。”谢君洛把汤碗放下。

“你能做什么决定！你的决定不就是……”

“父亲，我意已决。莫要再多劝。”谢君洛难得地笃定。

“好，你要怎么做都随你，反正我这个父亲的话你从来不放在心上。”谢君洛的父亲一甩衣袖，气哄哄地离开了。

“你们在说什么？谢伯伯好像很生气的样子。”颜小婉完全没有听懂他们的对话。

“没什么。”谢君洛面对颜小婉的时候，态度温和，“你体内毒素已经清除，过几天我就送你回去。”谢君洛没有正面回答颜小婉的问题，而是提出要送她回去。

“送我回去？”颜小婉没想到谢君洛这么快就送她回去，她本来以为还要和他周旋一段时间。

“是啊，你这么久没回去肯定很想你爸了吧。”谢君洛微笑地看着颜小婉。

“嗯……可是……”

“这个茄子煲特别好吃，你尝尝。”谢君洛打断颜小婉想问的话，给她又夹了两块茄子。

颜小婉扫了一眼房间里的人，包括小山在内，全都神色凝重，只有谢君洛一个人波澜不惊地微笑，体贴地帮她布菜，还把鱼刺给她挑出来。

谢君洛肯定有什么事情瞒着她，可是到底是什么事情？

5

今天的气氛很诡异，别苑的人全都阴沉沉的，包括平时总是笑脸相迎的小山也拧着眉头。

“这是山核桃、灵芝、人参，给你爸补补身体；这是熊大家的鲜甜八味糕点，我已经用灵力封好了，保质期三年；这是药包，回去再继续吃半个月就能彻底康复……这是游戏的攻略，以后照着这个打就行。”谢君洛席地而坐，正在把小山从外面拿进来的东西一样一样地塞到一个云锦做的背囊里，那个云锦背囊看着并不大，实则里面大得惊人，东西一样一样地放进去装到三分之二个人那么高，居然还能装得下。

颜小婉双腿盘坐在花梨木的椅子上看着谢君洛，摸不透他要做什么。

她不就是回家吗？为什么给她拿这么多东西，好像两个人再也不见了似的。

“好了，装得差不多了。”谢君洛拉紧了袋口，拍了拍，“够你这个小吃货吃半年了。”

“谢狐狸，你干吗给我装这么多东西？又不是以后见不到了。”颜小婉在旁边看了半天终于忍不住发问。

“婉婉，你陪我去个地方。”谢君洛走到颜小婉面前，一把拉起她。

“去……去哪里？”

“一个好玩的地方。”谢君洛牵起颜小婉的手，在门口提了一盏灯笼。

夜里的凤栖山四处寂静，耳边还能听到山泉水发出叮咚的悦耳声响，空气清新，令人心旷神怡，这里果然是一处休养的好地方。

谢君洛的手却特别凉，风吹起他的红色长袍，乌黑的长发在夜风里飞扬，感觉分外凄凉。

她不知道谢君洛要带她去哪里，但是很奇怪，只要被他牵着，就有种莫名的安心。

两个人走了大约二十分钟，突然看到一片影影绰绰的绿光。

“到了。”谢君洛说着，用灯笼将一块木头牌匾照亮——妖精菜园。

她本来以为谢君洛要带她去个特别浪漫的地方，结果他把她带到菜园来。

菜园灯火通明，放眼望去硕果累累，园中水果蔬菜一应俱全，还有很多牛啊，猪啊，兔子啊，狗啊……都在卖力地劳作。

“大牛把东南角的那片地给翻新一下，小灿把草莓装起来，佑楠负责打包……”一个熟悉的声音正在指挥着，他的手上挂着一只烟袋，时不时拿起来抽两口。

这么标准的配备让小婉一下子就认出那是樊大叔。

“樊大叔。”颜小婉不禁脱口而出。

樊大叔听到有人喊他，转过头来，看到颜小婉，露出了惊讶的表情：“少主，小王妃，你们怎么来了？”

“我带婉婉来看看，顺便摘点儿蔬果让她带回去。”谢君洛对樊大叔态度恭敬，虽然谢君洛是红狐一族的少主，但是很少拿少主的架子对待人，反而对待长辈分外有礼。

在蔬果园工作的妖精看到谢君洛都停了下来，恭敬地喊道：“少主。”

“大家忙吧，不用拘礼。”谢君洛很亲切地回应。

“樊大叔，大白菜都在这里了……”一个身材健硕的少年把一箱大白菜扛过来放在车上。

“王妃，好久不见。”那个少年和颜小婉打招呼。

“你是？”颜小婉完全没有认出来眼前的人。

“我是佑楠啊，你不记得啦。”佑楠提醒道。

“佑楠……那只刺猬啊！”颜小婉想起来，谢君洛说他被安排到妖精菜园里做事，没想到在这里遇见。

“对，是我。”佑楠笑得很灿烂。

“你怎么变得这么瘦了？是不是干活太辛苦？”颜小婉完全无法将眼前的佑楠和刺猬联系在一起。

“不是的，因为我之前的模样太吓人，少主特意去紫狸族的宝器行给我买了一个宝贝，可以变化身体。”佑楠说道。

颜小婉听说过紫狸族擅长制作宝器，没想到还有可以让人变瘦变帅的。

“你现在这样好看多了。”颜小婉看到佑楠现在的模样，非常欣慰，“肯定能交到不少朋友吧？”

“是啊，凤栖山的人都对我很好，我就像重生了一样。本来这次听说你来了想去当面谢谢你的，少主说你身体不好在养病，我就没有去打扰。”

“谢我干吗，都是阿柒的功劳。”

“你们两个都是大好人。”佑楠真诚地说，“王妃，我先去干活了。”他指了指一园子的菜。

颜小婉看着佑楠离开，他开心满足的笑容和生活让颜小婉感觉无比欣慰。

之前她觉得谢君洛让她收妖是件很无聊的事情，可是当她看到佑楠因为他们解开了心结，过上了新的生活，她突然觉得自己在做一件很有意义的事情。

“想什么呢，这么入神？”谢君洛来到她身边问道。

“谢狐狸，我之前一直觉得你让我捉妖是件很不可思议的事情，现在看来这件不可思议的事情好像还挺有意义的。感觉自己好厉害啊。”

“我们婉婉一直就很厉害啊。”谢君洛宠溺地摸摸她的头。

“少肉麻了你！”颜小婉拂开他的手，压根没把他的情话放在心上，“那个让佑楠变帅的宝贝是啥？你下次也给我弄一个。”

“你要那个东西做什么？”

“我想变成仙女那么美。”

“你不需要，你现在已经是仙女了！”

……

虽然听多了这只狐狸的夸奖，但是每次还是让她接不上话。

“你先和樊大叔聊聊天，我去摘点儿水果和蔬菜。”谢君洛撸起袖子提着大筐走进菜园去摘菜。

“小王妃，快来坐下。”樊大叔给颜小婉搬了一把椅子。

“樊大叔，你们怎么晚上干活？”

“白天我不是在学校给你们做饭吗？只能晚上来菜园子看看了。”樊大叔抽着烟。

“需不需要我去帮忙？”颜小婉也想去菜园里帮忙。

“你大病初愈不宜劳累，就坐在这儿看着少主，对他来说就是莫大的动力了。”樊大叔阻止她。

樊大叔说话间从箩筐里捡起几片菜叶放在桌面上，口里念了个诀，那些白菜叶瞬间变成了一套泡茶的茶具，一壶芳香四溢的茶正在冒着热气。

这个法术颜小婉也看谢君洛使用过，所以并没有太多惊讶。

“谢君洛经常来这园子里摘菜吗？”颜小婉看着谢君洛在菜园里忙碌的身影问道。

“以前偶尔来，这阵子几乎日日都来，说是要给你做调理身体的药膳，所以每天都会来亲自挑选一些拔尖儿的优质菜品加在你的药膳里。”樊大叔一边回答一边冲茶杯。

“拔尖儿的菜品？”

“比如一颗生菜最嫩的就是它的菜心，一大片菌菇里也只能找出不到一两的嫩菇，把这些菜品中最精华的部分挑选出来做出的药膳不仅口感好而且疗效更佳。”樊大叔解释道。

原来她每天吃的那些带着药味难吃到死的药膳是这么做出来的。

看不出来，谢君洛还有这种心思。

“尝尝？”樊大叔给颜小婉倒了一杯茶。

这茶不会是烂菜叶子变的吧？颜小婉心里嘀咕着。

“这茶不是烂菜叶子变的，放心喝吧。”樊大叔笑着解除她的疑虑。

“你怎么知道我内心所想？”

“我会读心术。”

“这么厉害？”看来她以后都不能乱想事情了。

颜小婉尴尬地拿起茶杯喝了一口，味道甘醇，带着一丝苦味：“这茶有点儿苦。”

“这是莲心茶，我一个凡人故友多年前赠我的，我一直舍不得喝，今天突然很想念那位故友，特意将这茶拿出来泡上一壶。”樊大叔说到这个故友像是有满满的回忆。

“凡人故友？”颜小婉听到这个茶的名字想起了莲心。

“那是我三百年前认识的一个朋友。那时我被流放到钱塘江边掌管花河，在水中颇为无聊，偶尔也会上岸去玩耍打发时间。有一日在一间茶铺买茶，看到一位书生在请教茶铺的人怎么将莲心制成苦茶。他没有钱却想学技术，茶铺的人自然不会理他，把他赶了出来。我闲来无事就教了他，没想到一见如故成了好友，三不五时相约喝茶，我才知道他有个青梅竹马，每年都会送他新鲜的莲子，莲心太苦，他又舍不得丢弃，于是将莲心制成茶，偶尔拿出来品茗。不过几年后他高中状元，留在了京城。”

“那他和他的青梅竹马在一起了吗？”颜小婉被这个故事吸引。

“没有，他娶了京中大官的女儿，坊间都在说他是一个背信弃义的小人，与他青梅竹马的那名女子也从此消失在了钱塘。”

怎么这个故事听上去这么熟悉，好像是……莲心的故事，颜小婉想起来。

“你那个朋友是不是叫俊生？”颜小婉大声问道。

“你怎么知道？”樊大叔有点儿惊讶。

“你知道这次毒伤我的人是谁？”

“是谁？”

“就是那名被俊生辜负的女子莲心！她去京城找俊生，被他赶走，回来途中遇到歹人将她杀害扔在了湖里，被一个莲蓬妖夺去了肉身，变成了恶妖危害四方，后来被红狐族的长老抓到了生死间，几百年来一直活在被俊生背叛的痛苦中。”颜小婉没想到还会遇到认识俊生的人，一时间情绪有点儿激动，

“真有此事？”樊大叔抽着水烟，“我一直以为那位姑娘远走他乡嫁了良人。没想到，居然是这样的结局。可惜，可惜……”

“可惜什么？”

“可惜了俊生的一片苦心。”

“那个坏男人还有苦心？”颜小婉不屑地说。

“你有所不知，俊生这么做是有苦衷的。”

“什么苦衷？”

“俊生三甲过后拔得头筹本是大喜，却不承想发现自己得了绝症，大夫说他最多只能再活五年，他不想拖累莲心，正好当时有一个官家小姐相中他，他痛下狠心做了一回负心汉，其实他在赶走莲心的当日就后悔了，等他追出去却再也找不到莲心了。他一直以为莲心恨他，所以远走他乡，没想到两个人竟这样错过了……唉……”樊大叔深深吸气，把手里的茶一饮而尽。

这个反转让颜小婉措手不及，俊生原来不是坏男人，而是有苦衷才这么做的？莲心恨了他几百年，竟是错怪他了……

“我最后一次见到俊生，他已病入膏肓，却坚持坐马车颠簸了数日回到钱塘，在他与莲心常去的小船上躺了几日，直到走完生命的最后一刻。他临终前把这罐莲心茶送我，说是留个纪念。”樊大叔说到俊生满是遗憾，“那一枚一枚的莲心，就像他始终无法言说的苦心。”

“那之前我们都错怪俊生了？”颜小婉想到自己之前还那样骂过他，突然感觉有点儿不好意思。

“婉婉，菜和水果都摘得差不多了，我们可以回去了。”谢君洛背着一箩筐的菜和水果，走到颜小婉面前。

“哦。好……”颜小婉起身，有些伤感。

“俊生死前和我说，若有朝一日能见到莲心，定要对她说一句对不起，当时不应

该放手的，相爱的两个人，哪怕在一起的时日短暂，都应该珍惜。”樊大叔拿起那一盒茶叶，“这盒茶叶给你，希望可以化解莲心的心结。”

颜小婉手里拿着那盒茶叶，心里却是沉甸甸的。

在回去的路上，颜小婉把从樊大叔那里听来的故事告诉了谢君洛，谢君洛听完，也沉默了许久。

“谢狐狸，你说他们是不是很可怜？有事情为什么不说清楚呢？非要一个人忍受。”颜小婉为他们两个人的错过感到可惜。

“喜欢一个人的时候，就不希望她受委屈吧。宁可自己扛着，宁可辜负旁人，却不想伤害她分毫。”谢君洛的声音在空旷的山里，显得格外忧伤。

谢君洛的话里，除了为俊生感到可惜，也仿佛在暗指别的事情。

“谢狐狸，你是不是有什么事情瞒着我没有告诉我？”颜小婉终于鼓起勇气问出了这个放在她心里很久的问题。

“你真的想知道？”谢君洛没想到颜小婉会问他，沉思了一会儿反问道。

“你说吧，我不想和莲心一样，糊里糊涂，走得不明不白。”颜小婉抬起头，眼神笃定地说道。

谢君洛看向颜小婉的眼底，相识了这么长时间，这好像是他第一次看到她的坚定，在如霜的月色下闪着皎洁的光亮，仿佛可以照亮所有的黑暗。

“好，那我就把所有的事情都告诉你。”谢君洛目光看向远处，“你知道我为什么叫阿柒吗？”

“你和我说过，你在家中排行老七。”

“那你可曾见过我的六个姐姐？”谢君洛盯着颜小婉问。

“没有……”颜小婉这才发现，她从来没有见过谢君洛的姐姐，一直以来她以为这六个姐姐是不存在的。

“因为我的六个姐姐，在一年前用自己的身躯填补了灵鸾石的空缺。”谢君洛叹了口气，“千百年前三界未定，天下大乱，妖魔邪灵四处作恶，一时间搅得生灵涂炭，民不聊生。女娲娘娘命我们红狐一族来到凡界担负收服恶灵的重任，在红狐先祖的努力下，花了百年时间陆陆续续将所有恶灵收入我族渡妖圣地生死间。可是在一年前，镇压生死间的灵鸾石不翼而飞，里面的恶灵倾泻而出，我的六个姐姐以身填补了灵鸾石的空缺，要将她们救出来必须重塑灵鸾石。族中魔师经过推算，只有找到灵人族的后人才能助我抓回恶灵，得到灵鸾碎片重塑灵鸾石。恰巧乐明宇和你表姐有一段情，所以我借此布了局让你来到凤栖山，一步一步引你上钩。”

“可是我刚来凤栖山的时候你不是正准备和流月成亲吗？”

“因为灵人族的灵力一百年前便被封印，要开启你的灵力是一条漫长而艰辛的路，我父亲不愿意让我走这条路，所以想在本族找寻一名女子助我一同收服恶灵，却被我拒绝了。我天真地以为一切都在我的掌控中，我可以保护好你，又可以力挽狂澜扭转整个局势，没想到你遇到莲心差点儿出事，当我看到你晕倒在我眼前差点儿醒不过来的时候，我非常后悔。我不该这么自私地把你置于险地，你也没有义务来帮我渡过这场浩劫。一直都是我在强人所难。”

颜小婉听到这里真的非常震惊，她没想到谢君洛会真的把一切都告诉她，字字句句都透着哀伤和无奈。

“婉婉，在你养病期间，我经过深思熟虑，捉妖这件事太危险，你无须冒这个险，所以明天我就送你回去，以后你不用再去千书阁，也不用再帮我捉那些从生死间逃走的恶灵，如果你想赚钱，还可以继续去小食堂做事。你的工资我还会发给你。”谢君洛看着颜小婉，“这段时间和你相处得很开心，虽然你一直很怕我也很讨厌我，但是我还是要谢谢你给了我一段美好的回忆。”

颜小婉听到这里，只觉得鼻子酸酸的，这狐狸不仅把事情的始末都告诉她，还要放她走，而且这次完全不像是骗她的样子。

他讲这么一大堆煽情的话，让她怎么接？她根本没法接！

“谢狐狸，你突然变得这么仁慈我有点儿不习惯……”颜小婉想了半天，才憋出了这么句话。

本来挺忧伤的场面，因为这句话，谢君洛忍不住笑了起来：“婉婉，我看你是被我虐傻了。”

两个人走到了别苑，谢君洛把颜小婉送到房间门口：“今天我就不进去了，你早点儿休息。”谢君洛从袖子里取出两张票，“这是你的偶像陆成歌演唱会的门票，本来是想陪你一起去的，不过现在陪不了你了。”

“阿枭，干吗搞得跟生离死别似的？你要想陪我去，还是可以去的啊。咱俩还是……朋友嘛……”颜小婉抬起头，亮晶晶的眼眸看着他。

蓦地，谢君洛一把将颜小婉抱到怀里，她吓了一跳，却没有挣扎，他的怀抱很温暖，此刻的她就像个小团子一样被他抱着，周遭的一切温暖而充满了伤感。

“婉婉，我舍不得你。”谢君洛幽幽地叹了口气，“真想陪你久一点儿啊……”

他的声音像是笼罩了一层雾气，迷蒙却又带着无尽的哀伤。

6

第二天中午，谢君洛没有来颜小婉的房间，颜小婉把樊大叔给她的莲心茶拿出来泡了一壶。

袅袅的茶香氤氲在四周，莲心的脸缓缓地出现在镜子中。

“你这茶是从什么地方来的？”莲心在镜中略带激动地问道。

“俊生的好友赠我的。”颜小婉把茶杯放在镜子前，“他还有一个故事，要我说给你听。”颜小碗顿了一下，随即将俊生的故事讲给莲心听。

“不，我不信！这肯定是你编的！你在骗我？你只是想让我放下仇恨甘心变成灵鸾碎片！”莲心听完摇着头大喊，可是她的脸上却止不住地落下泪来。

“你可以不相信我，但是你难道闻不出这个茶是出自谁的手吗？这是俊生亲自为你制作的茶叶，上面有属于俊生的气味。”颜小婉捧起陶瓷的茶叶罐，“你不是不相信，你是不敢相信。你以为他对你无情，原来只是你不够信任他。”

“你闭嘴！我不想听，你骗我，你肯定是骗我的，他就是个负心汉，我没有错，我没有错！”莲心流着泪，泪水令她渐渐褪去了脸上的粉黛，变回了素净的模样。

“情不知所起，一往而深，生可以死，死可以生。这是你一直挂在嘴边的话，可最终不过是自己心底的执念。”

颜小婉的感知再度出现，她看到了年少的俊生和莲心，翩翩公子和羞怯的青涩少女，他们在湖边放风筝，莲心拉着风筝线快乐地奔跑着。

“飞起来了！俊生，你看风筝飞得多高！”

他们的脸上洋溢着幸福满足的笑，俊生的目光温柔而专情，落在莲心印着胎记的脸上，是那么真挚而满足。

那时的他们天真烂漫，两小无猜，以为誓言很容易实现，以为相守就是一生。

只可惜造化弄人，俊生用自以为的幸福，毁了两个人的一生。

青衫薄，岁月长，竹马青梅停在了悠悠岁月中，随着湖间水色，沉入池底。

莲心的影像彻底消失在镜中，颜小婉的眼前多了一块红色的灵鸾碎片，红色的宛如泪滴的碎片，仿佛是爱人悲伤的眼泪。

颜小婉握着那块碎片有些伤感，她不知道莲心是否真的打开了心结，是否真的从这几百年的仇恨中走了出来。

她叹了口气，把那块红色的碎片放在手心细细摩挲，这就是谢君洛千辛万苦要找寻的东西，每一片都来之不易。

颜小婉准备拿着这块碎片去找谢君洛，可是她把别苑里里外外找遍了也没看到他。下人告诉颜小婉谢君洛有事外出，不知何时回来，不过走之前已经安排了小山明日一早送她离开。

颜小婉看着谢君洛给她做的果酱还放在大厅，那一排一排的罐子，听说是他连夜做的。

他这么着急地安排了一切，连果酱都迫不及待地提前完成，莫不是真有什么事？颜小婉的心跳得厉害，身上的玉佩不停闪烁，感到一种莫名的恐慌。

到了傍晚的时候，颜小婉终于坐不住了，独自走了出去。她按着自己的记忆走到了昨天谢君洛带她去的菜园，在凤栖山，她认识的人不多，现在能找的也只有樊大叔了。

菜园今天休息，樊大叔坐在菜园里抽着烟，颜小婉跑过去焦急地问："樊大叔，你知道阿柒去哪儿了吗？我一整天都没看到他。"

"他现在应该在朔云台。"樊大叔看着傍晚的云霞说道。

"那是什么地方？"

"凤栖山举行祭典的地方。"樊大叔脸色凝重。

"举行什么祭典？"

"少主今日要身祭生死间。"樊大叔看着颜小婉，认真地说道。

"什么意思？"

"少主今日会死。"樊大叔抽了一口烟。

"阿柒会死？你别吓我！"樊大叔的话让颜小婉非常震惊，"他可是狐狸啊。怎么会那么容易死？"

"生死间由七星组成，他的六位姐姐只是暂时镇压生死间而已，本来他打算让你助他重塑灵鸾石求得一线生机，现下他不想让你继续犯险助他捉妖，所以决定用自己的命去抵这场劫数……"

"朔云台在哪儿，你带我过去！"颜小婉听到这里着急地说。

"你确定要去？"樊大叔转过头，凝视她。

"确定。"颜小婉不假思索地回答。

樊大叔放下手中的茶盏，叹道："罢了……这都是天意……"他拿出一把扇子，手轻轻拂过扇面，一幅图景顷刻出现在扇面上，他把那把扇子抛在空中，扇子顿时化作人那么大。

“入我扇中，我带你去朔云台。”樊大叔指了指扇子。

颜小婉直接走入扇中，里面风景宜人，一片鸟语花香，还有一棵巨大的榕树。

方白惊蹲在树下，手里端着一碟糕点正吃得津津有味。

“小丫头，你来啦？”方白惊慢悠悠地瞟了她一眼，对她的到来并不奇怪。

“你……怎么也在扇子里？”颜小婉没想到方白惊也在。

“我也去凑凑热闹。”方白惊用云淡风轻的口气说。

“你怎么说得这么轻松？”颜小婉很震惊，谢君洛都要死了，他还一点儿都不着急。

“我们要出发了。”樊大叔打断了他们两个的聊天。

颜小婉只觉得脑子一阵发晕，有种腾空般的晕眩感，耳边传来呼呼风声，时不时有霞光掠过眼帘，仿佛伸手就可以摘到云彩。

大约一刻钟的时间，他们已经抵达凤栖山的朔云台。

朔云台在凤栖山的中央，是内圆外方的格局，四面被瀑布包围，中间有个巨大的圆盘，圆盘四周流水潺潺，鸟语花香。

圆盘上聚集了紫、白、红、灰四个色系衣着的人，每个色系约四人，他们聚在一起，仿佛正在讨论着什么。

谢君洛一身红色长袍，玉簪束发，光华流转的容颜沉在暮色中，风掠过他俊逸的眉眼，乌发飞扬，衬得他有种别样的洒脱。

一只白鹿站在他的身边，仰头对着夜空发出呓语般的声音。

“他们在干吗？”颜小婉问方白惊。

“准备给阿柒举行祭典。”方白惊还在吃碟子里的糕点。

“祭典是什么意思？”

“简单一点儿说呢，就是一会儿阿柒会被魇师投入星盘中间，然后星盘会在四大家族大长老的驱动之下旋转，他的肉身会一点点被星盘吸收，最后元神被钉在星盘上，就算祭典完成了。”明明是很可怕的一件事，方白惊却说得无比轻松，时不时还吃上两口糕点。

“那他岂不是会死得很痛苦吗？”颜小婉压根不敢想象那个画面。

“还行吧，也就是古代被凌迟处死的感觉。”方白惊思索了一下说。

“凌迟！那不是要痛死啊！”颜小婉大喊起来，震惊不已。

“你们两个安静点儿。”樊大叔小声提醒。

那厢紫华看着谢君洛说道："阿柒，我都说了那个灵人没什么用，现在栽了吧。"紫华真是无论何时都不会放弃讥讽谢君洛。

谢君洛看了紫华一眼，没有要和他争辩的意思，他只是对着那只白鹿说："魇师，吉时已到，可以布阵了。"

"阵法一旦开始，你就会变成这星盘上的一个角，永生永世都不能轮回转生。你想好了？"白鹿停下来，问道。

"少主，请您三思啊。既然那灵人可以助你重塑灵鸾石，也进展得顺利，为何要放弃？"葛昭跪在地上，恳求道。

"是啊。少主三思啊……"红狐的各位长老应声道。

"不必再劝我了，我心意已决。"谢君洛摆手，目光笃定，"我走之后，你们可另选新主。无论如何，一定要保临江太平。"

"少主！"红狐族的长老全都应声下跪。

"魇师，布阵。"谢君洛不顾他们的恳求，执意说道。

"等等。"紫华喊道，"你死前，先把你的凤鸣印鉴交出来。"紫华冷冷一笑。

"凤鸣印鉴在我死后葛长老会交给下一任家主。"谢君洛星目一沉。

"你别以为我不知道你打的什么算盘，你现在想要利用我们帮你驱动这星盘，等你一死，葛昭肯定把印鉴交给银狐一族。"

"我死后，家主之位由凤栖山所有妖灵投票选出。公平公正，你无须担忧。"谢君洛沉声说。

"凤栖山大家族都听你们红狐号令，还有谁会投票给我们？哼，你今天要是不把印鉴交出来，你想死还没那么容易。"紫华不依不饶。

"紫华，这事关我们整个凤栖山的命脉，你不要横生事端。"谢君洛皱眉。

"不就是跑了几个小妖吗？等我拿到印鉴把他们都抓回来就是，我又不像你，从小是个药罐子，施法就会令你元气大伤，只能把希望寄托在一个平凡无知的人类身上，真是可怜又可悲。"

"阿柒身体不好？"颜小婉还是第一次听说。

"你作为他娘子，连这都不知道？也太不称职了吧。"方白惊诧异。

颜小婉有些惭愧，虽然她不承认自己和谢君洛的关系，但是她对谢君洛真的是知之甚少。

"这自大狂怎么这么讨厌，阿柒都要死了，他还欺负人！"颜小婉看着紫华那副嚣张的嘴脸，真想给他两拳。

“他们紫狸一族，处心积虑就想做这凤栖山的家主，今天难得有机会，肯定要好好把握喽。”

“那现在怎么办？我们要怎么帮谢君洛？”颜小婉着急地求救。

“你有两个选择：一是眼睁睁看着阿柒死；二是出去告诉他们你会助阿柒完成重塑灵鸾石的任务。”方白惊给颜小婉出主意。不过在颜小婉看来，这两个都不是什么好主意。

紫华和谢君洛这边已经僵持不下。

“吉时马上要过了，下次便要再等五年。”白鹿威严的声音传来。

“葛长老，把印鉴拿来。”谢君洛不想耽误时辰，松口道。

“少主！不能给他。”葛昭神色紧张。

“拿来。”谢君洛催促道。

葛昭虽然不情愿，但是也没有办法，他伸出手，一枚墨色的印鉴出现在他的手心里。

“那是什么东西？”颜小婉问。

“凤鸣印鉴，谁拥有这枚印鉴，就是凤栖山的家主，可以掌管凤栖山所有的妖灵。”

“这么重要的东西你怎么不去抢啊？”颜小婉着急地问。

“你以为谁都想做家主啊？我们银狐一族一点儿兴趣也没有。”方白惊拿出手帕擦了擦嘴。

“你们怎么这样！见死不救！阿柒死也不会瞑目啊！”颜小婉都快急死了。

“你舍不得你去救啊。”方白惊翻白眼，“他可是你相公。”

就在紫华马上要接过印鉴的时候，颜小婉忍不住大喊了一声：“不要给他！”

方白惊伸手推了颜小婉一把，她直接从扇子里滚了出去。

在颜小婉跌落的一瞬间，树林里乍现一片火烧云的景象，刚刚暮色渐起的夜色被火红包裹，天空中瞬间电闪雷鸣，片刻工夫就下起了红色的雨。

所有站在星盘上的长老顿时被这红雨淋湿，突然全都变得目光呆滞，像是被人操控般朝着颜小婉的方向走去。

“不好，阵法被破，有邪灵！”魇师在雨中怒吼。

风云变幻，宿命之轮，所有的一切不过刚刚开启……

——本季完——